"最美奋斗者"丛书

为了万家灯火

李朝全 曹征平 主编

河北出版传媒集团

河北教育出版社

图书在版编目（CIP）数据

为了万家灯火 / 李朝全, 曹征平主编. -- 石家庄：河北教育出版社, 2021.3（2021.4 重印）
（"最美奋斗者"丛书）
ISBN 978-7-5545-6183-6

Ⅰ.①为… Ⅱ.①李…②曹… Ⅲ.①纪实文学－作品集－中国－当代 Ⅳ.①I25

中国版本图书馆CIP数据核字(2020)第230950号

"最美奋斗者"丛书

为了万家灯火
WEILE WANJIA DENGHUO

主　　编	李朝全　曹征平
出 版 人	董素山
责任编辑	姬璐璐
装帧设计	于　越　牛亚勋
插　　图	李奥
出版发行	河北出版传媒集团
	河北教育出版社　http://www.hbep.com
	（石家庄市联盟路705号，050061）
印　　制	河北荣恩印刷有限公司
开　　本	787mm×1092mm　1/16
印　　张	16.75
字　　数	188千字
版　　次	2021年3月第1版
印　　次	2021年4月第2次印刷
书　　号	ISBN 978-7-5545-6183-6
定　　价	42.00元

版权所有，翻印必究

序 奋斗者最美

奋斗就是为了理想和目标而撸起袖子加油干。所有的奋斗都是为了实现理想抱负，其目的和追求是崇高的、正义的、向善的，于社会、国家、人类都是有利、有益、有助的，因此，它是顺应历史发展前行趋势的。奋斗，绝不是蝇营狗苟，也不是鼠目寸光，绝不是纯粹为个人谋求一己私利的，而必定是注目于高远的目标和未来。

为理想而奋斗需要埋头苦干，需要俯首甘为孺子牛的实干精神。奋斗就是辛勤劳作、播种耕耘、期待收获的一个过程。实现理想别无他途，唯有奋斗，唯有撸起袖子加油干。一个理想的社会应该能够让每个人都能人尽其能、才尽其用，发挥出个人最大的积极性、能动性和创造性。

奋斗需要锲而不舍、坚持不懈、久久为功、滴水穿石的精神。罗马城不可能一夜建成，理想不可能一蹴而就。通往理想的路途往往崎岖坎坷，甚至荆棘密布，因此，奋斗既需有披荆斩棘、开山架桥的勇气，更要有前赴后继、咬定青山不放松、千锤百炼浑不怕的意志和毅力，要能吃得了苦中苦，受得了挫折与磨难，勇于不断地从失败中站起，心中永葆理想的灯火，孜孜以求，持之以恒，生生不息，奋斗不已，不达目标，永不言弃。

奋斗者最幸福。生存的意义和生命的价值不在于索取、获得与享受，而在于创造、奉献与成功，在于为了实现理想而不懈地筑梦逐梦、奋斗不止，从而让生命焕发出光彩的过程。幸福的真谛在于为社会创造价值，同时实现自己的个人价值。这个过程也就是奋斗的过程。不经风雨，怎见彩虹？奋斗的过程中虽有百般辛酸苦累，更有成功的狂喜与欢乐。

奋斗者最美丽。奋斗者留给世界的永远是劳作的背影，是负重前行的身姿。美来自生活，来自生产与劳作。劳动创造美，劳动者最美。为了实现理想而不屈不挠、顽强拼搏、积极作为，这一过程就是为了将一个人生命的最大能量最充分地激发出来，使人始终保持昂扬向上、生机蓬勃的奋斗姿态。这也是一个人一生中最有光彩的高光时刻。奋斗者给予人的是一种力的美、一种雄壮的伟岸的美、一种崇高的美、一种凝结着真与善的美，它代表着人类积极向上的方向和力量。

奋斗者最伟大。劳动最光荣，奋斗者作为杰出的劳动者，为世界和人类不断地创造财富及价值，通过付出自己个人的心血汗水来推动文明进步和历史前行。他们无疑是正能量与主旋律的化身。奋斗者往往又是心怀祖国和人民、心系家国天下的一群人，他们同时又是爱国主义者，怀存爱国之心、报国之志，甘愿将自己的一切奉献给时代和人民。他们无疑最值得赞美和讴歌，也最值得书写与铭记，书写他们的辛勤付出，铭记他们的功绩和英名。

时代赋予了每个人依靠奋斗获得成功的机会。我们每个人都要争当奋斗者，勇敢地去追梦、筑梦、圆梦，持续不断加油干，努力去实现个人的梦想。一个民族、一个国家的进步发展，必须依靠这个民族和国家每个个体的共同奋斗。一个勇于奋斗、坚持奋斗、奋斗不息的民族永远是最有生机与活力的，拥有最有希望且可期待的美好未来。

2019年，为隆重庆祝中华人民共和国成立70周年，经党中央批准，中央宣传部等部门在全国范围内开展了新中国"最美奋斗者"评选表彰活动。这些奋斗者都是中华人民共和国成立以来各地区、各行业、各领域涌现出来的先进人物。书写和宣传这些优秀的时代劳动者，旨在大力弘扬他们的崇高精神和价值追求，在全社会积极倡导一种主流的正面的价值观，激励广大干部群众以"最美奋斗者"为榜样，自觉地把自身的前途命运同国家和民族的前途命运紧密联系在一起，高举爱国主义伟大旗帜，培养爱国之情、砥砺强国之志、实践报国之行，始终做爱国主义精神的坚定践行者；大力弘扬"幸福源自奋斗、成功在于奉献、平凡造就伟大"的价值理念，把人民对美好生活的向往作为奋斗目标，撸起袖子干、挥洒汗水拼，始终做新时代长征路上的不懈奋斗者。

全国一共有278名个人和22个集体荣获"最美奋斗者"称号。我们从中精选了80位最美奋斗者的故事，将描写他们的文学作品汇编成册。同时依据内容将其分成10卷，每卷都取该卷内一篇作品的标题作为书名。这些作品，通过讲述精彩好故事，刻画出彩中国人，彰显不竭奋斗情。最美奋斗者是时代的一座座丰碑，更是人们学习的榜样与楷模。我们希望读者朋友能够从这些奋斗者身上，从他们的奋斗经历中获得激励与启迪，特别是青少年读者、党员干部能够从这些最美奋斗者身上汲取青春热血和奋斗激情，接受精神的熏陶与洗礼，成为一个个拥有高尚情操和远大抱负的人，终生都当一名真正的奋斗者。

在本丛书策划编辑过程中，河北教育出版社给予了高度的重视和大力的支持，优秀编辑付出了辛勤的劳作，书中收入作品的众多作者也给予了鼎力支持和帮助。在此，谨向作者和出版者致以衷心感谢！

李朝全

2020年秋于北京

目录
CONTENTS

苍生守护人
记抗疫中的钟南山
◎ 熊育群 / 1

富民为乐
"时代楷模"赵亚夫
◎ 高保国 / 19

金达莱映红山岗
◎ 郑凤淑 / 39

中国之蒿
屠呦呦获诺贝尔奖之谜
◎ 陈廷一 / 87

秋天的喜讯
◎ 纪红建 / 133

中国的保尔（节选）
◎ 刘书良 / 145

一位农民科学家的宣言
◎ 卢戎 / 193

"明星"黎明与万家灯火
◎ 秦岭 / 247

苍生守护人

记抗疫中的钟南山

◎ 熊育群

疫情再度告急

2020年1月18日晚，钟南山赶到了人山人海的广州高铁站。正当春运，去武汉的高铁票早已卖光，事情紧急，颇费周折他才挤上了G1022次列车，在餐车找了一个座位。

他走得非常匆忙，只穿了一件咖啡色格子西装。接到请他紧急赶到武汉的通知，他就感觉此行不同寻常。他打开电脑，开始仔细研究每个材料和文件。

这一天，武汉不明原因肺炎患者增加到了59例。这种原因不明的病出现在新闻中，给这个漫长的暖冬带来一丝隐忧与不安。但人头攒动的春运景象，越来越浓的新年喜庆的氛围，人们不以为意，南来北往的人流正在向着家的方向聚集。人们奔波忙碌了一年，都在筹划着怎样过大年。谁也想不到一个潘多拉魔盒正在打开……庚子鼠年注定因此而进入中国历史。

钟南山一直伏案工作，实在困了，就在低矮的靠背上仰头睡一下。这张打盹的照片后来迅速在网上传开。照片里可以看到红色的硬座，乘客都在低头看手机，他几乎是唯一的老年人。4个多小时后，他在深夜时分抵达武汉。

在会议中心住下，钟南山的神经仍是紧绷的。当年"非典"过后他就判断"非典"并没根绝，还有重新出现的可能。武汉出现的病例让他高度警惕。这一路奔走，如同梦境中穿行，不只是空间在跨越，时间似乎也在这个时刻恍惚。17年前那场令国人记忆深刻的"非典"，钟南山临危受命，担任广东省非典型肺炎医疗救护专家指导小组组长。也是春天，疫情在广东突然出现。不久，北京等地开始传播，一些国家也接到了病例报告。疫情呈全球蔓延之势。

疫情最初在河源、中山、佛山发生，患者急急送来广州。病人接触过的人倒下了，医生护士也不能幸免。患者发烧，面部、颈部充血，接着出现呕吐、干咳，肺部出现白肺，呼吸开始变得困难，病人多死于呼吸衰竭或多脏器衰竭。

一时谣言四起，人们抢购罗红霉素、板蓝根、醋……这些平素不起眼的东西价格飞涨，板蓝根一包原价8元，有的卖到40元，抗病毒口服液原价十几元，有的涨到了130元……

钟南山急了，他第一时间请缨，要求把所有的重症病人全部集中到他所在的广州呼吸疾病研究所来。病因不明、病症难治，糟糕的是疾病传播途径尚不清楚，个别医生有顾虑，钟南山知道事情的严重性，他坚定地说："医院就是战场，作为战士，我们不冲上去谁上去？现在是需要我们站出来的时候，不能丝毫犹豫，因为我们是医生，这是我们的职责！"在他看来，他们就是搞呼吸疾病研究的，最艰巨的救治任务不由他们承担靠谁来承担！？

武汉的病人发烧、乏力，部分出现干咳，痰很少，少数有流鼻涕、鼻塞，还有少数有胃肠道的症状，个别的有心肌、消化道、神经系统的问题。这与"非典"既相似又不一样，很多病人并没有高烧，开始时症状也不太严重，肺部情况也不像"非典"。他判断，两者相比，尽管有很多同源性，但应是平行的完全不同的两种病毒。这种新型病毒到底有多危险，会怎么变异，他并不了解。这正是他忧虑的地方。

抗击"非典"那年钟南山67岁,今年他84岁,17年的岁月在他青丝上留痕,秋霜似的白发笼在他的额头。想不到耄耋之年他还要与病毒交战!有网民说:"他劝别人不要去武汉,他却去了。明知道老年人最易感染。"在高速行驶的列车上,他不知是怎样一种心情。他嘴角深弯向下,不难看出,他不只是疲惫,还有衔悲。从此刻的忧心到后来多次哽咽、含泪,疫情的发展比他估计的还要严重。

武汉一夜,钟南山难以入眠。国家又一次面临考验,人民又一次受到瘟疫的威胁。他辗转反侧,等来了天亮。树叶落尽、枝丫光秃的冬天景象出现,凛冽的北风刮过街巷。他实地调查研究,今天与昨天、昨天与前天,情况都在变化,两天内确诊了136例,出现了人传人的情况,还有医务人员被感染了,这是一个非常重要的标志……

历史似乎在重复,他最不想看到的一幕又出现了。当年在央视的《面对面》新闻节目中,面对瞒报疫情和权威部门病因的错误结论,钟南山说出了真相。同样是在央视的《新闻1+1》节目中,他再一次说出了真相,他郑重公布:"新型冠状病毒性肺炎是肯定的人传人,在广东有2个病例,没去过武汉,但家人去了武汉后染上了新型冠状病毒性肺炎,现在可以说,肯定的,有人传人现象。"

此言一出,惊醒了国人,人们匆忙的脚步停了下来,迎大年的节奏被打乱了。当年"非典"那一幕瞬间回到了人们的记忆中。

1月20日下午,他答新华社记者问,提出了对武汉防控的主张,即武汉减少输出,要对火车站、机场等口岸实行严格的检测措施,首先是测体温,有症状特别是体温不正常的须强制隔离;除非极为重要的事情,外地人一般不要去武汉。这实际是武汉封城的建议。

他提醒疫情预防和控制最有效的办法是早发现、早诊断，还有治疗、隔离。对已经诊断，或者将要确诊的病人要进行有效的隔离，这是极为重要的！目前没有特效药，戴口罩很重要……

他呼吁各级政府领导要负起责任来，这不单纯是卫健委的问题。他提醒政府、医务人员、全社会都要关心，属地领导要担起责任。现在处在一个节骨眼上，春节期间得病的人数会增加。但他不希望呈现链式的发展。要防止它传播，要害是警惕在传播过程中出现超级传播者。

这些呼吁在他考察武汉后及时发出。

天下救人事最大

事态急剧发展。年关逼近。钟南山武汉、北京、广州三地奔波，再无喘息之机。

武汉在大年三十前一天封城。不久，紧挨武汉的黄冈封城，远在千里之外的温州乐清市、瑞安市、永嘉县也封城了……大小城市街道静悄悄，人影难觅，史无前例的举措举世震惊，一切都是这样措手不及。但灾难从来就是猝不及防的。

庚子大年，烟花爆竹突然沉默不响了，大江南北一片寂静。人们关在家里，不再相聚相庆，不再串门拜年，喜庆之气、祥瑞之气被疫情冲得踪迹全无。

国家进入战时状态。中央沉着指挥。大年初一召开了政治局常委会议。一场只能打赢不能打输的战争打响，保卫生命必须争分夺秒！

18日，钟南山到武汉，立即投身战斗。19日一早，国家卫健委、武汉卫生部门和专家召开会议，分析疫情，接着去武汉金银潭医院、武汉疾控中心实地考察调查；下午专家研究，5点钟南山等专家赶去机场，飞抵北京参加当晚国家卫健委召开的会议，夜里1点半散会。这一夜他只睡了4个小时。20日6点，终钟南山起床，研究汇报材料后，赶到国务院，向孙春兰副总理汇报，接着列席国务院常务会议。中午1点半，又去中南海，参加国务院和国家卫健委召开的全国电视电话会议，布置新冠肺炎疫情全国联防联控工作。随即新闻发布会召开，直到7点结束。9点半，钟南山以连线嘉宾身份出现在央视《新闻1+1》中，公开了重要的疫情信息。21日，他又在广东省首场疫情发布会上，介绍广东全面加强疫情防控的情况……忙碌的节奏一直到除夕之夜，作为疫情应急科研攻关组组长的他，大年三十也回不了家。

钟南山再次成为新闻公众人物，他分秒必争的身影出现在大众视野中：29日下午，他领衔广州医科大学附属第一医院专家团队与武汉前方的广东医疗队ICU团队进行远程视频会诊，5个危重症患者出现在大屏幕。会诊室里，他坐在中心位置，从视频察看患者病情，十几个专家坐在他的身后，从用药到基因全测序，大家讨论着，关键时候，钟南山怕ICU医生听不清他的话，他摘下了口罩。这一次会诊时间持续了3小时25分钟。

有"病毒猎手"之称的美国哥伦比亚大学教授利普金到访中国。30日早上6点，钟南山与他会见。由于钟南山当天要赶到北京参加全国疫情防治策略座谈会，利普金教授在他前往机场的车上就疫情与他进行探讨。白云机场到了，他们在航站楼前告别。飞机起飞，几个危重病人的治疗方案摊开在钟南山的活动桌板上，他要在飞行时间内确定救治办法。

座谈会由中国疾控中心召开，李克强总理亲自参加，总理就进一步加强科学防控疫情听取专家意见。总理进入会场，他对专家们说："本该与大家握手的，但按你们现在的规矩，握手就改拱手了。"会议结束，李克强总理与专家们告别，他特意走过来对钟南山说："还是握一次手吧！"

钟南山在会议结束后赶回广州，北京卫视的记者上了他的车，在路上对他进行专访，许多社会关心的重要问题需要他及时回答。钟南山在广州为又一批广州驰援武汉的医疗队送行。广东是最早派出援助武汉医疗队的省。先后派出了20多批2000多人。解放军医疗队也出动了。全国各地医护人员救援的调动规模和速度大大超过了当年汶川地震，达4万多人。白衣天使们义无反顾就像军人开赴前线一样，子与父别，妻与夫别，儿与母别……虽不能说是生死诀别，但谁又能保证每个人都能平安归来？就算他们严防得再好，也难保在枪林弹雨中不被击倒啊！这些白衣战士有的是钟南山的学生，有的是同事，他得细细叮嘱。

在抗击"非典"期间，钟南山带领的呼研所医护人员像一队尖兵，向病魔发起了一次次冲锋，救治每个重症病人就像战士炸碉堡攻城池，他们前仆后继。先后有26位医护人员倒下了，但全院没有一个人后退，有的治愈后又投入了战斗。当世界卫生组织的人询问钟南山："你们有没有医生离开？"钟南山自豪地告诉对方："一个也没有！"

这一次同样也是如此，没有一个逃兵。钟南山对他们说："你们是去最艰苦的地方、最前线的地方、最困难的地方、最容易受感染的地方来进行战斗,我向你们致敬!我们等你们胜利回家!"他一直把他们送到车上。

　　随后,他参加了国家卫健委、广东卫健委和专家举行的电视电话会议,根据近期的疫情救治工作和病毒研究成果,对新型冠状病毒的流行病学特点、临床表现、诊断标准和治疗方案进行讨论、优化和修正,为新冠肺炎临床救治工作提出指导意见。最后专家们集中了三条意见,这些意见迅速向全国参加抗疫的医护工作者传达。

　　同一天,钟南山院士团队和李兰娟院士团队分别从新冠肺炎患者的粪便中分离出病毒。钟南山对新冠肺炎是否会通过粪—口传播又接受了媒体采访……

　　冠状病毒形如皇冠,在微生物的世界里无影无形,藏在人的身体里、躲在空气中,四处皆暗藏杀机。它肆虐的速度就是人类高铁的速度、飞机的速度。人们惶恐、无助,盼望权威出现。网上有人把钟南山、李兰娟画成了一对守门神,取代了神荼、郁垒。甚至有谣传钟南山某晚连线央视直播节目,专题介绍当前疫情。钟南山不得不频频出镜,及时回应社会关切,为大众答疑解惑。他的出现给了众人信心,安定了人们紧张的情绪。

　　钟南山亲自示范脱口罩的正确方式,回答一个个问题,譬如:哪些症状必须到医院就诊检查,哪种情况可以在家隔离?群众自己可以做什么?患者没有发热症状,怎么排查隐形的感染者或潜伏期患者?什么时候能够接种上新型冠状病毒疫苗,疫情的走势如何判断?疫情还要持续多长时间?预计什么时间疫情将达到高峰?返程春运拉开了序幕,对疫病防控会有什么影响,会不会出现大传染?返程人员应该采取什么防护措施……

这一切，对于一位84岁的老人意味着什么？他这是在用生命战斗！他把人民的生命看得比自己的生命更加重要！为他着急的莫过于他的家人。妻子李少芬看到熬红了眼睛的他，既生气又心疼，却也无可奈何！她知道自己劝也劝不住，他这一辈子最在乎的就是病人。

仁心乃本心

的确，作为医生，钟南山最牵挂的还是病人。死亡人数一天天上升，很快就突破了1000，又升到了2000。钟南山寝食难安，他变得容易落泪，容易伤感。病人对他从来就不是一个数字，都是一个个鲜活的人，他怜惜他们，心痛他们。除了指导、提供专业意见、决策、科研攻关等工作之外，只要一有机会，他就要去救人。

不喜欢用手机的钟南山24小时开机，为的是医院有什么请求，可以及时处理。一个求救电话打来，无论什么情况，他都不能耽搁。看到这么多同行病倒，他十分揪心。在武汉抗疫一线有很多他的学生和同事，特别是他的团队有7位干将在武汉协和医院西院ICU奋战，20个床位安排的全都是重症中的重症。特别之处是这个重症隔离监护室并排放置了两台大屏幕，24小时连线广州钟南山院士团队的50位专家。钟南山除了给重症病人会诊，每天都要了解医生护士的身体状况，询问隔离措施是否到位。

有个学生给他发信息，说外面街巷的老百姓突然唱起了国歌，钟南山顿时热泪盈眶。他知道艰难时刻士气非常重要，大家的劲头上来了，有了一种精神，有了团结协作的力量，很多东西都能解决。

抗击"非典"时就是这样，即使最艰难，他们的士气也是高昂的。钟南山带头进入重症隔离监护室检查病人，亲自制订救治方案。有一次，一个呼吸衰竭的病人等待抢救，但呼吸机还在调式，情况紧急，钟南山将病人从车床推到抢救床上，他用简易人工气囊给病人做人工呼吸。这样做感染的风险非常高。许多医生就是因为做人工呼吸时被病人从气管喷射而出的血和痰液感染的。但是生死一刻，需要的就是这样的勇气！

广东确诊新冠肺炎的患者达到1000多人，是除湖北省外感染人数最多的省，压力同样巨大，丝毫不能掉以轻心。钟南山也是广东领衔抗疫的专家，他亲自来到深圳的重症隔离监护室救治病人。他领导的团队主要负责对武汉市定点医院重症患者救治进行巡诊，评估患者病情和治疗方案，确定需要转诊集中收治的患者，确保重症患者科学的救治办法。

一生与病人在一起，钟南山心里装下的全是病人，哪怕出差在外，他也不忘给病人打电话，询问他们的身体状态。抗击"非典"时钟南山病倒了，肺部出现阴影。他以家为病房进行自我治疗。第三天高烧刚退他就出现在病房里。离开病人3天他就已经不能忍受。现在，在他家门框一角还有一颗长铁钉，那是他自己给自己打吊针留下的纪念。如今八十高龄了，他仍然天天工作到很晚，双休日则安排工作会议，从来没有休过假，从来没有陪同妻子旅游过。

钟南山在病房查房时喜欢坐在病人身边细心听病人说话，拉着病人的手询问病情。有的病人身上散发出异味，有的病人病得很重，他都无所顾忌。在他看来病人并无贵贱。开专家门诊他总是提前半个小时到，一直看到晚上七八点，常常是妻子送饭来。他认为医生救人于痛苦危难之时，如果硬以上班8小时画一条线，那不是一个好医生。冬天的时候，他会先搓暖自己的手，怕凉手让病人不舒服。他的细心还表现在巡房时给病人送上生日祝福。钟南山人到哪里，哪里的病人就对自己治好病充满了信心，哪里就变得轻松愉快。而他自己最开心的是病人治愈出院的时刻，他从病人的喜悦中找到了自己人生的价值和快乐。

敢医敢言是天性

钟南山还有一张网传很广的照片，是他接受新华社记者采访的视频截图。他讲到武汉人唱国歌，相信武汉能够过关，武汉是一座英雄的城市时，两眼噙泪，嘴唇紧紧抵成了一道弧线。"非典"时期最艰难的时候，他都没有在公众面前流过眼泪。这张照片把他刚毅与深情的两面展露无遗。

武汉的感染人数呈爆炸式增长，从几十人到数千人数万人，有限的医疗设施接收不了这么多病人，人们向着医院蜂拥而来，挤满了各家医院的大厅，一床难求，出现了"堰塞湖"。中央第一时间下令开建火神山、雷神山医院。前者只用了10天、后者用了13天就建好了。接着增加十几个方舱医院、扩张几十家医院和定点医疗点……

钟南山知道疑似和已经确诊的患者不能住进医院，回家自行隔离,这种行为有多么危险。对一个心中时刻装着病人的医生来说,他心里无比沉痛,忍不住落下眼泪。

所谓医者仁心,医者乃学者,需要的是严谨坚毅的意志去攀登医学高峰,而仁心则需要一颗慈爱之心。钟南山就是二者完美的结合。他的性格似乎是双重的对立统一,智慧与拙朴、硬朗与宽厚、坚毅与脆弱、不屈与妥协、尊严与随和、铁面与柔情……前者更多表露在他那张坚毅的脸庞上,后者却深藏于心。

钟南山是岭南知识分子最典型的代表,对人和生命有着最纯朴的理解,对事业和生活有着最单纯的热爱与赤诚。岭南多耿介之士,因为这片土地凝聚了厚重的务实精神。

钟南山的家安在一栋外墙水泥粉刷的旧房改房中,连电梯都是后来加装的。室内是20世纪的老式家具,又笨又大的布沙发上满铺花布,空调是老旧的机型,天花板悬挂吊扇,墙上挂满镜框,桌上有一座装了水果的奖杯。因为家里较小,摆的都是钟南山和孙子的东西,妻子的都收起来了。一进房就有一种扑面而来的年代感,一种时间错位感。屋主对物质生活的淡泊可见一斑。钟家人聚在一起,谈的是医疗,讲的是学术追求,从来不谈钱。钟南山连自己的工资是多少也不知道。

他教导子女,第一要永远有执着的追求,第二办事要严谨、要实在。看事情或者做研究,要有事实根据,不轻易下结论,要相信自己的观察。他一生记住的是父亲对他的期望——一个人对社会要有所贡献,不能白活。这句话成了他们家庭每个人的人生信仰。

80岁后他觉得自己慢慢懂得了父亲,觉得自己初步实现了父亲的愿望。但他还不满足,对着父亲的遗像他动情地说:"爸爸,我还有两项工作没有完成。只有这两项工作做好了,才是真正地达到了您的要求。"

钟南山的家有两大特点，一是运动器具多，有跑步机、单车、拉力器、单杠、哑铃；二是书多。这充分体现了钟南山的两大爱好——医学和体育。这两者也成了他家庭最自豪之处：一是医生世家，父亲是儿科专家，母亲是高级护理师，他们都曾赴美深造。儿子子承父业，当上了主任医师、博士生导师；二是体育之家，妻子曾是篮球明星，担任过中国篮球协会副主席，在1963年亚洲太平洋新兴国家运动会上，作为中国女篮副队长，她随中国队出征。女儿是一名优秀的蝶泳运动员，曾打破过短池游泳的世界纪录，获得世界短池锦标赛100米蝶泳冠军。儿子也是医院篮球队的"中流砥柱"。钟南山本人则在首届全运会以54.4秒的成绩打破400米栏的全国纪录。1961年，他还获得了北京市十项全能亚军。钟南山高龄之下抗击疫情的毅力与体力都能从这里找到答案。他奔走各地之间，两脚仍然生风。

钟家墙壁上挂着一幅字："敢医敢言"。这是四年前别人送他的。这四个字无疑道出了屋主人的风骨。他的敢医敢言就是天性，是"一个人要说真话，做实事"的钟南山用一生践行的家风。他推崇讲真话。科学追求真理，如果连讲真话都做不到，谈何真理。对待科学，钟南山那股岭南人的耿介劲儿就像一头蛮牛——他只认真理不认权威。

早年留学英国，他就挑战过英国医学权威牛津大学雷德克里夫医院克尔教授。钟南山在爱丁堡研究人工呼吸对肺部氧气运输影响时，发现他的实验结果与克尔教授论文的结论完全相反。钟南山毫不犹豫提笔写出了论文。有人说他胆大狂妄。在剑桥学术会议上，专家们被这个中国年轻人的发言惊呆了！先是一阵沉默，继而变为骚动。克尔教授的三个高级助手连珠炮一样提出了8个问题，钟南山一一做了回答。

按会议规定，钟南山论文是否发表要参会的常委举手表决。举手的时候，全场安静下来了，可谓鸦雀无声。接着，常委们一个个举起了手。在科学面前他们的手举得高高的，一个也不少。

当年"非典"的一场新闻发布会上，有人宣称疫情已经得到了有效控制。钟南山当场开炮："什么叫控制？现在病源不知道，怎么预防不清楚，怎么治疗也还没有很好的办法，特别是不知道病源！现在病情还在传染，怎么能说是控制了？"

为了抗击"非典"救人，钟南山又跟"权威"叫板。北京某些权威专家通过中央电视台、新华社正式发布结论："引起广东部分地区非典型性肺炎的病原基本可确定为衣原体。"甚至有专家说："对付衣原体治疗变得很简单，用衣原体有效的抗生素就可以了。"权威部门的结论让广东的专家震惊了！按他们的结论，推荐特效药四环素、红霉类抗生素就可以了，但如果是错的，那将是许许多多的人付出生命的代价！在广东省卫生厅召集的紧急会议上，钟南山又站了出来，他不认为是衣原体，衣原体只是最终导致病人致死的原因之一，而主要病因可能是一种新型病毒。他的观点随后被广东省卫生厅采纳，成为抗击"非典"的重要分水岭。

"非典"时，他要搞国际合作。他认为这不是一个国家所面对的问题，也不是一个国家的医务人员能独自承担和解决的问题。在来势汹汹的疫情面前，需要联合世界上所有人的智慧来共同面对，靠人类的集体智慧战胜病魔和灾情。他首先跑去香港进行交流。

钟南山知道自己如果不站出来，后果将是疫情失去控制，人民将付出不可想象的生命代价。他不能跟着说谎。他天天面对一个个抬进来的病人，在生与死的面前，还有什么压力比死人更大！？他并不怕讲实话，因为他有依据，因为他是大夫，正在第一线抢救病人。如果说有压力，只是来自医生的责任。天下没有比救人更大的事，在生死面前其他的事情都不重要了。

有人据此上纲上线，说他有个人目的，想利用这个机会为个人捞取名利，甚至把他定性为敌我矛盾。他与香港的交流被视作泄露国家机密，对他进行调查。关于他的报道一律不得见报……

可想而知，当年抗击"非典"如果没有钟南山，结果可能就不会是这样。

从"非典"到新冠肺炎，同样，钟南山公布"新型冠状病毒性肺炎是肯定的人传人"作用重大。公开真相为挽救无数的生命赢得了宝贵的时间。

钟南山就是这样一个蛮人。他的认真有时连命都不顾。留学英国时，为了搞清一氧化碳对血液氧气运输的影响，他用自己当试验品——吸进一氧化碳。他请来皇家医院的同行，向他体内输入一氧化碳，同事不停地抽血检测。他血液中一氧化碳浓度达到15%时，医生和护士都叫了起来："太危险啦！"他们要他停止。这时钟南山就像连续吸了50到60支香烟，头脑开始晕眩。但钟南山摇着头，一脸的刚毅与坚决。他不能半途而废，他要靠实验画出一条完整的曲线。他继续吸入一氧化碳，血红蛋白中的一氧化碳浓度在上升，直到22%，曲线完整显示。钟南山感觉天旋地转。在场的医生都被他的献身精神所打动。

正是这种科学精神、献身精神，钟南山取得了医学上丰硕的成就。在抗击"非典"的生命博弈中，他摸索出了一条行之有效的"三早三合理"治疗办法，这成了广东抗击"非典"战役的一个转折点。从此，广东"非典"疫情的气焰渐渐被压制住了。抗击新冠肺炎疫情，广东患者死亡率非常低。钟南山率领他的团队投入病人救治和医药科研攻关上。他一开始就让中医直接介入，以中医药做基础实验和临床试验，在医疗过程中观察新的治疗办法。团队结合岭南气候、水土、饮食、人文等特点，针对疫病四诊资料，很快拟定出新冠肺炎预防凉茶处方，既可为医护人员定期饮用，也适用居家隔离防疫的市民饮用……

新型冠状病毒的气焰开始下挫了，疫情出现了拐点，胜利的曙光已经出现……

中国有一个钟南山，这是我们这个时代的幸运！

（《美文》2020年第4期刊载）

富民为乐

"时代楷模"赵亚夫

◎ 高保国

引　子

"当官不为民做主，不如回家种红薯。"这个人人都知道的浅显道理，却不是每一个党员干部都能做到的。我们为人民，是我们的本职所在，是"在其位，谋其政"所应该做的，这是从外在因素上讲的。如果从内在角度上看的话，我们只有真正做到为人民服务，以为人民服务作为快乐，才能提高自己，升华自己。因为正是靠人民的支持拥护，我们的工作干成了，人民向往的美好生活才能实现。人民高兴了，组织满意了，你自己就快乐了。虽然在这个过程中，我们自己付出了许多艰辛，但感受到的是更高级的快慰和幸福。正如马斯洛以需求层次理论的最高级所体现的自我实现的需求。这种快慰和幸福恰恰也体现了这一点，它能够焕发工作激情和奋进的动力，使我们追求崇高的境界。

令人仰慕的时代楷模、新时代下的优秀共产党员、退休干部、全国人大代表——赵亚夫，充分注释了这种精神和状态，是为典型代表。

赵亚夫曾任江苏省丘陵地区镇江农科所所长、党委书记、镇江市人大常委会副主任。

他就是老百姓看得见、摸得着的"为人民服务"，他就是把人民群众放在心上、人民群众把他记在心中的干部。

他在职期间，坐的是"清水衙门"位，当的是"无权无钱"官。

他五十年如一日，始终把"三农"工作装在心头，坚持把建设"农民共同富裕、农业生态高效、农村可持续发展"作为奋斗目标，退休不退岗，在句容市天王镇戴庄村搞试点，使其成为江苏乃至全国发展生态农业、以农富农、实现农民小康梦的典范。

"要致富找亚夫，找到亚夫准能富。"已经成为当地老百姓的口头民谣。

赵亚夫用他的实际行动，用他的"富民为乐"的人民情怀，用他的"科技兴农"的抱负，践行着中国共产党的宗旨——为人民服务。

"为天地立心，为生民立命，为往圣继绝学，为万世开太平。"将这四句话翻译成现代汉语就是：为社会重建精神价值，为民众确立生命意义，为前圣继承已绝之学统，为万世开拓太平之基业。人间事业，再也没有比这更大的抱负了。这四句名言，被冯友兰称为"横梁四句"，历代流行不衰，是怀抱入世与济世理想的"中国人追求"，也是赵亚夫的"追求"。

中国人追求

赵亚夫为何有这样的"中国人追求"呢？

回忆往事，赵亚夫感慨万分。那是 1958 年，他考上了宜兴农学院农业专业，期间，他身体不适。一天早晨，他向班主任请了假，就来到了宜兴人民医院就诊。他去的时候没有在意门诊室外面有什么特殊的情况，可当他从医院内科室走出来后，再从门诊过堂出来时，长廊两边到处横七竖八地躺着农村来的农民患者——当时因饥饿染的浮肿病。

他被这种现象强烈地震撼了，特别是一位位患病农民兄弟哀伤无助的眼神，深深地刺痛了他的灵魂。这位坚强的青年人，泪水夺眶而出。他含着泪水，带着荡涤的灵魂离开了宜兴人民医院。当天，他就在日记本上写下了一行字："我要用自己所学的知识，用一辈子为农民兄弟播种幸福、播种快乐，让农民兄弟过上温饱生活。"

三年的学习生活中，青年赵亚夫怀揣着强国富民的理想，每时每刻告诫自己，不要忘记自己的诺言和担当。在学校期间，青年赵亚夫不甘落后，每一次考试，不管是专业课还是文化课，他门门名列前茅，还担任了团支部书记，组织活动能力不断增强，常常得到学校领导的称赞。

这也成就了赵亚夫一辈子为之奋斗和兑现的"富民为乐"的承诺，以及他身上的中华民族精髓——"中国人追求"。

雪 上 加 霜

春天，大地从冬寒里苏醒过来，被人们砍割过的陈旧的草茬儿，又野性茁壮地抽出了嫩芽，不用人工修培，它们就在风吹雨浇和阳光的普照下生长起来，遍野是望不到边的绿海……

整个常州城内似乎跟城外"春天四月艳阳天"无关，到处笼罩着"内忧外患"的抑郁气氛,让所有的人看不到城外一片片生机盎然的景象。

1941年4月的一天,对常州一个姓赵的普通市民家庭来说,是一种未来,是一种希望……因为赵家在凌晨时分,主人的妻子生了个"带柄的"。小生命的"哇呀哇呀"落地,给赵家带来了欢乐。这个孩子就是赵亚夫。

赵亚夫出生的时代,正是人民生活极其艰难的时代。整个社会动态不安,整个国家内忧外患交相煎熬,日本帝国主义侵占了大半个中国,国民党反动派策划了震惊中外的"皖南事变"。

这个家庭也发生了变故。本来一家人的生活就极其困难,这时赵亚夫的妈妈因患重病,十几天后就离开了人世间,4岁的赵亚夫纵然哭喊得撕心裂肺,也没能唤醒自己的妈妈……童年的赵亚夫处在"雪上加霜"的生活环境里,后来依靠外公外婆抚养长大,在那个灾难深重的年代度过了自己的童年。

当他跟别人交流"忆苦思甜"时,他总会说:"不要忘本呀!没有共产党,广大老百姓哪会有今天的快乐和幸福啊!"

"我不会说谎"

让我把年轮倒回到1982年,这时候的赵亚夫正是盛年。作为省农技干部研修组组长的赵亚夫,身材敦实如山,发如黑鬓,面容宽阔圆润,宽边眼镜架在鼻梁上,虎目放光,和蔼中带有几分厚实,微笑起来如涓涓暖流，直抵心田。最引人注目的是他那沉稳而不停歇的脚步，恰似大海里那一艘迎着朝阳和风浪勇往直前的大船，神采飞扬，永无倦意。

他用自己的"大船"，承载着7位同事东渡日本，在日本进行了为期一年的研修。赵亚夫的研修主攻方向是新型稻麦栽培技术。他刚到日本，就被那里的环境震撼了，既好奇又激动。

首先映入他眼帘的是望不到边际的高速公路，仿佛一条条巨龙昂首挺胸，还有广阔碧绿的山岭之间那茂盛的庄稼、大城市里到处高耸入云的大楼和穿梭在城市街道之间的各种小轿车。看到此情此景，赵亚夫惊呆了，这就是富民景象。

赵亚夫来到日本爱知县的渥美半岛，这里到处郁郁葱葱，山上有林，山坡有果，鲜花漫山遍野，洁净的农舍掩映其间，清澈的溪水潺潺流动。

他在日本时与同事们一起感慨："这里和我国江南丘陵山区有着类似的地貌，我们那里大多是荒山秃岭，黄泥水伴着贫苦劳作，可人家怎么会搞得这么美？"

巨大的反差彻底征服了赵亚夫，令赵亚夫心潮澎湃，久久不能平静。赵亚夫是第一次有这种心境。

想到这里，赵亚夫觉得心里不是滋味。一路走来，自己竟然日渐背离了往日富民的诺言，青春年少的热情也不知道跑到哪里去了。

1961年7月，赵亚夫从宜兴农学院毕业后，作为省里开发丘陵山区的主要农技骨干力量，他和全班50多名学生被分到全省各地的农林部门，并下派到农村蹲点，和农民同吃、同住、同劳动……

回忆起当时的情景，此时的赵亚夫颇有感触：我们的山区农民太苦了，这一次研修一年虽然时间短，但我要尽我的努力改变农村的贫穷面貌,哪怕搞一个村、一个镇,都要把在这里学习的知识落实到行动上。我要尽其所能,帮助农民尽快富裕起来,要像现在日本的丘陵山区一样,满山的树木、满坡的果林、满岗的鲜花、满田的优质稻米,让农民兄弟收获满屋的财富。

在日本期间,赵亚夫常与妻子黄宝华用书信方式沟通双方的情况,他把日本的情况告诉妻子:日本的路是如何好、日本农民的条件如何好,城里如何干净明亮,农民的房子比镇江的金山宾馆规格还要高……

妻子开玩笑地说:"去日本还没有几天,就忘记了身份,你总说日本的月亮比中国圆,崇洋媚外。"

当时为了证明日本富裕农民一家的财富,他对日本农民近藤一家的收入水平按当时国内的情况做了统计:一年约合人民币16万元,他们一年生产的稻麦可供2461个日本人吃一年。"我不会说谎,我当时告诉宝华的都是有事实依据的。"赵亚夫回忆说。

潜心学艺

赵亚夫在日本期间,心情非常沉重,他觉得我们国家的农业与日本农业之间的差距很大。

他想到了家乡农民的贫困,想到了自己肩上的责任。他决心要学到、学精日本的先进农业科技技术,用于自己的国家,服务于自己的农民,让家乡的农民兄弟早日脱贫致富,以改变家乡农村贫穷落后的面貌。赵亚夫坚信，日本农业专家能做到的，自己也能做到，而且要在某一方面做得更好。赵亚夫坚信，日本农民能够做到的，镇江农民也一定能够做到！

赵亚夫为了这份"富民为乐"的梦想，在日本期间一个人干了两个人的活儿。通过干活儿，一是给日本农户留下好的口碑，二是学习实践的机会会更多，这样就会多掌握些关键的先进农业各方面的技术，有助于赵亚夫独立完成各种新品种的栽培技术。

为了积累知识，他每天早上都5点起床，学习日语，晚上10点多才能睡觉，有时碰到农业科技方面的难题，夜里12点还把同事喊出来一起深入研究，甚至到拂晓了，把身子斜在床帮上眯一会儿，就算睡了觉。

他深知只有自己带头儿学习，认真研究，才能带领大家把先进农业技术吃进肚子里，带回去。理论固然重要，而实践操作的关键更是重中之重，所以赵亚夫在学习农业先进技术方面，肯吃苦，肯花力气。

他清晰地认识到，在我国人多地少的条件下，走传统农业发展之路，只能解决农民的温饱问题，只有依靠科技进步，才能走出一条发展高效农业的路子，才能真正改变农村的落后面貌。

邂逅草莓

在日本研修时有几件事给赵亚夫留下了深刻的印象。他曾经与日本草莓专业户近藤有一段"邂逅草莓"的经历。有一天，赵亚夫因为农业科技理论上有几个日文单词意思有些摸不准，就来找近藤帮忙，他到处找近藤，喊了近藤半天也只是听见近藤应答的声音，就是看不见近藤的人。

"阿夫桑，我在这里！"近藤从阳光房大棚里走了出来向赵亚夫打招呼。赵亚夫被近藤搞得丈二和尚——摸不着头脑。再加上赵亚夫才来日本10来天，语言交流还是比较生硬的。后来近藤加上肢体语言，赵亚夫才弄清楚，近藤一家还做着大棚种植草莓的农业先进项目。

赵亚夫明白后，觉得自己有了哥伦布发现"新大陆"的感觉。

近藤把成熟的草莓给赵亚夫品尝，赵亚夫一边品尝草莓的鲜美滋味，一边向近藤了解种植方法。

"阿夫桑，种草莓不容易呀……"近藤详细介绍了草莓栽培的科学方法。

"我肯定要把草莓种植带回家，让草莓在江南丘陵地区遍地开花。"说到这儿，赵亚夫还向记者讲了一段熟悉的日语："马克桑，在我的家乡，农民还很穷，村庄很落后，我想把草莓引种过去，也许能让那里的农民走上一条致富之路。"

在日本一年的研修中，赵亚夫不仅以书为伴学好了日本农业科技理论，而且，像"邂逅草莓"式的故事还有很多。在掌握了许多农作物的科学种植方法后，他还以"小学生心态"向日本农业专家、专业户请教。

赵亚夫暗自下了决心：如饥似渴地学习日本的各种社会经济情况，认真细致地了解日本的农业现状，回去后一定要借鉴日本实现农业现代化的经验，致富中国农民！日本农业现代化的做法给了赵亚夫深刻的启发，他决心不忘毕业时的诺言，结合本地的实际情况，寻找中国自己的农业现代化之路。

　　学成回国后，他当时没有用省吃俭用的钱从日本买家电，而是带回了13箱农业图书和20棵草莓苗。赵亚夫至今还记得，当年回国时，近藤看见13箱农业图书竖起大拇指感慨地对他说："阿夫桑你真了不起，我真佩服你这个中国人，你以后一定会成功的！我相信你！"

　　在上海宝山港口，海关人员查验赵亚夫的行李，一位老海关人员说："我在这里干了10多年了，第一次碰到一个'傻子'带回了这么多农业方面的书，出国人员带回的大多是大包小包的国内买不到的高档电器……"

万 山 红 遍

　　不要让群众来听我们的话，而是我们要学会听群众的话；不是我们向群众要东西，而是我们先将自己的一切献给群众。只有这样，群众才能信任我们。这不是"将欲取之，必先予之"，而是全心全意为人民服务，这就是赵亚夫的快乐！

　　千百年来，贫瘠，一直和丘陵山区的土地相伴；贫穷，一直和生活在这片土地上的农民相随。进入新时代，这个地方发生了巨变：贫瘠变成富庶，贫穷正变成富裕。

　　这一切是怎么发生的？

就是因为这个地方有了个赵亚夫!

1983年5月,从日本学成归来的赵亚夫,信心满怀地回到了农科所,并出任镇江农科所所长。

20棵草莓苗如同富民为乐的星星之火,燎原在江南丘陵山区,一到草莓成熟的季节,满山遍野就被染成了一片红色。"万山红遍"的壮观,数不清的粒粒硕果,如同农民致富的金钥匙。

我仿佛从赵亚夫一脸的微笑中,看到了20棵小苗在山风中尤其显得弱小与稚嫩,似乎一阵风就能将它们吹倒刮走。可是,它们挺住了。因为,它们是绿色的。起初,它们只是毫不起眼的一抹绿色,很快,这些小苗滋蔓繁衍,绿色壮大了,在壮大的绿色之中,又结出鲜艳的果实。飘着香气的绿与红,以一种夸张娇媚的姿态首次走进亘古不变的丘陵的怀抱中。赵亚夫从日本带回的富民为乐种子终于有了收获的季节。

赵亚夫将农村的需求作为自己的工作追求,几十年来如一日,心系"三农",不断探索富民强农的新技术。先后24次赴日,引进、消化再创100多项新技术,推广深受农民欢迎的科技成果30多项,撰写"三农"方面专著6部,培养出10多名全国、全省、全市劳模,组建了江苏省一流农业科技服务团队,先后引进推广种植了180万亩次的草莓、葡萄、桃、桑、梨等应时果品,给农民带来了近30亿的收益。早在1996年,赵亚夫帮助农民建立了江苏省首家葡萄专业合作社,无偿为农民解决销售难题。

如今,年近80岁的赵亚夫,从事农业科技研究实践近半个世纪,作为一名共产党员、一名党培养的农业专家,他用一颗富民为乐的心、用一双扎根田地的脚、用一个实用科技装备的脑、用一个济世扶民的抱负,出色完成了科学对土地的承诺,出色完成了他刚从农学院毕业和在日本研修时的誓言。

最美志愿者

2008年5月20日14点28分,那一刻令高山动容、江河无语,令960万平方公里中华大地,泪飞顿作倾盆雨。

汶川,汶川,汶川!汶川大地震!

这一刻让花甲老人赵亚夫的眼睛湿润了,他的心颤抖了……

2008年汶川地震后,灾后重建摆上国家的议事议程,也挂在赵亚夫的心坎上。他不顾自己年岁的增长、身体健康状况的下降,义无反顾地和其他年轻同事一起奔赴四川绵竹市九龙镇。按照组织的要求,赵亚夫担任了江苏援建高效农业示范园的顾问。

赵亚夫带领团队,从调查研究入手,从因地制宜立足,以快速见效、致富农民为目标,挑选镇江最强的农业科技专家队伍,筛选镇江最先进的农业技术和最能够产生经济效益的品种去做示范。在四川灾区,他使培植草莓、核桃以及养鸡等近50个优势品种项目落地生根、开花结果。

他免费培训灾区农民将近300人,推广高效农业5000亩,灾区农民增收近3个亿。

2010年,赵亚夫因为在灾区马不停蹄地超负荷工作,他的腰椎间盘突出病症因劳累而加重,腰疼得已经无法直立、无法行走,他只好扎着应急腰带,坐在轮椅上,为灾区农民授课。

赵亚夫在灾区坐在轮椅上授课、为农民指导，坐在轮椅吃饭……让在场的人们无不动容，都为赵亚夫这份"富民为乐"的真情和真心掉下了眼泪。

赵亚夫克服白内障、腰椎间盘突出的折磨，18次去绵竹，吃、住在简易的防震棚。因震区道路坑坑洼洼，他的轮椅自行车不好走，他就拄着拐杖，深入田间地头传播农业科技知识，有针对性地指导农民示范种植。

年近70岁的赵亚夫仅在绵竹这个地方，15镇21村，就培养农业示范户112个，示范果树293亩，发酵床养猪、鸡等近万只，投产草莓每亩收入万元以上，高效农业的高经济效益，在绵竹引起了轰动。时任国家发改委主任的张平就此评价："西部大开发，东部支援西部的成功典型。"

赵亚夫在灾区志愿服务的先进事迹，得到了四川省委的关注，时任省委书记的刘奇葆如此赞誉赵亚夫："要想富，找亚夫，留住赵亚夫，四川准能富。"

灾区重建有了这位"最美志愿者"——赵亚夫，这一刻，巴蜀大地山川更秀美！

戴　庄

为人民服务是实打实的，老百姓听的是实话，认同的是实干。赵亚夫容不得半点儿虚浮和做派，他把整个身心都融入基层群众之中，时时处处与百姓同忧同乐，甘苦与共。深扎在山乡泥土里的树根不会枯竭，源自心灵深处的真情犹如江水奔流不息。

没有一点儿官气，不图任何享受，只知付出奉献，坚守之中底气十足，浮华面前堂堂正正。主人公赵亚夫的"威信"靠的不是官衔，而是一腔富民为乐的情怀感人肺腑，一股人格力量撼人心魄。

历史沧桑，山水依然。

戴庄位于句容市最南端，在溧阳、溧水和句容三县（市）交界处，属茅山丘陵腹地，总面积10.4平方公里，耕地面积7312亩，全村15个自然村，22个村民小组，866户，2879人。散居在崇山峻岭包围之中的僻壤旮旯，山陡、坡险、地狭、村僻、人穷，是当时戴庄各个自然村的真实写照。

"离开领导岗位之后，我要到戴庄，带富一个村。"这是赵亚夫2001年春节与妻子吹的一次"枕边风"。从中看出退休后的赵亚夫仍然不忘初心，要让茅山老区"一个最穷的村实现真正的小康"。

从此戴庄的命运就改变了。

2001年以来，在赵亚夫"精准扶贫"指导下，从句容最穷的戴庄，到天王镇富民点，再到戴庄模式，以至戴庄现代农业经验向全国推广。

2013年5月10日，江苏省委办公厅转发了省委农工办、省农委联合调研组《关于句容市戴庄有机农业专业合作社的调研报告》的通知，要求各地结合当地实际，认真学习借鉴戴庄的经验，动员组织基层干部群众因地制宜创新农业生产经营体制机制，探索集体经济多种有效实现形式，多渠道促进农民持续增收，建设"生产发展、生活宽裕、村容整洁、乡风文明、管理民主"的新农村。

这就是"赵亚夫的戴庄模式"。

今天的戴庄，青山环绕，群峦叠嶂，林木滴翠，竹影婆娑。清澈见底的下山溪和款款白沙水库交汇在戴庄村境内，为这个风光旖旎的村庄平添了许多灵气。

每逢节假日，纷至沓来的各方游客游览戴庄的白沙水库、九龙山、北山竹海……那新建的戴庄有机农业圈依托国家4A级茅山风景区和省级九龙山风景区，犹如一只欲展翅起飞的雄鹰。

行走在村里平坦宽阔的"开心农场"，整洁有序的民居白墙黛瓦格调，在绿树与翠竹的映衬下更显得色彩夺目，"开心农场"商业街两边开设着茶叶店、特产店、小酒楼、农家乐等，令人目不暇接。

谁也没有想到，18年前这里是茅山革命老区最穷的村庄。

"正气"赵亚夫

赵亚夫离开领导岗位后，仍继续义务从事农业、农村工作，力行"做给农民看，带着农民干，帮着农民销，实现农民富"。他先后在稻麦栽培、园艺、农业经济等专业研究领域，尤其是在江苏省丘陵山区农业综合开发及有机理论和实践方面做出了显著成绩，累计在茅山老区推广发展高效农业250亩，给农民带来收益200多亿元，帮助茅山革命老区50多万农民实现小康，迈向了农业现代化。

赵亚夫直接指导、培育了两个受到农业部表彰的全国农民专业合作示范社。

赵亚夫主持、设计、创建了江苏句容万山红遍农业园和四川绵竹江苏高效农业园两个农业现代化园区。

认识赵亚夫的农民兄弟跟记者说："赵亚夫虽然是副厅级领导退休下来的，但却没有什么官架子。"在戴庄的日子里，他每年有200多天的时间与村里的农民兄弟在一起。

平时田间地头就是他的办公场所，给农民指导工作，早饭啃的是面包，午饭是一盒方便面……这是他对自己的招待。

可是赵亚夫对田间的果树、庄稼就像婴儿一样精心呵护：天不下雨，他怕农作物旱着；雨下多了，他又怕农作物涝了；温度低了，他怕农作物冻了；气温高了，他又怕农作物热了。

"天有不测风云"，甚至一天就有几回恶劣天气，别人遇到恶劣天气往家回，而赵亚夫却往山沟"钻"。他的妻子告诉记者："退休了10来年，他比上班还忙，只要遇到恶劣天气，老赵就是生病在医院，他也会往戴庄赶，我总是提心吊胆，生怕有个三长两短……"

赵亚夫退休后不仅自己的"生命安全"一直处于高危状态，而且一年下来，他的车要跑几万公里，这都是"失火打板子"事件。

可是，赵亚夫退休10余年来，从没有考虑去算这个账。

就是退休前也是一样，他作为一个单位的领导，该享受的待遇标准他总是一降再降，公务出差从不住星级宾馆，不乘等级车厢……

2008年，赵亚夫将江苏省政府颁发给他的30万科技兴农模范奖金，全部购买了有机大米，分发给了农科所和戴庄的部分农民兄弟。

在戴庄模式中，如果赵亚夫按15%的技术入股，年利润按600万元计算，每年可以分红90万；讲课劳务费，如果按每年20次，每次2000元计算，每年可拿4万元。但是，赵亚夫从未拿一分钱。

"做人必须像人，当官不可像官。"赵亚夫默默无闻的表现似一盏明亮的灯，引亮了自己，照亮了别人。

后　记

回顾历史，时代楷模层出不穷，从人民的好干部焦裕禄、孔繁森，到放下将军不做的甘祖昌，还有担任保山地委领导近20年的杨善洲退休回乡"自找苦吃"……

"千帆竞渡，百舸争流。""富民为乐"，也不是一时之事，它要我们8000万党员干部带领13亿多人民一起奋斗，一起寻找幸福，还要我们长存心中，长效长行。

2014年5月22日下午3时，中央电视台"时代楷模"发布厅座无虚席。这一刻，赵亚夫被中共中央宣传部授予"时代楷模"荣誉称号。

"科技兴农，根系山乡，立地顶天。践百年一诺，帮民致富；千辛万苦，济事除难。东渡求知，草莓引进，稻麦人家果品鲜。葡萄架，串香甜沃野，丰硕秋原。有机高效良田，岗坡地，淘金喜可见。历三番探索亲身试验，多方教授，率众公关。地震前沿，四川援建，抱病传经示范园。平生愿，葆先锋本色，沥胆披肝。"这是中华诗词协会撰写的《沁园春·礼赞赵亚夫》，由著名电影演员温玉娟在颁奖仪式上深情朗诵，高度凝练了赵亚夫"富民为乐"的情怀和矢志为农的精神风貌。

赵亚夫不仅是"时代楷模",是大家学习的榜样,而且是新时代下习近平总书记新思想的践行者。

作为党的干部,赵亚夫一直坚持"把人民群众冷暖放在心上",一直满腔热忱地为人民群众的生活排忧解难。他把自己的"科技工作"作为党和政府联系人民群众的桥梁和纽带,甘当"精准扶贫"的铺路石,设身处地关心群众疾苦,为"人民美好生活"送去党的关爱。

"致富农民,是我年轻时就立下的志向和梦想!我深深地热爱我所从事的事业,农业、农村已经成为我生命的重要组成部分,农民已经亲如我的家人。"

"不求惊天动地,但求问心无愧!"

"我始终有个梦想,就是让农民富起来!"

优秀共产党员赵亚夫做到了,而且做到了"精准、精致"。

(《文艺报》2018年7月13日刊载)

金达莱映红山岗

◎ 郑风淑

"山山金达莱，村村烈士碑。红心振双翼，延边正起飞。"这是1986年，时任文化部副部长的著名诗人贺敬之的诗句，也是延边朝鲜族自治州作为东满抗日重要根据地无数抗日志士血染延边大地的真实写照。

巍巍的长白山东麓，山水相依、群山环抱的延边朝鲜族自治州，自然风光秀丽，景色宜人，仿佛一颗绿色明珠镶嵌在祖国的东北边陲。金春燮，就是延边朝鲜族自治州汪清县人。

10余年，金春燮的足迹遍及全国十几个省，历经2万多公里路的跋涉，心血和汗水浸透了走过的土地，寻访出一段段革命英烈感人肺腑的动人故事；

10余年，他似蜡烛燃烧自己，点亮一盏盏心灯，照亮人们重走红色抗联之路，为传递红色基因耗尽心血；

10余年，他勤俭自律、安于清贫，自筹和协调政府有关部门投入资金1300余万元，在金达莱开满的山岗上建起了一座座抗战烈士纪念碑，告慰先烈地下英灵，在后世人们心中筑起不朽的精神丰碑！

血色金达莱

"快！老金书记，您必须得去延边医院住院了，马上就给你办转院手续，太危险了！"医生心急如焚地告诫。

"求求你，老金！你不为你自己，也得为我和孩子们想想啊！听医生的，咱得赶紧住院，不能再拖了，啊？"老伴儿边拿袖子抹着眼泪，边摇着老金的胳膊颤声劝着。

"阿爸基，您再不听劝我立马就买机票回家，工作我也不要了，扛也要把您扛到医院！"儿子急眼了，电话那头粗声喊着。

"阿爸基呀，阿爸基，阿爸基！呜——呜——呜——"电话那头儿的女儿已经泣不成声。

"金主任，您就安心住院治病，工地有我们呢！"同事在一旁帮着腔。

此时，躺在门诊病床上的金春燮，脸色泛着暗黄，两边腮帮子塌进去，瘦得脱了相。平时一双炯炯有神的眼睛，被没了力气的眼皮半遮着，他好奇，那么薄薄的一层皮，咋能似千斤重。他努力地睁了睁眼，看了看围在床边的几个人，软软地说："别大惊小怪的，没啥事。不就是丙肝吗？听你们的，我一定配合治疗。可，工地到了关键时期，缺不得我呀！"他舔了舔干枯的嘴唇，喘了口气，"我肯定每天都照打干扰素，晚上让老伴儿给我打就行，我没那么'软蛋'，结实着呢！"

就这样，金春燮"赖"在工地上，不肯住院，条件是每天晚上乖乖让老伴儿打干扰素，治疗复发的丙肝。他实在是放心不下正在为童长荣烈士立纪念碑的工地呀！

一

为烈士立纪念碑，缘起汪清县关工委（关心下一代工作委员会简称）。

2005年4月，金春燮刚当上关工委主任的时候，还真不知道这是干啥的。到了岗位上，他既来之，则安之，便悉心研究起来。各级关工委的主要任务是广泛动员和组织离退休老同志，特别是那些长期在党、政部门担任过领导职务和各行各业的德高望重的老干部、老教师、老专家、老模范、老战士（简称"五老"）等，以全面提高青少年思想道德素质、科学文化素质和健康素质为目标，开展丰富多彩的活动，对青少年进行思想道德、革命传统、爱国主义、集体主义、社会主义、法制和普及科技等方面的教育。

　　嘿，这下他可是看出了门道儿：这是让"五老"发挥余热，为青少年传承红色基因啊！关工委虽然不是在职的职能部门，也许在有些人眼里无"权"也无"利"，要开展工作，万事得求人。可是，这个工作在金春燮的眼里非常有意义：革命传统不能丢，老同志的任务就是要给下一代传好"接力棒"啊！自己能在有生之年发挥余热，为党、为青少年成长做点儿事，这是求之不得的好事儿，再苦再累，也要把工作干好。他认真地想了又想，要想搞好爱国主义教育，自己得首先了解汪清的红色历史，这对于年近六十的他又是一个全新的课题。

　　那年他从县委副书记的岗位上，服从组织安排调整到县人大常委会任副主任。本来是准备接人大常委会主任的，可干了几年，组织上为了安排年轻干部，却要求55岁的他提前退休，57岁又让他当了县关工委主任。

　　这事在县委大院炸开了锅，说啥的都有："这老金是犯错误了，还是咋的？"

　　"关工委是啥岗位啊，没职没权的闲职，说穿了就是'孩子王'！"

"人家都是官越当越大,这老金是越活越憋屈!"

"啧啧,人往高处走,水往低处流,哪有县委副书记在人大常委会副主任岗位上退下来的?"

要说金春燮一点儿想法没有,那是瞎说。他也有点儿委屈。但是,这点儿委屈和党的事业比起来,什么都不是。他觉得,党的干部就得听党指挥。

他对找他谈话的那位百般抱歉的领导说:"没有问题,我这就退休,办手续!"

"真的,老金,你不用再考虑考虑?"

"不用,就这么办!没什么条件好讲的!"

"老金,你真是好样儿的!"

2016年7月21日,由中宣部宣教局、光明日报社联合主办的全国"核心价值观百场讲坛"第43场走进延边,在延边电视台演播厅直播。金春燮脱稿讲了50分钟,受到主办单位和网友的好评。

时任吉林省委常委、延边朝鲜族自治州委书记的庄严紧紧握住金春燮的手说:"你为宣传延边做了很大贡献,我们向你表示感谢。你能从人大常委会副主任的岗位上,提前5年退下来,实在了不起!"

他就是这么个朝鲜族"有刚"的汉子!

如今到了关工委主任岗位上的金春燮,对怎么干这活儿,开始也摸不清个子丑寅卯。可他那老黄牛的倔劲儿又上来了。啥事儿他都不愿意糊弄,啥事儿他都要坚持到底,不达目的决不罢休!

想当年,金春燮当兵时曾三次向党组织提出入党申请,最后一次才入了党的事儿,一直被战友们传为"奇谈"。那是1969年12月,从小就向往穿上军装过军营生活的金春燮,如愿以偿当上了兵，他被分到延边某边境口岸做朝汉语翻译。之前"文革"一开始的时候，边境口岸的翻译人员都被遣散了。边防无小事，事事通中央。即使口岸上一条狗越境了，都要通过"外交"途径送回去或送回来。口岸急需翻译，他的朝语和汉语都不错，正好发挥了特长。入伍半年后，部队根据他的表现，推荐他入党。

虽然做梦都想着进步，渴望加入党组织，可他一琢磨，觉得自己不能为了入党，向党隐瞒自己家庭的真实情况。那不是他的性格，做啥事都要亮堂堂、坦荡荡。他是个"实诚人儿"，干啥都"较真儿"、认"死理儿"，眼里揉不得沙子。他主动找到指导员，坦白了自己的哥哥蹲监狱的事情。原来，毕业于长春地质学院的二哥曾分到南京海洋研究所工作，因随单位领导几次出访朝鲜当过翻译，"文革"时期被打成"朝鲜修正主义特务"，关进了长春铁西监狱。指导员也是个朝鲜族，十分清楚金春燮的现实表现，也理解他对组织上的坦诚，考虑再三，还是先让他填了表，报到团党委再说。结果不出所料，团党委政审没通过。

这在当时，可是"硬伤"。换了别人，早"缴枪不干"了，可是他不！

他主动向组织上提出，自己存在出身问题，更应该到艰苦的地方去锻炼，要求到炊事班做饭、喂猪。整天乐呵呵的金春燮特别愿意帮助战友，抢着干部队里最脏、最累的活儿，从不挑三拣四。后来，一直到他退伍，连队里打扫厕所的活儿他全给包了。

过了半年，金春燮又一次填表提出入党申请。新兵连四个排，一百五六十号人，他是唯一的高中毕业生，加上他能吃苦、热情上进、乐于助人，按理说够条件。可这次，又是因为哥哥的问题，上级把入党申请表给退了回来。

组织上没有接受他入党，他不但没气馁，反而更积极主动地脏活儿累活儿抢着干。后来，他当上了班长。1973年7月，全团选10个班长到当时的延边军分区集训，打算培训结束全部提拔成排长。人家那9个都是党员，唯独他是"非党同志"。

培训后回连队，他第三次申请入党，这下连指导员都乐了："又来了？"

"嗯，又来了！"

"你有'硬伤'，还坚持要入党？"

"对，一定，入党了就是党的人，用行动弥补伤痕！"

1973年9月30日，金秋收获的季节，金春燮收获了他的信仰之光！

他庄严地举起右手，向党旗宣了誓。

金春燮就是这么个人，只要是他认准的事，十头牛也拉不回来。每每回忆起自己入党的经历，金春燮觉得自己一而再再而三地向党组织提出申请，就仿佛是一次又一次接受组织考验和洗礼一般，每一次都使自己的思想更加升华，心中的目标更加明确。同时从侧面也不难看出，金春燮这人的内心纯净、追求执着，用老百姓的话讲，是个十足的"犟眼子"。

二

汪清县是抗日战争时期东满地区党的指挥中心。上任关工委主任伊始，金春燮就开始泡图书馆查找和搜集资料，潜心研究起汪清的抗战史。他和同事们挨着个儿统计，在抗战时期有多少抗日将士英勇斗争，直至献出宝贵生命，长眠在汪清的土地上，留下了多少可歌可泣的抗战事迹。

可是他同时发现，当时的很多孩子不了解历史。英烈就在身边，很多孩子却不知道。这其中有27岁就为民族独立和解放英勇献身的中共东满特委书记童长荣，有被敌人残忍杀害的中共汪清县委书记金相和，还有以自杀表达和平意愿并给游击队留下大量子弹的日本共产党员伊田助男……

问起身边的孩子们，他们对于这些烈士几乎没有什么了解，也没什么感情，更不用谈学习和继承了。这些现实让他揪心，更让他惊觉，革命传统、红色记忆必须要得以传承，红色基因必须根植在孩子的心灵里，烈士们的事迹、奉献精神必须让孩子了然于心、内化于行。对青少年进行爱国主义教育，需要的不是生硬的说教，也不仅仅是书本里的铅字，而是必须让孩子们以及所有人能够身临其境、感同身受，既要直观，又要生动，还要有永久的纪念意义。

找什么载体呢？

金春燮是一个老兵，曾在部队里摸爬滚打，曾在军营里历练成长，身上奔流着战士的红色血液，思想凝结着战士的理想信念，尤其对那些在血与火的战争年代里浴血奋斗的战友们，他有一种特殊的感情——他们为中国革命牺牲了自己，用自己的生命和鲜血换来了新中国的胜利和如今幸福和谐的生活，理应受到后代的缅怀和敬仰！

汪清源于满语（女真语），本音"旺钦"，意思为"堡垒"。正因为这里青山绿水的天然屏障，1932年，以童长荣为首的中共东满特委机关从延吉县王隅沟抗日游击根据地转移到汪清县马村，与中共汪清县委联合成立了反日山林队、抗日救国军等抗日力量，和东北人民革命军浴血作战，建立和巩固了抗日游击根据地，成为东满抗战的一支坚定的有生力量。

在抗战时期，汪清县抗日军民与日军进行了105次战斗，有603名战士被日军杀害，献出了宝贵生命，长眠在了这片热土上。密林深处留下了177处抗战遗址。

这些英雄的事迹感天地、泣鬼神，也深深牵动着金春燮的心。

他想给下一代传好红色基因的"接力棒"，这个"接力棒"在哪里？他想到了：一要为革命英烈树碑，二要为革命英烈立传。而汪清乃至延边的抗战英烈中，影响最大、贡献最为突出的就是童长荣烈士。

金春燮了解到，童长荣是我党早期的优秀党员，曾先后担任中共上海沪中区委书记、河南省委书记、天津市委书记、大连市委书记等职。九一八事变后，童长荣来到东满地区，担任中共东满特委书记。1934年3月21日，北方大地依然天寒地冻，北风掠过陡峭的岩石，掠过干硬的树梢，发出刺耳的呼啸声。在汪清县境内的一次反日军"讨伐"战斗中，童长荣和战士们一样忍饥受冻、衣衫褴褛。为掩护群众身负重伤，他与朝鲜族女战士崔今淑一起壮烈牺牲，年仅27岁。后来战士们找到他们，用树皮将烈士的遗体包裹后，安葬在密营附近。翻阅这些资料的过程中，金春燮那颗铁打的心在不住地颤抖，泪水一次次地涌出眼眶。

27岁！如朝露一般鲜活的生命啊，如夏花一样灿烂的青春啊，就这样消失在异乡冰冷的山林里！

一定要找到英雄墓地去祭拜！金春燮止不住内心的疼痛和叹息，来到汪清县东光镇庙沟村抗战遗址，初次瞻仰童长荣墓。他至今也忘不了初见烈士墓的失落：荒郊野外，杂草覆盖的小土包，四周散落着三四十块拳头大的石头，仔细辨认才发现墓碑仅是一个有半米来高的小木牌。

时值深秋，北风瑟瑟，干枯的树叶在风中飘零，这些更增加了金春燮内心无比的失落和悲凉。他不禁脸发烧，深感愧对眼前地下早已化作泥土的烈士之魂：我们中国人是最讲究仁义礼智信的，有供奉、礼敬先辈的优良传统，可这么慢怠英雄，太不应该了。回到家他更加心绪难平：童长荣是我党高级将领，献出了那么年轻的宝贵生命，竟然连一块像样的烈士碑都没有。

金春燮是一个老兵，更懂得战友牺牲的悲壮和价值。那些抗战将士在战争年代，转战在深山密林之中，冒严寒、踏积雪，衣不暖体、食不果腹，在极端恶劣的环境里，与日本侵略者展开不屈不挠、长期卓绝的斗争，他们为了汪清这片土地和人民的幸福安宁，抛头颅、洒热血，直至献出了宝贵生命！

是烈士的鲜血染红了延边金达莱！

绝不能让革命英烈流血又流泪！

金春燮掩面沉思：我们这一代人如果再不传承20世纪30年代这段极其艰难的东北抗战历史，它势必会断档，我们的后代就会忘记历史、忘记英烈，话说重一些，他们就成了背信弃义的"行尸走肉"。革命英烈是民族闪亮的精神坐标和国家坚挺的信念脊梁，我们没有理由不保护好先烈留下的遗迹！我们不仅要为在汪清土地上献身的民族英雄童长荣立碑建墓，还要筹建烈士陵园，要让后代永远铭记那些为国捐躯的先烈！

这是精忠报国之士应该得到的礼遇！

为此，就是拼上自己的老命，也值！

为童长荣烈士立碑建墓，刚开始也遇到了一些阻力。有的专家学者提出，童长荣到东满地区领导抗日斗争，曾经犯过反"民生团"肃反扩大化的错误，背后批评金春燮不应该张罗为童长荣建陵园。

他听说后，不禁悲愤交加。然而，他更加清醒地认识到，一定要收集铁一般的佐证资料，让英雄立得住、立得永久。

金春燮查阅了大量的史料，再次理清了童长荣的革命线索，充分了解到：童长荣生于1907年，字斓华，安徽省枞阳县人，1921年考入安徽省立第一师范学校。他积极参加反帝反封建的爱国学生运动，被推举为安徽省学生联合会负责人之一，1921年加入中国社会主义青年团。1922年参加领导安庆青年学生反对军阀政府腐败统治的示威大游行，1925年春组织安庆学生声援五卅反帝斗争，7月赴日本留学，入东京帝国大学第一高等学校学习，同年加入中国共产党。1928年从日本回到上海，1930年2月任中共河南省委书记，1931年3月调任中共大连市委书记，同年11月任中共东满特委书记。1934年在汪清县与日军作战中壮烈牺牲。

功夫不负有心人！金春燮硬是抠出了"铁证"：党中央在1935年发布的《八一宣言》中称童长荣为"民族英雄"。2014年9月1日，童长荣被列入民政部公布的第一批300名著名抗日英烈和英雄群体名录，位列第八位，是我党在抗战中牺牲的第一位高级将领。

金春燮长长舒了一口气！

这，已确定无疑地证实了，童长荣是当之无愧的英雄！

金春燮找到质疑者，耐心解释："金无足赤、人无完人，不可能有完美无缺的人，对于英雄，更不能把他放在神坛上供起来，或拿着放大镜去吹毛求疵、求全责备。英雄也是人，也有其成长规律，也会犯错误、走弯路，这都是在所难免的。只要大方向和原则问题上旗帜鲜明，就应该树！"

金春燮旗帜鲜明，只要是革命烈士，就要为他们树碑立传。他坚持自己的想法："在艰苦卓绝的抗日斗争中，童长荣不怕流血、不怕牺牲，为延边、为汪清这片土地献出了年仅27岁的宝贵生命，就是顶天立地的英雄，拍拍胸脯、扪心自问，自己这个朝鲜族老干部，是出于民族大义，为英雄唱赞歌、举红旗，绝对没错儿！"

三

筹建陵园、立碑塑像，没钱寸步难行。金春燮遇到的第一个难题就是筹措资金。汪清是国家重点扶助的贫困县，修建纪念碑，最难的是缺资金。他不想给党委和政府出难题，决定自筹。

可是比缺资金更难的，是难以跨过自己心里的那道坎儿：角色的变化带来的心理落差太大。自己当过县委副书记，从岗位上退下来后，似乎一下变得无职无权，又无资金，要豁出老脸去"化缘"，真得靠勇气！关工委算上他共两个人，一年的经费一人只有1万块。他粗略地算了一下，建个碑至少得30万。这可是笔不小的数目，就得放下架子一点一点去筹。

当今社会跟人借钱都难，跟人要钱更是天下第一难事。可他一想起童长荣烈士残损的墓，想起烈士正值风华正茂的年纪就献出了宝贵生命的事迹，自己的心灵就会受到一次冲击，在英雄面前越发感觉自己太渺小。他心痛，觉得自己没什么架子可放不下的，没什么脸面可顾及的。于是他开始跑机关、找企业，见老部下、会老朋友，一个个单位、一家家民营企业去筹集资金。金春燮先找自己老伴儿，把老两口存的"过河钱儿"都拿了出来，然后到处跑，苦口婆心地宣传英烈事迹，要求捐款捐物。

他说："三五千不算少，一两万不算多！"

他说："我替牺牲在这片土地上的600多位烈士谢谢你们了！"

他说："烈士为我们吃苦、打仗、守护疆土，都是父母生、爹娘养的心头肉哇，咱们咋忍心让他们这些孩子们就躺在深山老林里，不管不问啊！"

他说："咱朝鲜族，自己的亲人去世了，每逢清明节、中秋节也要去扫墓祭奠！那些长眠在汪清大地的英烈就是咱们的亲人！"

这是他每次去筹钱时说得最多的"车轱辘"话。

有一位抗美援朝老兵，硬是把省吃俭用攒的4万多元钱捐了出来。

后来，他们东拼西凑好不容易凑上了30万。

筹钱难，花钱就格外仔细。拿着"化缘"来的钱，金春燮精打细算。虽然他从来没学过建筑，可为了省钱，纪念碑的设计、施工，都硬着头皮自己干。既当设计师，又做施工人，事事亲力亲为。设计童长荣烈士的半身雕像时，他花费了好长时间，这个难题日夜萦绕在他脑海里。他这人有个"怪癖"：如果有啥事儿没有解决、没有落地，他就会饭也吃不香、觉也睡不稳。直到他有一次路过北京王府井，看到了百货大楼前全国劳模张秉贵的雕像，才有了灵感，解决了这一难题。

为了节省设计费，他用土办法来设计童长荣的半身雕像。他找来旧报纸，拼成和实际雕像一样大的平面图来找直观感觉，雕像底座上"童长荣"三个字要多大，都是在墙上贴旧报纸，一点点比量着定下来的。生怕自己没有尺寸的概念，就用笨方法。为了省钱，设计之后的建筑施工也颇费周折。金春燮和附近村民苦干了一天，好不容易建成了童长荣墓，没想到第二天就塌了。他请教专家，专家分析说，墓里填充的应该是干土，他们填充的却是湿漉漉的沙子，沙子本身有重量往外胀，时间一长，墓就会胀开后倒塌。童长荣墓的外围石材每一个拼接处，至今还有一个小豁口，就是因为当时实在是不懂怎么修墓——其实不应该买方形石材，那样拼接起来不严实，梯形的石材才能正好对上。

金春燮过过苦日子，也熬过穷日子，最知道省吃俭用的"妙招儿"：手里的资金是七拼八凑"化缘"而来，十分有限，他掂量来掂量去，咋也得多修几块纪念碑。

苦不苦？那还用说，相当苦。可是他不怕。他这辈子就是吃苦走过来的。

金春燮说，自己是吃百家饭长大的，最能吃的就是"苦"。

1926年，金春燮的父母随着朝鲜半岛迁徙的人群，从今天韩国的庆尚北道永川郡背着背篓，光着脚板走到了延边，定居在汪清县的蛤蟆塘，靠给地主打工度日。他们先后生了7个子女，其中3个不到10岁就夭折了。后因生活太困难，举家迁到了牡丹江地区的林口县朱家沟。1947年10月，金春燮就是在那里出生的。1968年2月，金春燮在牡丹江市朝鲜族高中毕业，一家人投奔亲属到汪清定居。父母年迈，丧失劳动能力，一家人挤在借来的9平方米的仓库里，全靠金春燮打零工赚点儿钱，勉强过日子。街道居委会的一位好心大妈，看到金春燮实在可怜，也十分喜欢这个日子虽过得穷，但是见人有礼貌、乐意帮助左邻右舍的朝鲜族小伙子，便出面把他安排到了县农机厂，在翻砂车间当工人。

翻砂工的活儿又苦、又脏、又累，整天和型砂打交道，他干活儿时戴着厚厚的白纱布口罩也无济于事，一天下来鼻孔全是黑的，干完活儿洗手洗好几遍也还是脏的。1000多摄氏度的铁水飞溅，常常把他的汗衫儿打成"筛子"，每天汗水成溜儿地淌，到了晚上，身上都能晰出盐粉来，白花花的，拿手指抹一下用舌尖舔，都是咸滋滋的。可就是这活儿，金春燮也从不叫苦喊累，反而干得踏踏实实的，心里还特别感激那位大妈，是居委会安置了他，给自己安排了这么个养家糊口的工作。起码全家人的饭碗有了着落，这怎能不让他知足、不让他感恩呢？他把自己的感激之情全都转化成工作上任劳任怨、积极向上的动力。

当时，翻砂车间有30多名年轻人，金春燮似乎浑身有使不完的劲儿，处处表现得出类拔萃。他是厂里"学毛著（学习毛泽东著作）先进辅导员"，也是义务宣传报道员。他将车间的一块小黑板利用起来，利用休息时间义务办黑板报，写字画画，把黑板报办得红红火火，成了厂里的一块重要宣传阵地。有工友问他："小金，你成天忙来忙去的，咋就不知道累呢！"金春燮笑笑，没有回答。可他心里清楚得很，那时候，他每月工资39块，父母不能干活儿没有收入，哥哥又蹲着监狱，一家人的吃喝拉撒全靠他这份儿收入，他很珍惜这来之不易的工作，除了吃饱肚子，还缘于自己骨子里那份沉甸甸的责任和火一样的热情。

他知道，日子苦不苦，全看你咋过。

四

能吃苦的习惯，真的帮到了金春燮！

他带着人到几百公里外的蛟河天岗，与加工石材的企业讨价还价。他一般是当天来回，饿了在车上就白开水吃个面包。当年烈士牺牲或者战斗的地方，大多在山沟里，把烈士墓碑选在那儿是最合适的，可也存在交通不便的困难。雇工人要花相当一笔钱，为了省下来用在更需要的地方，金春燮和关工委的几位老同志就"雇"起了自己，好在他当兵时干过泥瓦匠的活儿，几位同志就动起手来自己干。

那些年，金春燮好像除了手扶拖拉机，啥车都坐过，走了那么多的山路，有时坐着没有减震设施的车，颠簸得骨头都快散架了。他和同事们饿了就吃自己带的冷饭，渴了就用手捧着山泉水喝，累了，在车里或草地上就地打个盹儿。同事们看到老领导和他们一样甘愿吃苦受累，没有一个喊苦叫累，都一心想着早日把烈士的墓碑立起来。

和金春燮一起共事多年的关工委副主任崔锦哲，回忆起那次进山遇险的经历，至今后背都直冒冷汗。一天他们在山里干完活儿，坐铲车顺着山路往回走。可那山路特别窄，也很难走，往左边看是陡峭的山崖，往右边看是石头随时能滚落下来的山坡。铲车车体宽、轱辘大，中途为躲避对面开过来的车，车轱辘压塌了外侧的路基，差一点儿就翻下了山沟。现在想起来，当年要是翻下去了，这两把老骨头就"交待"在山沟里了，真的就"永垂不朽"了。

2010年初，长时间的奔波和劳动，使金春燮丙肝加重了，丙肝就怕劳累和操心。有人说，忙得都没时间生病。他可不就是呢，实在没时间生病。白天上工地，晚上回家让老伴儿给他打针，就这样，老伴儿又学了新技能——注射。打抗干扰素副作用相当大，每次打完针，金春燮就会食欲减退、浑身瘙痒、头发大把大把地掉。最受不了的是全身奇痒无比，让他整宿整宿地睡不着觉。那时，他一闻到油腥味就想吐，吃不下饭，下不了床……有人问他："你是不是不要命了？"他就说，当年童长荣和那些战士们处在人类生命的极限，那么艰苦的岁月里，经受了战火纷飞、严寒酷暑等最惨烈的考验，年纪轻轻就献出了自己的生命，和烈士相比，自己的病简直不值得一提。

就这样他咬牙挺过了13个月，打了67针干扰素，瘦了20多斤，却没有影响一天工期。2010年的国庆7天长假，他是在建设童长荣烈士陵园的工地上与农民工摸爬滚打度过的。汪清县委离退休党总支书记张财说："他打抗干扰素的钱相当于他两年的工资，我让他向组织上提一提，被他拒绝了，他说自己的事情不能麻烦组织。"

在社会各界、有关部门和企事业单位及好心人的关心支持和大力帮助下，童长荣烈士陵园终于在2011年6月建成了。童长荣烈士陵园面积270平方米，按金春燮的说法，象征着童长荣把27岁的年轻生命献给抗日斗争和民族解放的神圣事业；"童长荣烈士生平碑"和"中共东满特委简介碑"长321厘米，象征着童长荣烈士于1934年3月21日壮烈牺牲；童长荣半身雕像高24厘米，象征着他24岁到东满担任特委书记；陵园甬道长27米，象征27万汪清各族人民永远缅怀童长荣烈士的丰功伟绩。

这些年，金春燮去的最多的地方就是烈士陵园，这个地方倾注了他的心血和全部的爱心，印着他无数的脚印和奔波的身影。他熟悉这里的一草一木，一砂一石。每次来到这些纪念碑跟前，他都会深情地用手摸一摸，每一寸的石碑似乎都带着他和同事们建碑时的体温，浸透着他们的汗水，更凝结着他对烈士的崇敬之情。

每次介绍陵园时，他都如数家珍，张口就能说出每个建筑的尺寸，每一部分蕴含的意义和纪念价值。他每次站在那里介绍陵园和烈士的事迹，都是他最有精气神的时刻，脸庞闪亮、双眼放光、溢满豪迈之情。我敢说，没有一个解说员，能像金春燮这般讲解纯熟，这般充满深情，这般掏心掏肺，因为，这是他的心血铸就的呀！这里的每一寸土、每一棵草都是带着温度和记忆的呀！

"纪念碑不是冰冷的石头，而是有灵魂的，它凝聚的是中华民族坚强不屈的革命精神和伟大追求。"10年间，金春燮不仅把越来越多的纪念碑立在先烈当年浴血奋战的土地上，更是把对历史的尊重和对烈士的敬仰刻进了人们的心里。他想让人们记住，在汪清这片土地上，融入中华民族抵抗日本侵略的战争，不是8年，而是14年艰苦卓绝的抗日斗争，抢救和还原这段历史，是对历史负责的信念和态度。

"每一位先烈的事迹都值得竖碑铭记！"

在纪念中国共产党成立90周年之际，2011年6月28日，时任吉林省委常委、延边州委书记张安顺和州直系统有关部门负责人专程到陵园出席了竣工仪式。已76岁的烈士养女童承瑛在子女的陪同下，从安徽省枞阳县来到陵园参加竣工仪式。她对金春燮说："感谢汪清人民，感谢你为我父亲建设陵园，我们永远不能忘记你！"

2013年，汪清县政府投资200多万元，对童长荣烈士陵园进行扩建，修建了童长荣烈士纪念碑和童长荣纪念馆。这座比较完美的陵园，鲜花、松柏簇拥，庄严肃穆。

肝胆照英魂

从县城的汪清北街出发，沿着村道，行驶近25公里，就到了著名的小汪清抗日根据地遗址。在这里，金春燮已经立了25座纪念碑。

在金春燮看来，有两座碑与众不同，它们与国际共产主义事业相关联：第一座碑是日本共产党员伊田助男牺牲地遗址碑，另一座碑是汪清县烈士陵园内的苏联红军烈士纪念碑。

一

伊田助男是日本关东军间岛辎重队队员、日本共产党员。为了坚持正义，反对日本侵华战争，1933年3月末，伊田助男把装在汽车里的10万发子弹留给我抗日游击队并留下一封信后，饮弹自尽。现在，每年都会有中日友好人士到伊田助男的牺牲地祭奠。2009年7月，金春燮开始为国际主义战士伊田助男牺牲地遗址立碑。可牺牲地遗址所在地早已划拨给了当地农民，为保住这块地，金春燮就去找村民协商，村民们一听说是给日本人立碑，头摇得都跟拨浪鼓似的，群情激愤，七嘴八舌地"骂"金春燮他们是"叛徒"，眼看着立碑这事就要"泡汤"。

一筹莫展的金春燮回到家，深夜睡不着觉，又想起了当年。那是20世纪80年代中期，中国的改革开放正如春潮涌动，如火如荼，胆大心细、敢作敢为的金春燮做了两件"出格"的"大事儿"。

金春燮从乡镇党委书记的岗位上调到县里，任县文化局局长。这"跨界"任职，也难不倒他。他时常想着，怎样将汪清具有民族特色的文化与中国灿烂的传统文化融合起来，推向更高的平台。在吉林省文化系统开展的民间艺术展演中，金春燮大胆地提出将朝鲜族传统剧目《春香传》与风靡吉林的"二人转"结合起来。这一"出格"的想法引起了不少人的质疑。

"你懂艺术吗？这么高雅和俗气的东西混在一起，会让人笑掉大牙的！"有人公开反对。

"民族的才是世界的，各种文化相融合，才能给人们带来更丰富的审美享受！"金春燮的固执也是出了名的。

于是，在全省二人转新剧目大赛上，出现了一个"特殊"的《春香传》。只见演员们穿着朝鲜族服装，上演着朝鲜族剧情，唱腔却是二人转，这别开生面的编排和演出，赢得了观众和专家的高度认可，一举夺魁。

解散文工团！金春燮仿佛是在平静的湖水里扔了一块大石头，激起了千层浪！汪清县的文工团成立于新中国成立初期，经过多年的发展，有了一定的规模，在延边地区较有名气。但是，随着改革开放的深入，有着150多名演职人员、行政管理及后勤闲杂人员的文工团，实行行政差额支持，总支出的60%靠财政拨款，40%得自己解决。当时的演员队伍老化，设施设备落后，已远远无法满足演艺需要，更无法养活团里那么多的人员，眼见着文工团越走越没戏，大家怨声载道。县委、县政府也是一提文工团就头疼，成了老大难的"鸡肋"。金春燮看在眼里，急在心上。

经过大量的走访调查，苦苦思索，他找到了时任副县长、主管文化工作的领导王晓东，直接说出了自己的想法：解散文工团。

王晓东乍一听，觉得不可思议。

"老金，你疯了还是咋地？自己往马蜂窝上捅？不怕团里人吃了你？"

"不怕！明知山有虎，偏向虎山行嘛！捅马蜂窝，我准备了面罩，我一又黑又瘦的老头子，他们啃不动我！"接着他一五一十汇报了自己的全盘计划。

听完，王县长一拍大腿："春燮，真有你的！你这局长够胆量！政府支持你的改革意见！"

后报请省文化厅批准，这项改革顺利实施。没有一人上访。

省文化厅在批件上写着："汪清走在了全省表演团体改革的前

列，敢于创新，带了个好头儿！"

敢第一个吃螃蟹的，总是胆儿大心细勇于担当的主儿！

这次，还要啃下这个硬骨头！

第二天，金春燮回到单位，把伊田助男的遗书连夜印刷了几十份，拿着，找村民做动员。

村东头的老朴头说："你这是咋啦？咋寻思给日本鬼子立碑哪？他们对咱朝鲜人多狠，你都忘了？这帮狗东西是咋欺负咱的，你也忘了？"

他解释："伊田助男是日本人，不假。可他却不是杀害咱同胞的侵略者。他同情咱哪！"

80多岁的崔阿迈指着金春燮的鼻子骂："你这忘本的家伙，小日本祸害咱多少女子呀，俺亲眼看过他们干那畜生都不如的勾当！提起小日本咱朝鲜人都想扒了他们的皮！立碑，呸！"

他理解阿迈，咽了口唾沫，说："阿迈呀，这个小日本不一样啊，他为了不和那些坏日本鬼子一起欺负咱，都自杀了哟！拿自己的命来敲打那些坏蛋哪！"

村长老全看金春燮也不容易，告诉他，还是不要抱希望了，村民们和其他延边人一样，恨透了日本鬼子。金春燮把复印的传单递给村长："伊田助男为了正义，用实际行动支援中国人民的抗日斗争，把10万发子弹送给了咱游击队，这是啥意思？就是不想让鬼子打咱们啊！自己开枪自杀，还证明不了他的清白吗？"

后来，村长帮着金春燮挨家挨户发传单、做工作。最终，村民们被打动了，大伙儿同意保留那块地。施工时，村里的青壮年们还都自发地拿着家伙事儿（劳动工具），义务帮助金春燮干活儿。

金春燮说："建伊田助男的遗址碑就是为了证明两点：一是日本

人面对这些铁证，无法否认侵华历史；二是广大日本人民还是爱好和平的。"

纪念碑是立起来了。金春燮还想为伊田助男立半身塑像。这还是有一定难度的，遇到了来自社会方面的阻力。直到现在，金春燮还奔走在路上，通过各种途径继续寻找伊田助男的亲人，争取为这位伟大的共产主义战士立雕像。

无私者无畏。对一些人的不理解，他不厌其烦地解释："白求恩是加拿大人，为了支援中国的抗日战争不远万里来到中国，光荣殉职，是中国人民永远怀念的共产主义战士。伊田助男是日本人，但他不是入侵中国的侵略者，而是同情和支持中国抗战、英勇就义的革命者，也应是值得我们纪念和铭记的共产主义战士。为他塑像，也是为了警示后人，侵略永远是被世界所唾弃的丑恶行径，爱好和平是人类永恒的主题，是跨越国境和种族的。"

不能让无名烈士"无名"。1945年8月，苏联红军兵分两路，利刃般插向日本关东军腹地。经过6天浴血奋战，2100多名苏联红军为解放汪清献出了他们年轻的生命，其中55名苏联红军烈士遗体，集中埋葬在汪清镇南山脚下的一个山坡上。由于苏联红军烈士没有留下名字，金春燮在墓碑上刻下金黄色的大字："苏联红军无名烈士碑。"在这座墓碑下，长眠着支援中国抗战的55名苏联红军，当人们来到这里，看着这座墓碑，读着墓志铭，都会为之动容和慨叹，也会受到很直接的爱国主义、维护人类和平的国际主义教育，意义厚重而深远。"东北抗战，是中华民族抵御侵略及世界反法西斯战争的重要组成部分，抗战没有国界。在这片土地上为抗战牺牲的每一位先烈的事迹都值得竖碑铭记。"金春燮说，"碑立下了，这段可歌可泣的抗战历史就保住了。"

10多年，77块纪念碑，让抗日英烈的业绩和精神得以刻石铭记，而金春燮立碑的艰辛与付出也为人们所敬佩。这位老共产党员、老军人、老干部，不求名、不求利，离岗不离职，听从组织召唤和时代需要，发挥自己的光和热，以超越常人的毅力，克服重重困难，付出自己的汗水和心血，尊重和挖掘红色历史、传承和弘扬红色基因，致力于精心培养下一代，为世人铭记历史、敬仰先烈树立起一座座精神丰碑。这些石碑早已超越了物质，成为指引人们精神和灵魂的永恒坐标及时代火炬！同时向世人昭示了一位共产党人的博大胸怀和高尚追求。金春燮的感人事迹及其反射的精神境界，在物欲横流的世俗中、在道德滑坡的境况里，显得那么纯粹和闪耀，足以发人深省、催人奋进！

二

金春燮不仅要为烈士树碑，还要为烈士立传，把烈士的事迹载入汪清的史册，他觉得这是他这个老革命的使命和责任。他又投入了新的工作——找寻烈士后代，书写英雄事迹，告慰烈士英魂，铭记英雄伟绩。

要给英雄写碑文、建纪念馆，就得了解英雄的生平。金春燮翻阅了县里的党史资料，发现童长荣曾在多个省、市、县担任过领导职务，想要收集整理其生平事迹，是一件非常困难的事。"再困难也得完成，要让人们都记住英雄的事迹。"带着这个念头，金春燮踏上了探寻之旅。他先去了长春的东北三省沦陷纪念馆、伪满皇宫，紧接着去了童长荣的出生地安徽省枞阳县，找到了童长荣烈士的养女童承英。他白天与童承英老人对话，晚上就连夜把记录的笔记整理出来。

童长荣曾担任过上海市沪中区委书记，金春燮辗转去了上海。到达上海时，已是晚上8点多，为节省费用，他花了2个多小时找了一家小旅馆，等到吃上当天的第一顿饭时，已是夜里11点。第二天，金春燮找到了上海市党史研究室了解情况。接下来的几天里，他又陆续去了合肥、南京、天津、大连等8个城市，行程达2万多公里。在历次寻找中，金春燮最得意的收获就是找到了童长荣的小学老师之子。这位老先生提供了当年父亲奖励童长荣的一块歙砚，此砚成为现在童长荣纪念馆的镇馆之宝。回到汪清后，金春燮与两位作家一起，写出《民族英雄童长荣》一书。金春燮说："我不想让历史在我们这代断了茬，更不想让抗联烈士变成'无名烈士'。走点儿路不算什么，能把烈士的事迹传下去，才是我最大的心愿。"

汪清县第二任县委书记金相和是金春燮不辞辛劳苦苦查寻的第二个人。他了解到，金相和是在与日军的艰苦斗争中被俘的。1931年2月5日，宁死不屈的共产党员金相和在四方山下壮烈牺牲，时年30岁。凶残的敌人为了压制日益高涨的抗日烽火，用铡刀铡下金相和和韩永浩的头颅，挂在村中心的榆树上示众。金春燮多次寻找当时的幸存者，多方打听找到了韩日善老人。韩日善当时7岁，是亲历悬挂金相和头颅现场的唯一幸存者。他对金春燮说："因为现场太恐怖，我是躲在大人的身后看见树上悬挂的金相和和韩永浩的头颅的。"他带着金春燮去找金相和的墓碑。墓碑是用水泥建的，四周很荒凉。金春燮了解到，当时日军是站在一块石头上垫着脚，用铡刀残忍地铡下两位烈士的头颅的。他坚持在行刑地附近仔细寻找，在离村子五六里地的地方，终于找到了那块垫脚石，并将它作为日军罪行的铁证放在金相和烈士纪念碑旁边。中央组织部有一位领导了解到金相和牺牲的情况后，充满悲情地说："据我们了解，金相和烈士是中国少数民族县委书记中,第一位牺牲得如此惨烈的书记。"后来,金春燮找到了烈士的次孙金吉松,深入了解烈士的有关情况。2013年和2017年,汪清县委、县政府先后两次投资100多万元,扩建金相和烈士纪念碑,重新安葬烈士遗骨,修建烈士半身雕像,竖立烈士生平碑,钢挂原来的烈士碑,并使纪念碑占地面积由200平方米扩建为400平方米,建成了金相和烈士陵园。

三

朝鲜族女战士金锦女是金春燮查寻的第三位抗日烈士。要给她建碑,就要查阅资料、走访她的亲人,要论证她英勇献身事迹的真实性和可靠性,才能使这个碑立得住、立得长远、经得起推敲。他走访了依兰镇的九龙村、春兴村等地,找当地80岁以上的老人一一进行拜访、询问。后来,他打听到了烈士的亲妹妹金锦淑依然健在,据说是在延吉市的铁南社区居住。可是,金春燮寻迹找到铁南社区一查,发现叫金锦淑的人特别多。他记得有人说过,金锦淑即便活着,也应该是80岁左右的耄耋老人了。他求助派出所,用电脑排查,最后终于找到了金锦淑老人。他详细地向金锦淑老人了解了烈士生前的事迹。金锦女的爷爷、奶奶、爸爸、妈妈和三位哥哥、两位姐姐曾经分别在农民协会、妇女会、青年团、少先队和儿童团参加各种抗日活动。1933年初,年仅11岁的金锦女怀着坚决参加抗日战争的强烈愿望,毅然离开家乡,步行100多里地,历经艰难险阻,找到小汪清抗日根据地,实现了自己的夙愿。同年4月,在日军对东满地区的大"讨伐"中,金锦女一家六口人(祖父母、父亲、二哥、三哥、二姐)被日军杀害,这在她幼小的心灵中深深地埋下了仇恨的种子。1934年初,她把党组织的机密文件秘密送到腰营沟根据地后，在返回小汪清抗日根据地的路上不幸被捕。面对日军的威逼利诱，她守口如瓶，最后被日军活活打死。牺牲时，她还是个年仅12岁的少女，连一个墓碑都没留下。

2009年，金春燮为金锦女立了碑，2015年又在金锦女纪念碑旁立了烈士的半身雕像。金锦女的外甥女韩英应金春燮之邀，前来参加在小汪清抗日根据地遗址举行的汪清县隆重纪念抗战胜利70周年大会。她握着金春燮的手动情地说："感谢汪清县关工委，我姨已经牺牲70多年，你们还没有忘记她，还为她建纪念碑、立雕像，让我们有地方永远纪念她！"

汪清抗战历史中，共发生了19次有记载的惨案。其中，最为惨烈的要数1933年11月17日发生的"小汪清惨案"，日本"讨伐队"实行惨绝人寰的"三光"（杀光、烧光、抢光）政策，50天时间共杀害了1000多人。当日本"讨伐队"追过来时，共产党员姜春花与80多名抗日军民紧急躲避到山后。当时姜春花怀里抱着1岁半的女儿，为了80多名抗日军民的生命安全，她把乳头塞进孩子的嘴里，紧紧抱住孩子，不让孩子哭出声，以免被日本鬼子发现。当日军"讨伐队"离开时，由于时间过久，孩子在母亲的怀里已窒息死亡。1990年，延边州委组织部与延边电视台合作拍摄的电视剧《母亲的怀抱》就是以姜春花为原型。

姜春花的事迹感人肺腑、催人泪下，金春燮在小汪清抗日根据地遗址小汪清惨案纪念碑旁边，为英雄母亲姜春花立了半身雕像。年近古稀的姜春花的小女儿徐金福抚摸着栩栩如生的母亲的半身雕像，含着热泪对金春燮说："没想到县关工委为我母亲立雕像，母亲的精神永远激励我们全家——传承抗战精神，建设美好家园。"

比较惨烈的还有"四道河子惨案"，1935年的元宵节夜晚，日本"讨伐队"为消灭我抗日力量,实行"三光"政策,把好端端的四道河子村变成了一片火海。第二天,闻讯赶来的群众在废墟里找到8个奄奄一息的孩子。让金春燮难忘的是,他找到了罗子沟镇"四道河子惨案"唯一的幸存者、已87岁的赵月珍,她是日本侵略者屠杀中国人的历史见证人。她为金春燮编写《汪清英烈传》提供了翔实的关于"四道河子惨案"经过的材料。

在金春燮的努力下,汪清县目前形成了两条红色教育路线:一条是距离汪清25公里的东满特委所在地——小汪清抗日根据地遗址,那里建有"小汪清惨案"纪念碑及东满特委当时的医院、水井、被服厂、印刷厂等遗址;另一条是从大兴沟镇通往罗子沟的红色教育路线,这里有腰营沟和罗子沟两个抗日根据地遗址。

为了让后人了解东北抗联斗争的艰苦卓绝,亲身体验抗联战士们的"家",金春燮在小汪清抗日游击根据地遗址的核心区——长20公里、宽10公里的地带,复建了8个密营,还原了当时抗联战士艰苦的战斗生活。密营是当时部队休整、粮食供给、伤员疗养和后勤保障都需要的场所,每个密营大约三四十平方米的样子,它是由原木垒成的小木屋,当时也叫"木克楞",里面只有一个破旧的行军灶和一张干草铺的土炕。东北冬季漫长而寒冷,许多战士和衣睡下后就再也没有起来。现在,当人们来到密营,仿佛身临其境,能够更加直观地感受当年的情景,使人们受到更加强烈的视觉冲击和心灵震撼。

传递红基因

一

清晨，左邻右舍最先亮起的那盏灯，在蒙蒙的晨霭中，似启明星，散发着晶莹的光，看上去是那么温暖，又是那么清晰。那是金春燮书房里的灯光，春夏秋冬、寒来暑往，雷打不动地每天准时3点30分，第一个亮起。

他坐在桌前，熟练地打开电脑，便开始了一天的工作。说起电脑操作，当初刚接触时，他这个老革命可是个啥也不懂的新手，可是要与现代社会接轨，提高工作效率，还非得过了这关不可。别看他当时年过六旬，却是天生不服输，干啥都有股子"拼劲儿"。他开始学电脑打字，起初真的很费劲儿，拼音分不清平卷舌，敲了半天键盘打不出一个字，人家年轻人打十个字的工夫，他连三个字都打不上。"只要功夫深，铁杵磨成针。"他每天在电脑前一坐就是几小时，天天练习，后来终于可以自如打字了。这些年，他每年都写一本书，也是得益于他学会了电脑打字，否则让他手写在纸上爬格子，指不定得猴年马月呢！

"触电"（接触电脑）后，他尝到了"甜头儿"，此后便一发不可收拾。2012年清明节，金春燮突发奇想：建一个汪清英烈网来缅怀烈士，还可通过互联网，让更多的人了解汪清红色的记忆，那该多有意义啊！儿子是搞计算机的，在北京工作，金春燮搬救兵，让儿子火速回家，一定要让他帮这个忙。儿子深知父亲的脾气，他想干的事儿谁也拦不住。于是儿子特意从千里之外的北京赶回汪清，在家整整待了3天，建成了汪清英烈网。2012年4月，"白山黑水中华魂——汪清英烈网"上线运行。这是吉林省第一家县级（关工委）运营的"英烈网"。接下来，金春燮一边学习电脑技术，一边开始查阅大量资料，将收集到的革命烈士、抗战历史事件等图片和20多位英烈的事迹及相关的文献资料进行了整理。"英烈网"开设了人物传略、历史惨案、纪念视频等多个栏目。他又向儿子讨教网管技能，学会了网站的日常维护。维护和更新网站，成了金春燮每晚的"必修课"。常常是晚上8点多，刚从山里立碑回来的金春燮，匆匆吃几口饭，便马上来到电脑前，熟练地打开"汪清英烈网"的后台软件，查看网站当天的浏览量。如今网站已运行6年，其中3次遭到黑客攻击，他都自己处理掉了，从侧面也可以看出汪清英烈网的已经具有了一定的社会影响力。

现在他每天都会在后台维护网站，日点击量超过700多人次。这个县级的红色网站，在20多个国家和地区，均有浏览记录。他力争做到活动消息不过夜，及时更新，可以直接上传中国关工委网站，并成为免检单位。2016年和2017年在吉林省关工委年末总结大会上，金春燮曾两次介绍汪清县关工委宣传工作和网站管理方面的先进经验。2017年在中国关工委宣传工作会议上，吉林省关工委介绍了汪清英烈网事迹。如今，在百度搜索引擎中输入"英烈网"三个字，首页就会出现汪清英烈网。网站每天的点击率都在百次以上，还有美国、新加坡、日本、韩国等20余个国家的网民浏览网站内容，这成为金春燮引以为荣的"红色名片"。

金春燮说："我虽然老了，但宣传英烈革命精神的思想不能老。"

他成了实打实的老干部、新"网虫"。随着汪清英烈网在互联网影响的日益扩大，延边及汪清的红色抗战历史得以广泛传播，得到了全国乃至全世界的广泛关注，这对于宣示中国人民铭记历史、缅怀先烈、热爱和平的良好形象有着深远意义。

二

金春燮的事迹，随着他获得的各种荣誉称号及在各类媒体上的宣传，逐渐广为人知。2014年，他被评为感动吉林十大人物，被列为全国老有所为先进典型。2015年，他被中共中央宣传部授予"全国时代楷模"称号，被评为吉林省弘扬抗战精神楷模全国关心下一代先进工作者。2016年，他被授予吉林省"优秀党员标兵"称号，被授予"吉林省道德模范"称号。另外，他还获得了全国最美"五老"等30多项荣誉。这些荣誉让他感觉到身上沉甸甸的，也觉得这些荣誉的取得，少不得身边人，特别是自己家人的默默理解和支持。有歌词唱道，"军功章里有你的一半也有我的一半"，金春燮说，三分之二的功劳都归功于同事和家人们。

他背后及身边人的故事，却鲜为人知。他的老伴儿蔡英海当年嫁给他以后，一直默默无闻地在背后支持他，陪伴着他克服了一个又一个困难，立起了一座又一座墓碑。

说来话长，当年金春燮能娶到漂亮姑娘蔡英海，可着实因为他骨子里不服输的冲劲儿。

那时候，石岘造纸厂在延边是个国营大厂，一下安排了70多个部队复员兵。这些年轻的单身汉住集体宿舍，晚上闲得没事儿爱聚在一起喝廉价的散装山东地瓜酒。这种酒是拿水勾兑的，酒精含量也低。这帮血气方刚的年轻人，一个人能喝上五六斤，喝多了就扯淡、吹牛。言语间，说是汪清林业局有一位蔡姓姑娘，长得漂亮、身材匀称、家庭出身和工作都好，所以很高傲，众多小伙子追求，看都不看一眼。

　　生来不服输的金春燮一听，激起了强烈的好奇心，已经二十七八岁的他决心试试。经多方打听，他把蔡姑娘侦查了个"底儿掉"：芳名蔡英海，汪清林业局畜牧场检尺员，比自己小4岁，正合适。他发挥自己"一不怕烦、二不怕丑"的刚劲儿、勇往直前的冲劲儿和不达目的誓不休的拼劲儿，提笔写下一封"情书"。与其说是情书，不如说是直白的爱情"宣战书"。他用在单位写总结计划、经验材料的口气，先是自报家门，紧接着便详细介绍了自己的家庭出身、学习工作、生活经历，特别强调自己高中毕业、当过兵，是共产党员，现在当着人民教师，等等，写的都是自己的长项，巧妙忽略了自己的长相、身高等"劣势"条件，直接提出要求——建立恋爱关系。

　　信寄出后，他心里也是七上八下，开始了漫长的等待。

　　也许是金春燮的坦率真诚，也许是流畅的文笔、漂亮的字迹，也许是小伙子"闪耀"的经历打动了姑娘的芳心——要知道，当时的高中毕业生、军人、党员、教师，这些在当时都是姑娘小伙儿谈恋爱足够吸引人的条件，并且是"杠杠的硬件"！过些天，忐忑不安的他，竟接到了姑娘的回信。从传达室拿着信一口气跑回宿舍，他止不住心脏狂跳，颤抖的手拆开信封。打开信笺，映入眼帘的头一行字是娟秀的笔体：亲爱的金春燮同志。啥？他揉了揉眼睛，又仔细看了一遍。没错，开头就是"亲爱的"，嘿！这肯定是有门儿！

　　接下来鸿雁传书，确立了恋爱关系的两人，感动了起初反对的女方父母，到了谈婚论嫁的阶段。期间发生了一个当时觉着有趣、现在看来不可思议的"小插曲":没想到这位英海姑娘也是个积极上进、要求进步的人儿,正值申请入党的时候,由于石岘离汪清县城几十公里,计划结婚登记那天由于单位检尺任务重,要求进步的姑娘不好开口请假,不能到石岘领结婚证。而金春燮自己错过了这天,也将会忙得脚打后脑勺儿,登记不知得拖到什么时候。

这可咋办呢?任何事情都不愿意拖拉、任何困难也难不倒的金春燮,觉着自己的婚姻大事一刻也耽误不得。他想了个主意,打算请自己单位同一个教研组的一位年轻女同事来冒名顶替,和自己去登记。当年,没有实行身份证管理,也不像现在还需要夫妇俩的证明照,那时,只要有姑娘和小伙子两个单位的婚姻登记介绍信,就可以办理结婚登记,盖上民政局的公章就算了事。没承想,那女同事也可能因为非常了解金春燮的为人、厚道、朴实,竟欣然答应替人家的未婚妻去办结婚登记。接下来,金春燮带着那个戴口罩的"假冒"未婚妻,顺利地登了记。特定的年代有特定的事儿,这也就是在那个年代吧,才能有如此戏剧化的"戏码"上演:居然有为了工作舍不得请假去结婚登记的姑娘;居然有为了按时登记,请单位同事假冒自己的未婚妻去登记的小伙儿;也居然有为了情谊去顶替人家未婚妻、甘愿陪着男同事去办理结婚登记手续的女同事。

新婚的金春燮为了和妻子团聚,与别人对调,调回了汪清柴油机厂,后又到政工科当干事。他工作积极努力、兢兢业业,文笔也相当不错,连连在《延边日报》上发表新闻报道,经常得到厂里领导的表扬。也许现在的人听了难以相信,他到现在也不清楚,当时是谁当的伯乐,先后把他调到县劳动局、人事局工作。后经县委组织部选拔到县委党校参加了全县青年干部培训班。培训6个月后,他没有回到本单位,在班里第一个被直接提拔到汪清县大兴沟镇任党委副书记。

回忆起当年，金春燮当大兴沟镇党委副书记时，家里已经有两个孩子，自己年轻气盛，一心扑在工作上，根本没法儿照顾家里，时常当"甩手掌柜"，养育一双儿女和所有的家务活儿，全落在了妻子身上。东北的冬天冰天雪地，妻子骑着自行车，前边横梁上驮着儿子，身后背着姑娘去上班，一天都没有耽误过工作。金春燮的老伴儿一直在保险公司从事会计工作，从没有因为丈夫当官儿，想着换个轻闲自在、收入高点儿的工作。有一次，老伴儿实在忍不住和金春燮叨咕了一句："××领导的夫人早就办了中级职称了，就我还是个初级呢！"金春燮听了，立马皱起了眉头，说："你是个初中毕业生，有工资就不错了。我给你评上个中级职称也不是办不了，可是我那样做了，就会在别人面前抬不起头，心里也总觉着做了给党抹黑的事儿，亏得慌，还是老老实实地当你的会计，拿着你现在的工资，踏实一些！"老伴儿被抢白了一顿，也挺不是滋味的，回了句："人家也就是说说有那样的人而已，也没说让你给我办呀，看把你急的！"一起过了将近40多年的日子，老伴儿心里非常理解这个一向"老古板"的丈夫。

前些年，中央电视台记者到金春燮家里采访，看到他的家实在太吃惊了，问："您一个县委书记的家，咋现在还铺着地板革呢？哪有人家还用地板革呀，早就淘汰啦！您这里是林区，您又是领导，您就开口说一句话，林业局不就马上能给铺上地板吗？"金春燮回答说："地板革有啥不好的，好擦还得劲儿。有啥坏处吗？"

金春燮是吉林省的廉政典型，他常说，这离不开老伴儿一直以来的理解和支持。如果爱人不支持自己，成天在耳边唠唠叨叨的，和人家攀比，追求享受，老扯后腿儿，他也会受不了，也干不了啥工作。俗话说:"不是一家人不进一家门。"老伴儿非常低调,且善解人意。当年筹钱建烈士碑的时候,和老伴儿提,她二话不说便垫钱给他,多则几万,少则几千的,都是从家里的积蓄里往外掏。10多年来,自己没白天没黑夜地往山里跑、出门儿,很少在家陪伴她,她也从无怨言。只要金春燮在家,她便变着花样儿地给他做好吃的,增加营养。特别是他60岁后,身体一天不如一天,老伴儿看在眼里疼在心上,北京卫视的《养生堂》是她每天必看的节目,给他当私人"保健医生",现在都成了半个大夫了。金春燮能支撑到今天,家里的这位"贤内助"功不可没。

三

列夫·托尔斯泰曾说:"人生的价值,并不是用时间,而是用深度去衡量的。"

如今已逾古稀之年的金春燮,壮志未酬不服老,依然每天忙忙碌碌地朝着自己的人生之路健步行进。他的人生价值,就是在不断思索和创造的过程中,增加深度和厚度的。回顾他这一生的工作经历,关键词就是:干啥爱啥,干啥钻啥,干啥像啥。

按金春燮的话讲,他这一辈子心怀感恩,知足常乐,不求名、不求利,只想着扎扎实实做好自己眼前的工作。也许组织上就看重他这种朴实、踏实的作风,所以他在别人眼里,"仕途"一直很"顺",但别人恰恰没有看到的是他比常人付出的成倍的心血和汗水。

1984年10月,白雪覆盖的田埂上。

一群干部模样的人正匆匆地、深一脚浅一脚地走着。

突然,一位年轻人直挺挺地向后倒下,一动不动,只见豆大的汗珠滚落他的额头,北方严寒天气,不一会儿他贴身的衣服竟被汗水湿透了。

这可吓坏了随行的村干部们。有人喊着："金书记、金书记，这是咋啦？""快活动活动，动不了可坏了！"此时的金春燮，脑子乱哄哄的，刚刚走访农户时，七嘴八舌的声音一齐搅活着。

"啥？单干？咱乡下人种了一辈子庄稼，还头一回听说要把田割成块，自个儿种自个儿的呢，别扯那犊子！"

"面朝黄土背朝天，辛辛苦苦几十年，让俺们一夜回到'资本主义'，没门儿！"

"俺们干得好好的，集体劳动，挣着工分，好不容易吃饱饭了，又说啥'包干'，你们城里来的干部，懂个屁，瞎折腾啥呀？"

村民们要么七嘴八舌地闹腾，要么家家大门紧闭。

农村联产承包责任制开始施行时，遇到了相当大的阻力。农民都习惯了集体生产挣工分，一下子不能接受这种新的模式。农村"三老"——老贫农、老党员、老村干部起初也有很多人不理解，也有的持不同意见。州、县都派驻了工作组到乡里，上级要求不惜一切代价，必须坚决按时保质落实到位。金春燮当时年仅30岁，农村工作经验不是很丰富，也没见过这剑拔弩张的阵仗。面临"下挤上压"，幸亏他天生有一副倔脾气，"骨头"越硬越敢"啃"。

两年中，他没有睡过一天好觉，一个村接一个村地走，带领乡干部、村干部挨家挨户做工作、做动员，磨破了嘴皮子、跑断了腿儿，终于积劳成疾，在农田里倒了下去。他患上了严重的坐骨神经痛，到了无法走路的地步，大家把他送到了医院。

1985年3月，因积劳成疾，金春燮被组织安排到县文化局当局长。说实在的，他心里也直打怵，没接触过文化工作，也知道文化人有个性，都有一技之长，谁都不服谁。都说文化和体育队伍不好带，人家自己有能耐，有的人也根本不把领导放在眼里。可是，他从一参加工作，就有股子钻劲儿，肯于研究问题，也非常想干点儿实事儿。他忘不了县委书记王庆彬的殷切希望和叮咛，暗下决心，一定要把这局长干好。他潜心研究，利用休息时间翻阅档案资料，不懂就问身边人，抽空去走访、调查研究，和文化工作者促膝谈心，虚心听取老文化人的意见，梳理出了较为清晰的思路：汪清县地处延边朝鲜族自治州，群众文化历史悠久、基础厚实，应在原有好的基础上，进一步提升群众文化的水平，同时突出朝鲜族特色，将群众文化的重点放在大力发展朝鲜族民族文化上。

金春燮了解到，1949年汪清县组建了第一支象帽舞表演队，1954年农乐舞作为朝鲜族具有代表性的群众文化艺术，搬上了舞台。百草沟镇是朝鲜族集中的乡镇，很多群众都有跳朝鲜族农乐舞的基础。他决定从百草沟镇农乐舞入手，培养骨干，成立农民农乐舞表演队伍，把朝鲜族农乐舞推向全国舞台，让这种古老的民间艺术焕发新的活力，使朝鲜族民间舞蹈在中国群众文化的百花园中有一席之地，让我们的后人继续传承和发展农乐舞，绵延不断。

心中有目标，脚下有力量。有了想法，他习惯于立即付诸行动。在乡镇抓朝鲜族民间舞蹈，面临着经费短缺、人才缺乏等诸多问题，谈何容易！可他从来都是明知山有虎、偏向虎山行的倔脾气，也有一股撞了南墙也不轻易回头的勇气，看准一件事儿，必须得干出个名堂来。他几乎把自己工作的三分之一时间都投入到抓民族文化上，往往在百草沟镇一待就是三四天。他亲自坐镇指挥，让机关干部沉下基层，调查研究，组织群众演员座谈，请延边歌舞团的专家来指导，协调财政资金加大资金投入，硬是把百草沟镇农乐舞挖掘、整理、提炼出来，并加以扶持，使之形成规模，成为汪清县及至延边州极具民族特色、代表朝鲜族独特农耕文化的舞蹈形式。他把百草沟镇的农乐舞骨干、农民小伙子金明春请到县里，并协调有关部门，为其解决户口和住房，以鼓励其在全县普及农乐舞。他在任期间，为农乐舞的保护和发展投入了大量的精力、人力和物力，使这一朝鲜族传统的民间舞蹈形式得以延续和传承，并发扬光大。

1986年，在全国首届民族民间音乐舞蹈比赛中，农乐舞《欢乐》荣获特别奖；1988年8月，由金春燮策划和组织的百草沟镇首届农民文化周，千人舞蹈队表演大型农乐舞，引起了全省文艺界的轰动；同年10月，百草沟镇农乐舞表演队应邀代表吉林省参加在昆明举行的全国首届广场民间舞蹈比赛，荣获优秀奖；1989年9月，百草沟镇农乐舞表演队应邀代表吉林省参加国庆之夜天安门广场演出和中国第二届艺术节闭幕演出，荣获特别奖。

2006年5月20日，经国务院批准，农乐舞列入第一批国家级非物质文化遗产名录，2009年9月30日，农乐舞被联合国教科文组织批准为中国唯一舞蹈类项目，列入世界非物质文化遗产名录。汪清成为名副其实的"农乐舞之乡"。这些荣誉的背后，也凝聚着金春燮在任期间所付出的不懈努力和心血汗水。毫不夸张地说，他对朝鲜族农乐舞的挖掘、保护和传承奠定了坚实的基础，他是一位实至名归的民族文化保护者和传承人。

金春燮另外的闪光点，就是在工作中肯于琢磨、善于创新，做的每一件事情都非常"走心"。他当文化局局长期间抓的另一件事儿，就是建好图书馆。他认为，依托图书馆，建好"农家书屋"，为农民送图书是一方面；认认真真地办好为农村、农民和农业发展的刊物，为"三农"服务，为农民提供喜闻乐见的各种各样的农业信息，把文化送到农户，也是自己的一项重要工作职责。经过金春燮的努力，硬是把"死工作"给做"活"了，"农家书屋"成了全省的典型。全省图书馆工作现场经验交流会在汪清召开，他自己撰写经验材料发言。人们惊异于一个朝鲜族干部，能够抑扬顿挫、富于感染力地用汉语进行流利的大会发言。谁能知道，台上这20分钟，花费了他台下多少年的积累和沉淀。每天他都学习揣摩，想方设法，突破常规，开拓进取，多为农民办实事和好事。功夫不负有心人，汪清县图书馆于1988年8月首次被评为全国文明图书馆，荣获奖牌和一台流动图书车。这台车价值7万元，在当时已经算是"豪车"了。这一次，他去接受奖励，到武汉提车，别提多美了，这是他第一次出那么远的门儿。车提回来了，在整个儿汪清县城引起了不小的轰动。他知道，这车关键不在其商品价值，而是可以更好地为"三农"服务的社会价值。

金春燮说，自己的成长道路和生活，虽然坎坷不平，但自己觉得很满足。从吃百家饭长大的少年，到工厂当工人，为人实诚、坚持苦干，得以推荐当兵，当上人民教师，成长为国家干部。他觉得自己得到的已经很多很多，理应感恩帮助过自己的人，感谢培养自己成长的部队和地方各级党组织，以自己的实际行动报效党和社会。

四

金春燮怀揣着一个梦想，就是要在视、听、感、读等方面，全方位、多维度地把汪清打造成一个红色历史教育基地，要让汪清以外更多的青少年和热爱和平的人们，踏上延边汪清的土地，能够通过瞻仰烈士墓碑、参观红色历史展馆、翻阅红色书籍、听红色故事，受到更多的爱国主义、共产主义、社会主义核心价值观的教育，受到心灵的荡涤，珍惜今天幸福美好的生活。

金春燮想把红色基因传得更多、更广、更远!

10多年来,金春燮就是这么以超常的毅力和耐久的恒心先后编写了《不朽的丰碑》《汪清红色记忆》《闪光的足迹》《战斗在白山黑水》等18本、100多万字的红色乡土历史教材,其中《红色记忆》《不朽的丰碑》《汪清美丽的传说》《汪清移民史》已正式成为职业学校旅游班的教材;策划并组织拍摄了《不朽的丰碑》《民族英雄童长荣》《抗日将领朴吉松》等6部爱国主义教育专题片;并义务开展爱国主义教育80余场、听众多达12.4万人次。作为关心下一代工作委员会主任,10多年来,金春燮用满腔热忱关注着留守儿童和贫困生资助事业。他通过各种渠道共筹措引进250多万元助学金,资助了1700多名贫困生,使他们能够继续求学,追寻自己的梦想。他还设法解决了15名贫困学生的户籍,为他们解决了后顾之忧。

2014年6月的一天,金春燮意外地接到了吉林省委党校副校长周知民的电话,邀请他为党校学员上一堂党课。原来,金春燮年初被评为第十一届"感动吉林"人物,担任评委的周知民被他的事迹深深感动了。随后,吉林省委党校大礼堂一堂生动的党课,让金春燮的名字连同他的红色教育基地,深深嵌入了200余名厅处级干部学员的头脑中,也吸引了党校领导的目光。3个月后,吉林省委党校将小汪清抗日游击根据地遗址作为省委党校的教学点之一,在县委党校举行了吉林省委党校党性锻炼教学实践基地揭牌仪式。此后,吉林省委党校已连续4年,每年安排300多名处级以上党员干部到汪清开展"重走抗战路,坚定理想信念"活动。

"离开了岗位,更贴近了对故乡热土的深情;卸下了官职,却担起了更加神圣的使命。尊重历史,滋养精神家园;教育新人,树立红色丰碑。"为了更加广泛地传承英烈精神,金春燮还深入中小学校、党政军机关和企事业单位义务开展宣传教育。

金春燮说,青少年时期是一个人的"春天",把英烈的故事播撒在"春天"的泥土里,必将迎来一个个盛开的花季和一个个丰收的金秋。于是,这个白山黑水的"播种人",一年四季都在不知疲倦地"耕耘"着……

那年暮春,金春燮第一次走进汪清县第一中学授课,就在全校师生中引起强烈反响。"1933年,11岁的金锦女一家六口被日军残忍杀害,她一个人步行100余里参加抗日……1934年初,她在传送情报返回途中被日军抓获,为保守党的秘密,活活被敌人打死,年仅12岁!"课堂上,金春燮图文并用、声情并茂地还原历史,台下的老师和学生神情凝重,潸然泪下,肃然无声。

为让更多青少年了解真实历史,传承红色基因,金春燮组织开展了"红色乡土文化进校园"主题活动,策划组织了300多场宣讲。不仅如此,金春燮还把课堂从校园搬到抗战遗址现场。看着山沟里低矮昏暗、四面漏风的座座遗址,听着一桩桩曾经发生在现场的惨烈战斗和感人故事,一批批中小学生在现场参观教学中逐渐开始学会铭记抗战历史,学会感悟抗战精神,学会感恩现在的幸福生活。

在授课的过程中,金春燮也曾遇到过不愉快的经历。一次在童长荣烈士碑前,他给某大学的师生重走抗联路社会实践团讲课时,大部分人都能认真听讲,期间也有个别交头接耳、打手机、开小会的老师和同学。他讲着讲着,感觉很痛心,在这种环境下,仍然有青年人公然不敬英雄。他也没有顾及什么脸面,不管三七二十一地说:"不是我倚老卖老,我这个70多岁的老头子在太阳底下给你们讲课,至少也得尊重我的劳动吧?你们这么做,配得上人民教师的称号吗?理想信念教育是全民的,知识分子的思想更应该升华,灵魂更应该接受洗礼。"经过这一次,金春燮更加坚定了讲好抗联故事、传承红色基因的决心。作为县关工委主任,他深感自己肩上的责任重大,深感对青少年进行红色历史教育,任重而道远。

近年来,金春燮忙着被请去做大大小小的报告,除了在汪清、延边本地的中小学及延边大学外,在吉林省内的吉林大学、长春工业大学、长春师范大学等,已做60余场报告。就在刚刚过去的2018年5月16日,他被请到长春工业大学,给大学生做了一场题为《传承红色基因,争做时代新人》的报告,这场一个多小时的报告,不断地被大学生们热情洋溢的掌声打断,在场所有人都感觉到了春风化雨的灵魂净化。被当代大学生认同,被90后的孩子们所接受和欢迎,说明他们听进去了,入脑入心了,这对金春燮来说,是莫大的欣慰。长春工业大学党委当即决定,把小汪清抗日根据地遗址作为学校的"爱国主义教育基地",同时聘请金春燮为"客座教授"。

五

金春燮觉得,名人的题词,不仅会提高当地的知名度,也会带来良好的文化效应,它的社会效应也会随着时间的推移成为永恒。贺敬之堪称文学泰斗,也是红色革命家,他写的歌剧《白毛女》《南泥湾》等名扬大江南北。如果汪清红色革命教育基地能够请他题一个词,那会给延边带来非常好的宣传效果和社会效应。想到就要做到,尽管他也在心里说,自己一个小小县城的关工委主任,是"癞蛤蟆想吃天鹅肉",可他就是有股顶着困难上的劲头儿。他通过多方协调努力,几番周折,终于见到了贺敬之老先生。当老人倾听了金春燮一行人的来意和认真说明后,欣然题词:"汪清抗日烽火,燎原东满大地。"这是金春燮苦思冥想出来的句子,没想到得到贺老的充分肯定，挥笔题写。

金春燮在千方百计地搜集和利用好红色资源。他通过查阅资料和大量的走访，了解到东北抗联著名将领李兆麟的夫人金伯文是朝鲜族，出生在汪清县蛤蟆塘后河村。他在县老促会和有关部门的大力协助下，复建了金伯文故居，先后搜集到了金伯文的二十几幅珍贵照片，挂在故居的四面墙上，还找来了辽宁省社科院一位尚姓研究员撰写的《李兆麟传》。他了解到1951年3月4日，毛泽东同志接见金伯文的新闻报道曾在《人民日报》刊发，又听说廊坊有个卖旧报纸的公司，便让儿子在网上帮他找。功夫不负有心人，儿子到底找到了当天的报纸并买了下来，放入金伯文故居内，增添了历史真实感。

2017年10月8日，金春燮与县邮政公司共同策划并联系相关部门，在童长荣烈士曾经工作生活过的安徽枞阳、上海、河南、天津、大连、延吉、汪清等7座城市及延边大学，异地同时成功举办了纪念童长荣烈士110周年诞辰邮票首发式。在延边大学举行的首发式在师生中产生了强烈反响，第一批纪念邮票被师生们抢购一空，起到良好的宣传效果。为了发行纪念邮票，在全国宣传童长荣烈士事迹，金春燮不知花费了多少精力。一个县级的关工委主任与邮政公司共同策划，跨全国7个城市异地同时举行纪念邮票首发式，其协调的琐事和难度非常之大。为此，金春燮整整奔波了半年多的时间，其中的苦衷和委屈，旁观者是体会不到的。

这些年，他和同事们一起，在党和政府的关怀和多方努力下，建立了汪清县抗日战争纪念馆、汪清百年历史纪念馆、民族团结教育馆、理想信念教育馆和复兴地区侵华日军罪证馆。特别是复兴地区侵华日军罪证馆，是全国首家乡镇级纪念馆，引起有关部门的高度重视。据历史资料记载，日军在东三省掠夺了150万立方米的优质红松，其中有三分之一是汪清的。日军经营的复兴地区十里坪是当时亚洲第二大木材加工厂。罪证馆里这些惊人的数字，使广大参观者们认清了落后就要挨打、国富才能民强的硬道理，激发了他们铭记历史、牢记使命，跟着共产党，为实现中华民族伟大复兴的中国梦而奋斗的决心和信心。

建抗日战争纪念馆时，还有一个令人难忘的插曲。2013年，一位王姓女士找到金春燮，对他说："我姐姐很钦佩您，想把一批抗战遗物交给您，分文不取。"王女士的姐姐康存香也是汪清籍人，有200余件价值上百万元的抗联时期的珍贵文物锁在老家的仓库里。看到金春燮的汪清英烈网后十分感动，打算给这些文物找一个更合适的"家"。2014年7月，金春燮从王女士手里郑重接过了这200多件抗战文物。如何将这些珍贵文物展示给世人，同时了却王女士热心捐赠文物的心愿？金春燮萌生了建抗战纪念馆的想法。他联系汪清档案馆，借用了一层办公楼，带着几位同事，顶着酷暑，起早贪黑地自己搞起了装修，2014年9月16日，汪清抗日战争纪念馆正式建成并对外开放。金春燮为纪念馆撰写了解说词，还当起了讲解员，一笔一笔记录着来纪念馆参观的人数。纪念馆开馆至今，来此参观的社会各界人士已达27000余人次。金春燮说，像康存香这样的汪清老百姓和像档案局这么支持传承红色基因宣传活动的机关单位越来越多，他们就像当年支持抗联将士一样，有钱的出钱，有力的出力。

最让金春燮欣慰的是，有一次他坐出租车，司机认出了他，说一生就敬佩他这样的人，下车说啥也不收打车钱。还是金春燮硬是把钱从车门缝给塞了进去。下了车他还觉着心里暖暖的，"金杯银杯不如老百姓的口碑",还有什么奖赏能比得上老百姓的认可和信任啊！"金主任,你退休后比在职时还忙啊！"这是金春燮常听到的一句话。听了这话,他总是笑笑说:"我的身子骨还行,再说,闲着也心慌。我是一天累得筋疲力尽,但只要能弘扬抗战精神,再累,我都乐意。"

六

自 2017 年 9 月起,金春燮便开始构想在小汪清抗日游击根据地遗址内建设东满抗战历史长廊,用 31 块自然石,计划将 1928 年至 1945 年中国人民抗击日本侵略的历史大事件与同期汪清抗战史实结合起来,以生动直观的形式展现出来。他苦思冥想,上网查阅大量资料,忽然有一天,他在河床里看见了大青石,瞬间开启了思路。对呀！汪清的许多河床都有这种岁月冲刷出来的大青石,平整而圆润,还有一种天然的沧桑感,要是能把这些大青石立在长廊之上,再刻上文字,让人们在参观过程中,能够感受到穿越在抗战历史的时空隧道,从而开辟一条全新的红色教育路线,丰富小汪清抗日根据地遗址,效果应该更好。

2018 年 3 月初,他带领有关人员到大兴沟镇河西村新桥下,研究如何在嘎呀河开化之前装运 26 块河中间的自然石的问题。金春燮在同事眼里是说一不二、办事果断、工作效率很高的老领导,他们跟着金主任,组织了一台大型钩机、一台 20 吨吊车和一台 15 吨货车,在化冻之前的 3 月中旬,利用两天时间,硬是把 26 块自然石从冻冰中给"抠"了出来,运到了小汪清抗战游击根据地遗址。为了能凑上 31 块,他四处联系,终于在汪清县夹皮沟村发现了 5 块自然石……

至今，大青石已到位。长廊用31块自然石，寓意永远不能忘记1931年！每块石头上都要刻上国家抗战重大历史事件，以及相对应的时间里延边及汪清发生的抗战事件，在标志1945年抗战胜利的大青石上，将镌刻上习近平总书记在抗战胜利70周年纪念大会上的讲话末尾号召的铿锵有力话语——让我们共同铭记历史所启示的伟大真理：正义必胜！和平必胜！人民必胜！同时，他还请到中国关工委主任顾秀莲题词，整个工程预计将于2018年6月末竣工，与世人见面，向后人述说那艰苦卓绝的东满地区抗日将士们可歌可泣的英雄壮举。

2018年5月4日，是值得金春燮终身铭记的日子。用他的话来讲，这天是"三喜临门"的日子。吉林省"传承红色基因、争做时代新人"主题教育活动启动仪式在汪清举办，中国关工委主任顾秀莲及吉林省委宣传部、省军区、省文明办、省关工委及州委、州政府相关领导参加了活动，该活动的规格和层次，轰动了整个县城。

启动仪式上，顾秀莲的讲话高度赞扬了汪清红色基因传承活动取得的成果，这是中央领导同志给予的最高奖赏！那个瞬间，金春燮觉得这些年所付出的一切都是值得的。顾秀莲在听了金春燮的专门汇报后赞扬他："你是老典型，名气很大，为红色基因传承工作做了很大贡献。"金春燮连连说："这真是汪清县城千载难逢的大喜事哟！"一连几天，他的内心都充满抑制不住的激动和喜悦；这一天，汪清县接过顾秀莲授予的"全国关心下一代党史国史教育基地"称号，这是中国关工委首批授予的基地，每个省一至两个，而这天中国关工委授予的首批第一块牌子就给了汪清；同时授予汪清第四小学"中国工农红军吉林汪清童长荣红军小学"称号。与会领导高度赞扬了金春燮，他的历史贡献就是为吉林省的"红色地标筹建了童长荣烈士陵园、小汪清抗日根据地遗址等一系列纪念地，挖掘了珍贵的革命历史资料，收集了珍贵的历史文物，撰写了大量的红色书籍和乡土教材……随着时间推移，将会被越来越多的人认可。这就是时代楷模金春燮，以自己的模范带头作用，传承红色基因，彰显了一位老共产党员的崇高境界和忠诚为民的奉献精神！"

县关工委副主任崔锦哲说，金主任是满怀英烈情节、发挥余热为英烈树碑立传、传承红色基因、不懈奋斗的人，是善于研究工作、勇于创新、不断开拓进取、开创新局面的人，是心中有目标、困难面前不低头、不达目标决不罢休的人，是退休不褪色、清正廉洁、公私分明、干净干事、名副其实的时代楷模。

如今，汪清县形成了县、乡、村三级红色基因教育体系，仅红日村党性教育基地就建立了金相和烈士陵园、金伯文故居、党史纪念馆，全县42所中小学培养了800名红色历史小讲解员……这些成果，离不开金春燮带着一班人，在汪清这片红色土地上的辛勤耕耘。他们把红色精神、红色文化、红色传统注入青少年血脉、融入青少年灵魂，让红色基因薪火相传、生生不息、代代相传，不忘初心、牢记使命、告慰革命先辈。

金春燮早已将自己的生命融入这源源红流之中！他只想自己余生的每一天，都要像燃烧的烛火那样，照亮后代们的前行之路，哪怕多一寸也好！

烈士墓碑，如今，已立了89座。

这些墓碑，静静地矗立在绿水青山的怀抱中，巍巍地映衬在漫山遍野火红的金达莱花海里，经历年年岁岁、风风雨雨，向人们昭示着历史与未来。正如习近平总书记指出的"中华民族从站起来、富起来到强起来，经历了多少坎坷，创造了多少奇迹，要让后代牢记，我们要不忘初心，永远不可迷失了方向和道路"。

信仰之火熊熊不能息，红色基因融入血脉，红色精神激发力量——这是金春燮，一个老共产党员不变的信念。

采访行将结束时，金春燮一再叮嘱，最后一定要写上这句话：延边红色大地上，千千万万的金春燮正在行动。

山上的金达莱，开成了一片片红色的海……

(《人民文学》2018年第10期刊载)

中国之蒿

屠呦呦获诺贝尔奖之谜

◎ 陈廷一

> 青蒿，古名"菣"。春生苗，叶极细，嫩时人亦取，杂诸菜食之，至夏高四五尺，秋后开细淡黄花……根、茎、子叶并入药用。此蒿生挪敷金疮，大止血，生肉，齿疼痛良。
>
> ——摘自北宋苏颂主编的《图经本草》

走近屠呦呦

仿佛横空出世，"屠呦呦"这个名字突然间在中国的媒体上铺天盖地地闪亮登场，盖因被誉为诺贝尔奖"风向标"的拉斯克奖名单之后，中国女科学家屠呦呦荣获诺贝尔奖。

呦呦鹿鸣，食野之蒿。

2015年注定是属于中国人的光辉年，从小说《三体》获得文学大奖雨果奖，到中国70周年抗战胜利纪念大阅兵，世界的目光无不聚焦迅速崛起的中国。

多喜临门，而在国庆节后的第五天又传来一则好消息：10月5日，中国科学家屠呦呦获得诺贝尔医学奖。

从小就低调的屠呦呦长大后仍然不喜欢热闹的场面，即使在名扬天下后,对于一般的邀约也是能推则推。我幸运地通过同事拨通了屠呦呦的手机,与她取得了联系,她终于答应接受采访。

踏着北京初冬的第一场瑞雪,迎着凛冽的寒风,走了半天的冤枉路,我终于寻到屠呦呦居住的社区。应该说这是北京城里的老旧小区,与周边崛起的千奇百怪的高楼大厦相比,这幢十多年前的建筑,显得有些陈旧。不过小区整洁、安静,冬青长青,绿化到位,每幢单元楼之间的间距也很大,走在里面十分惬意、舒服。

在屠呦呦家的单元楼门口,坐着一位身穿绿大衣的保安,这是其他单元楼没有的"配置"。很明显,他是小区专门安排在这里的"屠呦呦挡客"。我说明了来意,坐电梯到了屠呦呦居住的楼层。

这一层共有6户人家,3户贴着对联,另外3户的门面干干净净,哪一户是屠老家?我还不清楚,我所了解到的信息,只精确到老人所住的楼层。

少顷,隐约传来一个人打电话的声音,贴着门缝仔细听了听:"对,对,这几天来看我们的人太多了,谢谢你!"淡淡的宁波口音,我想就是她了。

刚要按门铃,屠呦呦的丈夫李廷钊打开了门,我做了自我介绍。对方说:"进来吧,我家老屠已经推掉了很多采访。"

屠呦呦的家宽敞整洁,进门的书柜中摆满了老人获得的各种奖牌奖杯,其中最醒目的是2011年国际医学大奖美国拉斯克奖授予她的临床医学研究奖。细看房间很干净,偏中式的装修,家具的色调以棕红色为主。客厅的钢琴上摆着两小盆波斯菊,一盆红色,一盆黄色。客厅与阳台被大大的落地玻璃门隔开,阳台上,安静地躺着8个大花篮,都是这几天收到的。

屠老穿着红色的上装,精神矍铄,完全不像85岁高龄的老人。

她从沙发上慢慢站起来，满脸笑容地迎接我。我送去了对她荣获诺贝尔奖的祝贺，她淡雅地笑了，自我调侃地说："我是呦呦鹿鸣，食野之蒿。这个青蒿素是传统中医药送给世界人民的礼物。青蒿素的发现是集体发掘中药的成功范例，获奖是中国科学事业、中医中药走向世界的一个荣誉。这可不是我一个人的功劳。"

我问，什么时间到瑞典领奖去？她说，按照流程，12月10日得去瑞典领奖。但她又说，要看我这条老腿让不让去了。她指了指自己的膝盖："好疼。"

2011年，她在丈夫李廷钊的陪伴下，从美国领回了有美国诺贝尔奖之称的拉斯克奖，而这一次，她觉得去瑞典便有点儿困难了。

在今年6月，她又获得了哈佛大学颁发的医学院华伦·阿尔波特奖，"是我在美国的女儿代我去领的。"这个奖还没拿回来，就传来获诺贝尔奖的消息了。

屠老说，消息来的时候，她正在洗澡，一个接一个的祝贺电话打到家里，"我还以为是哈佛的那个奖"。

我们的采访持续了一个多小时，临近10点时，屠呦呦的老伴李廷钊抬头看了看墙上的挂钟示意我说："还有领导要来。"

从屠老的单元楼下来，太阳已经从东面转到头顶，望着我投射在地上的身影，我默默在想：屠呦呦的名字不仅因"呦呦鹿鸣"而雅致，而且因"食野之蒿"将被人类永远记住。当她把名字中所蕴藏的人文密码认定为一生的职业宿命时，"青蒿素"的神话故事便成了中国科学界的诺贝尔传奇——一个鲜为人知的密码。

"呦呦鹿鸣",诗意一般的名字

翻开地图,你可以看到宁波是一个海港城市。

宁波的历史可以追溯到7000年前的河姆渡文化。夏时,宁波所在地区称为鄞。唐朝,称宁波为明州。同时,宁波依赖地理优势成为全国最大的开埠港口,与日本、高丽均有非常频繁的贸易往来,对外贸易的进一步发达使得宁波成为海上丝绸之路的出发地。元代,宁波已经成为南北货物的集散地和全国最为重要的港口之一。清代,宁波出现了全国闻名的著名学派——浙东史学,与西方的交流也日渐频繁。鸦片战争后,1844年,宁波开埠。外资的进入使得宁波本土经济受到重创。此时,宁波商帮开始转变为近代商人,并将新兴的上海作为主要活动地点,对上海的城市建设和文化发展产生了重要的影响。中华民国时期,宁波经历战乱,经济发展起伏很大。1916年8月底,孙文考察宁波,在当时的浙江省立第四中学(今宁波中学)发表讲话,鼓励商人积极经营并敦促宁波改善市政。但是,在同一时期,军阀混战也给宁波带来了动荡。1917年,军阀蒋尊簋、周凤岐等人宣布宁波"自主",与浙江省督军杨善德军队交火,周凤岐溃军进城抢掠。1927年1月至2月,国民革命军击败孙传芳部军阀,进入宁波。同年3月至7月,由于国民党清党,宁波也发生了一系列国共之间的冲突,其中的一些冲突直接由蒋中正领导。这些动荡直到20世纪30年代方才有所缓解。

屠呦呦正是在这个动荡的年代在宁波降生了。

1930年12月30日黎明时分,宁波城的上空还响着稀疏的枪声,居于宁波市开明街508号的屠家,传来了婴儿"呦呦"出世的声音。

这是屠家迎来继3个儿子后终日所盼的"千金"。

呦呦哭声,犹如鹿鸣。

呦呦的声音使父亲屠濂规沉浸在"千金"到来的幸福之中。他随口吟诵出《诗经·小雅》中的著名诗句"呦呦鹿鸣,食野之蒿……"

"女诗经,男楚辞"是中国人古而有之的取名习惯。于是,当家的父亲便给小女取名呦呦,呦呦之声永远地荡漾在父亲的听觉之中,以表示他对于女儿的喜爱、庆贺,以及未来神话般成长、发展的期待。应该说,屠呦呦的传奇人生正是沿袭父亲的神话般期待走下来的,无可复制,完美无缺。

父亲在吟完"呦呦鹿鸣,食野之蒿"后,意犹未尽,又对仗了一句"青青蒿草,报之春晖"。似乎这才富含哲理,这才对仗完美。这四句充满童话般的诗,使呦呦度过了幸福诗意的童年和人生。

尤其是"青青之蒿,报之春晖",竟使呦呦的一生冥冥之中与青蒿结下了不解之缘。

整个孩提时代,屠呦呦一直生活在宁波开明街——这片地处中心城区的"莲桥第"区域,令屠呦呦从诗意童年起,就浸淫于旧时宁波最为精致、最为小桥流水、细雨朦胧的江南气息中。

江南,本就是人之向往的地方,而江南的宁波古镇更是非去不可的地方。那里的人美丽、温婉,那里的水清清、细腻,让人站在那里陶醉,不想离开。

在这里八面来风，五方交会，风情万种的《夜上海》《夜来香》等民国歌舞，光怪陆离的古老中幡、肚皮拉车等民间杂耍，拍案叫绝的皮影戏、木偶戏等民间戏剧，如火如荼的斗鸡、斗狗表演，精彩纷呈、叹为观止。漫步于商业作坊街，体验濒临绝迹的造纸、酿酒、榨油、打铁等传统行当。跻身民间小吃坊，江南小吃姜糖、打年糕、老嫩豆腐应有尽有。尤其是清晨街边的叫卖声，清脆悦耳，让您乘兴而来，尽兴而归，在娱乐中感受民国沧桑，在休闲中领略百业精彩。这在屠呦呦的幼年留下了永不泯灭的记忆。

从这片水乡美景向东步行3公里左右，则是20世纪30年代宁波城的另一处精华所在——三江口。姚江和奉化江，一个由北而下，一个由南而上，相汇于此处，然后合二为一，投身甬江，经镇海的招宝山入海口后，向着东海奔腾而去。一时间，宁波人可以将大半个中国纳入其贸易视野。与此同时，三江口的江厦码头也一度兴盛不已，千帆竞发，百货流通……于是便又有了那句俗话："走遍天下，不及宁波江厦。"

不过，在屠呦呦的儿时记忆里，三江口的繁华，一定不如距家不到两站地的天一阁更具有吸引力——这是城中最大的图书馆，她在这里博览了她喜爱的群书。

同时，天一阁顶层的藏书楼，里面还收藏了两本关于屠呦呦家族的宗谱：一是父辈《甬上屠氏家谱》，二是母辈《鄞县姚氏宗谱》。两本宗谱记录着两家数百年的家训，共同向我们昭示着家族兴盛之道——重学重教、礼义传家、踏实做人，传递着关于立身处世、治家持业的谆谆教诲。翻阅宗谱，屠呦呦家族重教兴义、累仁积德的家风跃然纸上。

在宁波，屠家称得上名人辈出、家学深厚，而屠呦呦母系所在的姚家也是书香门第。两家皆为名门望族。

宁波文史研究者袁良植介绍，屠家祖先在南宋庆元年间从江苏常州府无锡县迁居至宁波，至今绵延达800余年。中间出过包括吏部尚书、太子太傅赠太保屠滽，文学家和戏曲家屠隆，博物学家屠本畯，等等，既有高官显贵，又有文人墨客。

历史总有惊人的巧合之处。

在屠家宗谱里，屠本畯这个名字让人惊奇。数百年前，他就从事着生物药品研究工作。著有《闽中海错疏》《海味索引》《闽中荔枝谱》《野菜笺》《离骚草木疏补》，其中《闽中海错疏》成书于明万历丙申年（1596年），是中国最早的海产动物志，在江浙一带闻名遐迩。

重读书，好探究，时间跨越数百年，屠家两位生物药品研究者在冥冥中产生了一次神奇的交集。在祖国医学史的星空中，屠呦呦和她的祖宗屠本畯，相映生辉，光彩照人。

宁波开明街26号姚宅，是屠呦呦外婆家，它像"外婆的澎湖湾"一样承载了屠呦呦另一段少年时代的记忆。

这是开明街旁当下仅存的一幢典型民国建筑，已成文物。由屠呦呦的外公姚咏白兴建。

这幢坐北朝南的建筑，由前厅、大厅、正楼、后屋组成。前厅和大厅为三间二弄的二层楼房，饰车木栏杆，廊楼板端面有卷草纹雕饰；正楼为面阔三间一弄、进深五柱的高平屋，五脊马头山墙。后屋为三间一弄硬山式高平屋；穿过空荡荡的大厅，可见一个不宽敞却温馨的小院子。一株高大的乔木用繁茂的枝叶遮蔽了正楼的面貌。深秋时节，红叶会悄然铺满院子，像一幅秋实图刻印在屠呦呦的脑海里。

在素有尊师尚道之风的宁波，姚咏白曾任上海法学院、复旦大学、厦门大学教授。给呦呦最深的印象是外公身穿长袍、脚蹬布鞋、满脸慈祥的形象。

在屠呦呦父亲屠濂规的个人档案中，还记载着他早年工作于上海太平洋轮船公司，后来做银行职员。屠呦呦幼年，父亲常年在上海工作，两地分居，所以母亲带着她住进了外公外婆家。在这座大宅门内，屠呦呦与众多亲人一起，共同度过了那段动荡的岁月，常常听到日机的轰炸声和吓人的防空警报声，声声灌耳。

姚宅的周边，曾汇集大批名人故居，包括元代"甬上第一学士"袁桷、一代邮票设计大师孙传哲、宁波帮巨子李镜第……堪称文人荟萃、望族云集。

在屠呦呦之前，姚宅最出名的，当数她的舅舅——著名经济学家姚庆三。

生于1911年的姚庆三，1929年毕业于复旦大学，随后留学法国，毕业于巴黎大学最高政治经济系，是民国时期非常有影响力的英雄人物。归国后，1931年起他开始任职于上海交通银行总管理处，投身于中国货币研究。1934年，姚庆三的专著《财政学原论》出版，这也是中国最早的财政学教科书之一。

1934年6月，美国通过购银法案，国际银价上升，中国白银大量外流。对此，南京国民政府即使开征出口税，也未解决问题。这在当时的经济学界、金融学界也爆发了一场有关白银问题与改革币制的大讨论。持不同观点的经济学家马寅初，与支持实行货币改革的姚庆三等学者展开了舌战，震撼了民国学界。

直至1935年11月，姚庆三等学者的观点被采纳，法币改革开始，这是中国货币体系现代化过程中迈出的关键一步。

姚庆三与西方经济学大家凯恩斯也缘分颇深。

可以说，将凯恩斯学术思想引入中国，并留下中国第一批研究凯恩斯理论文献的人，正是姚庆三。

1953年起，姚庆三开始在新华银行香港分行任职，并于1979年调任中国建设财务有限公司（香港）任职至1985年。这两家机构，皆为香港中银集团的前身，从42岁到75岁，姚庆三为祖国海外金融事业的繁荣贡献良多。同时，姚庆三也是屠呦呦父亲进入银行界的引领人。

这个出色的舅舅曾使呦呦敬仰一生，成为她一生的榜样。

如今她已八旬高寿，离开宁波60多年了，仍是一口流利的宁波腔，对宁波的记忆犹新，可见她对家乡、故人的眷恋程度之深、家国情怀之浓。

"呦呦"哭声，注定她生不平庸

屠呦呦爱哭。

在襁褓时，她就常哭，渴了哭，饿了也哭，白天哭，晚上也哭，动不动就哭，而且哭得没完没了，闹得四邻不安。都说屠家生了个"哭叫子"，呦呦鹿鸣，是鹿的转世。

父亲屠濂规听了这话，暗暗窃喜，他笃信玄学，再加上囡囡的哭声很似鹿鸣呦呦，他认为小女名字起对了，从她发出的第一声哭啼，就是这种鹿鸣的感觉，难怪街坊四邻亦这样说。

父亲屠濂规很欣赏这种"呦呦"的哭声,像是播放一种音乐,洋溢在他的心田,有一种醉醉甜甜的感觉。这种声音弥漫在屋里屋外,里弄院外,他不认为这是扰民,而是一种和谐美满的幸福。他能在这种"呦呦"的音乐声中眠而不醒。

而母亲姚氏并不这样认为,她认为这是一种不祥的预兆,是一种病理的反射。小女每一场长时间的哭泣之后总是眼泪汪汪的,这让做母亲的心急如焚。抱孩子去医院看大夫,大夫说哭是孩子的天性,爱哭不是坏事,注定你的爱媛生不平凡。说得母亲破涕为笑,揩去眼中幸福的泪花。

出身于书香门第的屠呦呦,5岁时被父母送入家门前的幼儿园,转年进入宁波私立崇德小学初小,扎着鹿角辫,成为一名小学生。11岁起就读于宁波私立鄮西小学高小,13岁起就读于宁波私立器贞中学初中,15岁起就读于宁波私立甬江女中初中。

民国初年,女孩放脚、求学、走向社会,男女平等之风已如冰山开化。尤其是上海的宋氏三姊妹,花光了她们的嫁妆钱,被父母送到大洋彼岸的美国求学。大学毕业后三朵金花纷纷回国,光鲜耀人,一个嫁给广东的孙中山,一个嫁给了宁波的蒋介石,一个嫁给了山西的孔祥熙。她们的榜样风范在江浙一带被人高歌、效仿。犹如一股暖流,抑或一股旋风在江浙风行。与整个宁波重教之风相应,按照父母的安排,屠呦呦开始了求学之路。女孩也要去读书,这更与屠家对子女教育一贯的重视密不可分。屠呦呦的父亲屠濂规也受这股风的影响,特别重视女孩的读书和教育。作为家中唯一的女孩,屠呦呦从小就开始接受了完整的教育。

不幸的是屠呦呦的学生生涯,到1946年戛然而止。

这一年,16岁的屠呦呦经受了一场灾难的考验——她不幸染病,高烧不退,被迫中止了学业。

起初,大夫诊断是疟疾发作。

这种病民间叫"打摆子",发病有规律,时热时冷,在我国南方发病率居高不下,北方也有,全世界都有,尤其是东南亚国家更是重灾区。得病快,治愈率低,死亡率高。

大夫经过仔细观察,又否定了疟疾,最后确诊为肺结核,闹得家人虚惊一场。倘若是得了疟疾,在当时是没有救的。因为还没有这种青蒿素救命药。现在有了,那应是屠呦呦的功劳。我们在采访中询问屠老,屠老自我调侃地笑说:"我之所以不是疟疾而是肺结核,主要是青蒿素这种救命药还在等待我去研究、发现。倘若说我真正得了疟疾倒下,就不会有今天的青蒿素问世了。看来这是上天冥冥中的安排。"

正是那场突如其来的病急乱投医,使16岁的少女屠呦呦第一次听到"疟疾"二字。这个吓人的病魔,在当时是与死亡画等号的。她也为自己最终没有确诊为"疟疾"而庆幸不已。同时反而使她下定了决心——"我要学医,拿下疟魔,救死扶伤,贡献社会"。

应该说,一代大药学家的原始起点,抑或诺贝尔奖的因子,就是源自这种"救死扶伤"的朴素愿望。

家教的熏陶,也让屠呦呦对医药渐生极大的兴趣。

父亲屠濂规,平时喜好读书,也影响了女儿。家中楼顶上那个摆满古籍的小阁房,既是父亲的书房,也成为屠呦呦最爱的去处。父亲看书时,屠呦呦也会坐在一旁,装模作样摆本书看。虽然看不太懂文字部分,但是中医药方面的书,大多配有插图,既读书也识字,何乐而不为呢。

乐趣是在学习中建立的。那个小阁房成为少年屠呦呦的阅览室。

多本医学古籍如《黄帝内经》《神农本草经》《伤寒杂病论》《千金方》《四部医典》《本草纲目》《温热论》等，都曾在那段时间与屠呦呦"亲密接触"。屠呦呦记得，当时年纪小，识字不多，但是在磕磕绊绊中，认得了几百种中草药的名字。接着她又读了本家屠本畯的著作——《闽中海错疏》《海味索引》《闽中荔枝谱》《野菜笺》《离骚草木疏补》等，她发誓要像先祖一样，成为一名药物家家。

在我采访她的时候，她说父亲是支持她学医的，家族的支持又给了她新的动力，添加了新的翅膀。

疾病来袭，中途辍学两年

时间到了 1948 年。

屠呦呦肺结核休学两年，病情好转后，就开始进入宁波私立效实中学高中班就读。

"长得还蛮清秀，戴眼镜，鹿角花辫，一个宁波小姑娘的样子。"这是老辈的家乡人，对屠呦呦青葱岁月的印象。

效实中学是宁波名校，早年父亲屠濂规也从这里毕业。和屠呦呦一班的同学李廷钊对她的到来有着新鲜感，以致后来默默地暗恋着她。

创立于 1912 年 2 月的效实中学，由中国早期物理学家何育杰以及叶秉良、陈训正、钱保杭等一批著名的科学家，联手宁波当地实业家李镜弟共同创办。学校以"私力之经营，施实川之教育，为民治导先路"为宗旨,创校之初就提出了"教育之事,贵有适性,与人适意志,与地适风尚,与时适际遇"的教育理念。

学校办至1917年时,早已声名鹊起。名校上海复旦大学及圣约翰大学皆与效实中学订约,凡效实中学毕业生皆可免试,直接保送入学。

1948年,当屠呦呦以同等学力进入效实中学读高中一年级时,学校刚刚从抗日战争的战火中走出不到3年。在1941年4月宁波沦陷后,直至1945年10月25日,效实中学才得以复学,这一天,也成为后来的宁波效实中学校庆纪念日。

这家以"忠信笃敬"为校训的中学,有着令人啧啧称奇的院士校友群体。迄今为止,这里已走出了15位中国科学院、中国工程院院士。与天津的南开中学、北京的四中和汇文中学颇为相似。

在1955年,就有3位从效实中学走出的科学家当选中国科学院院士——化学家纪育沣,1916年肄业于宁波效实中学旧制第三届;实验胚胎学家童第周,1922年毕业于宁波效实中学旧制第九届;土壤农业化学家李庆逵,1930年肄业于宁波效实中学高中部。1980年,又有5位曾经的效实学子——地球物理学家翁文波、土壤学家朱祖祥、作物遗传育种学家鲍文奎、核物理学家戴传曾、医学家陈中伟,当选为中国科学院院士。1995年,则有5位当年的效实学子,包括材料科学家徐祖耀、电磁场与微波技术专家陈敬熊、核技术应用专家毛用泽、无机化工专家周光耀、核武器工程专家胡思得,分别当选中国科学院院士和中国工程院院士。1997年,又有两位效实校友——电子信息系统工程专家童志鹏、土木结构工程和防护工程专家陈肇元,当选为中国工程院院士。

这15位"产自"效实的院士,也成为宁波作为"院士之乡"的最大的骄傲。

虽身在名校，高中阶段的屠呦呦，整体学业成绩并不算拔尖。当年，这位在效实中学学号为 A342 的女生，高中学籍册和成绩单中清晰地列着——语文平均成绩 71.25 分，英语平均成绩 71.5 分，数学平均成绩 70 分，生物平均成绩 80.5 分，化学平均成绩 67.5 分。

生物成绩能如此突出，也源于屠呦呦对生物课的特别喜欢。每次生物老师在课堂上讲课，屠呦呦都听得津津有味。有一次，老师开玩笑似的说："如果其他同学都能像屠呦呦一样勤学好问，认真听讲，我即使再辛苦也开心！"

屠呦呦承认："那时的我很文静、很低调。"读高中时，她表现并不是很突出，但是读书却很认真。同学陈效中回忆："她很普通，衣服穿得也很朴素，不是特别引人注目，属于默默无闻型的。"

效实中学对于屠呦呦，除了学习，还有另一层渊源——她正是在这里和李廷钊成为同班同学。当时在班中交流甚少的二人，未曾想到，多年之后会成为夫妻。

1950 年 3 月，屠呦呦转学进入宁波中学读高三，这是她在宁波求学生涯的最后一年。

屠呦呦就读于宁波中学时的班主任徐季子老师，曾给这名当时并不起眼的女学生写下鼓励的评语："不要只贪念生活的宁静，应该有面对暴风雨的勇气。"老师的评语使她重拾医药救国信念，在她的报考志愿表中毅然决然地写下了"北京大学医学部药学系"，亦令当年是同班同学后来是北京大学常务副校长的王义遒、中国科学院院士的石钟慈、著名学者兼出版家的傅璇琮，刮目相看。

向医而行,北大医学部的骄子

1951年,是新中国成立的第三年,屠呦呦以优异的成绩考取了比较生疏的北京大学医学部药学系,成为共和国的第一代骄子。

收到通知书那天,父亲让母亲多做了呦呦爱吃的几个菜,请来了亲朋好友,以示庆贺呦呦的录取。父亲喝了点儿小酒,在庆贺中又吟诵了他心中的诗:"呦呦鹿鸣,食野之蒿;蒿草青青,报之春晖。"接着他又说:"我们的呦呦,考上了北大药学系,研究《本草纲目》,食之蒿草,是真正的名副其实了。望你步步登高,永不退缩,爸爸妈妈就是你的坚强后盾,让我们共同干杯庆贺。"在一阵碰杯声中,呦呦表示了自己北去求医的决心,激起了大家的掌声阵阵……

在呦呦接到通知书的第二天,她隐隐约约听到,还有几个同班同学被北京高校录取,其中包括她未来的丈夫李廷钊同学。他考进了北京工业学院,即今天的北京理工大学钢铁系。当时对屠呦呦来说还谈不上什么好感。他们心仪相爱,则是以后的浪漫。

20世纪50年代的北京大学医学院,在这座千年古都中显得颇为洋气。设在北京市西城区西什库天主堂附近的校园,被包裹在当年的皇家建筑群之中,学子们每天抬头可见的,却是典型的西方哥特式建筑。在校期间,屠呦呦和同窗们的实验室和宿舍,则设在附近的菜园胡同13号。

报到那天,屠呦呦是带着她对未来的自信和憧憬,抑或她的医学梦和父亲的期待——"呦呦鹿鸣，食野之蒿；蒿草青青，报之春晖"，昂首阔步走进北大红门的，并在校门前留了影。

当年的同窗周仕锟回忆，他们这一班，按入学年份排序，称为药学第八班，全班一共七八十人。与屠呦呦同龄的周仕锟记得，他们在班上年龄相对较大，称为学姐学兄，最小的同学比他们小3岁。

升入大四，各班分科，按照不同方向分为药物检验、药物化学和生药三个专业。这一班的学生中，选药物化学的最多，有40多人；选择生药的最少，只有12人，其中就有屠呦呦。

生药的英文为crudedrug，意指纯天然未经过加工或者简单加工后的植物类、动物类和矿物类中药材。

屠呦呦从入学的那天起，就像一头美丽的小鹿，闯进无垠的蒿海里，尽情地享受着"食野之蒿"，在父亲期待的路上奔腾、寻觅。据考证，蒿，即青蒿。呦呦这个名字和青蒿这种植物，跨越2000多年，以这种奇特的方式联系在了一起。这为一个科学家的故事增添了几分令人遐想的诗意。然而，现实中，这位传奇的屠呦呦的人生关键词里，基本是没有诗意这一层的。她是一个苦读生，在宽敞明亮的图书馆里，她翻阅了几乎所有的古医典，比如《神农本草经》《黄帝内经》，张仲景的《伤寒杂病论》、孙思邈的《千金方》、陶弘景的《本草经集注》、宋慈的《洗冤集录》、许国祯的《御药院方》、刘完素的《素问玄机原病式》、张子和的《儒门事亲》、朱丹溪的《格致余论》、李东垣的《脾胃论》、李时珍的《本草纲目》、刘文泰的《本草品汇精要》、吴又可的《瘟疫论》、徐春甫的《古今医统大全》、叶天士的《临证指南医案》、吴鞠通的《温病条辨》、王孟英的《温热经纬》、薛生白的《湿热条辨》、王清任的《医林改错》，以及《古今图书集成医部全录》《圣济总录》，等等。

在中华医学宝典的海洋里，她找到了青蒿的解释："青蒿，古名'菣'。民间又称作臭蒿和苦蒿。春生苗，叶极细，嫩时人亦取，杂诸菜食之，至夏高四五尺，秋后开细淡黄花……根、茎、子叶并入药用。此蒿生挪敷金疮，大止血，生肉，齿疼痛良。"

同时她也觅到了青蒿入药治疟的妙方。中国最早见于马王堆3号汉墓出土的古书《五十二病方》，其后的《神农本草经》《补遗雷公炮制便览》《本草纲目》等典籍都有青蒿治病的记载。

有趣的是，说来也巧，诗云"呦呦鹿鸣，食野之蒿"一语成谶，千百年过去，呦呦爱蒿、学蒿、用蒿、吃蒿，因蒿出名，轰动了全世界，怎么偏巧正是这位屠呦呦呢？难道世间还真有冥冥之中的神话和预言吗？

当年与屠呦呦选择同一专业的王慕邹，退休前为中国医学科学院药物研究所研究员。他说，当时生药专业毕业的学生，更多的去向是做研究，而药物化学专业更多与全国各大药厂相关。对生药专业的屠呦呦而言，生药学课程就比其他专业课时多些，其主要内容就是学习各类原产中药材的分类、认识，以及通过显微镜切片观察其内部组织等。给他的印象是，屠呦呦搞实验一丝不苟，十分认真，有时近乎苛刻。

当时，开设生药学的是楼之岑教授，这位1951年刚刚回国的留英博士，也是生药专业唯一的教授。后来，楼之岑曾任中国药学会理事长，是中国现代生药学的开拓者之一。他对屠呦呦印象更深刻，说她是个低调又能吃苦的好学生。

当时屠呦呦大学学习的背景是，1950年8月，第一届全国卫生会议召开。毛泽东提出"面向工农兵、预防为主、中西医结合"是新中国卫生工作的三个基本原则。

1953年12月,毛泽东在听取时任卫生部副部长贺诚汇报工作时,给予中医高度评价:"我们中国如果说有东西贡献全世界,我看中医是一项。我们的西医少,广大人民迫切需要,在目前是依靠中医。对中医的团结要加强,对中西医要有正确的认识。"

把中医放到中国对世界的一大贡献的高度,足见毛泽东对中医非常重视。

1954年,毛泽东又专门针对中医药问题做出批示:"中药应当很好地保护与发展,我国中药有几千年的历史,是祖国极宝贵的财富,如果任其衰落下去,那是我们的罪过。中医书籍应进行整理。应组织有学问的中医,有计划有重点地先将某些有用的,从古文译成现代文,时机成熟时应组织他们结合自己的经验编出一套系统的中医医书来。"

屠呦呦正是在这个大背景下完成大学本科的,时代的潮流追逐督促着她。在宁静的校园里,屠呦呦学习刻苦,勤勤恳恳,踏踏实实,但成绩并非十分拔尖,也并非不堪。她对课外文体活动不太热衷,做事为人非常低调。熟悉她的周仕锟与王慕邹都用了"非常普通"来形容对大学时代屠呦呦的印象。

1955年,是新中国第一个五年计划的第三年,经历4年的寒窗苦读,屠呦呦终于完成了大学学业。

正在这一年,新中国百事待兴,直属于卫生部的中医研究院开始筹建,也就是现在的中国中医科学院,从全国各地抽调一批名老中医到北京,充实中医研究的专家力量。作为刚刚毕业的大学生,头扎鹿角辫的屠呦呦,洋溢着青春活力,被分配到该院中药研究所工作。

1959年,参加工作4年后的屠呦呦,积极响应毛主席的号召,报名参加了卫生部举办的为期两年半的全国第三期西医离职学习中医班,开始系统全面地学习中医药知识。北大的求学偏重于西医专业,这两年半则是中医药学习,为她打下了坚实的中西医贯通的基础,也为她以后发现青蒿素家族埋下了伏笔。

爱情敲门,助理研究员的传奇人生

  大学时期的屠呦呦"两耳不闻窗外事,一心只读圣贤书"。参加工作后的屠呦呦,却是一个工作狂。
  1956年,全国掀起防治血吸虫病的高潮。她和自己的大学恩师楼之岑共同完成了对有效药物半边莲的生药学研究。1958年,这项研究成果被人民卫生出版社出版的《中药鉴定参考资料》收录;此后,屠呦呦又完成了品种比较复杂的中药银柴胡的生药学研究,1959年,这项成果被收入《中药志》……她收获了一项项科研新成果,可将近30岁了,爱情还是一张白纸。这可急坏了宁波老家的父母,可是远水不解近渴,只能干着急。呦呦给父母的回答是:"不是我不找。爱我的人我不爱,我爱的人还没到。"
  殊不知,在熟悉的朋友们眼中,屠呦呦是另外一个样子——她是一个粗线条的"马大哈"。
  "屠呦呦生活上粗线条,不太会照顾自己,一心扑在工作上。"屠呦呦的高中同班同学、清华大学数学系的老教授陈效中曾经讲过屠老生活中鲜为人知的故事。

"有一次,她的身份证找不到了,让我帮忙找找。当我打开箱子,吓一跳,我发现里面东西放得乱七八糟的,不像一般女生收拾得那么妥当。

"还有一次,我们几个人到宁波出差开会,她因为还要出席一个重要场合,多留了一晚,第二天单独坐火车回京。想不到,发生了一件非常好笑的事——火车停靠途中站点时,屠呦呦下车走走。结果,火车开走了,她竟然被落下了。

"由于她过于专注工作,她的爱情亦像是生活中的那辆列车,也把她抛下站了。

"从一方面看,屠呦呦是失落不幸的;从另一方面看,有人在偷偷地暗恋着她,她又是幸福的。这个男人不是别人,正是宁波效实中学的同班同学——李廷钊。此时李廷钊已是一位很棒的工程师。他从北京工业学院毕业后,被分配至马鞍山钢铁厂。后来,他又留苏学习钢铁冶金5年半,从钢铁实务、科研到管理,他的人生与钢铁结下了不解之缘,并在业内小有名气。他看好屠呦呦的做事为人,从中学分别后,一直想着她,苦于没有机会表白。

"且说分配到马鞍山工作的李廷钊,有个姐姐恰好在北京工作,因为都是同乡,屠呦呦也常会同李廷钊的姐姐会面,当在中学时就对屠呦呦有好感的李廷钊从马鞍山到北京看望姐姐时,也常会遇到老同学屠呦呦。姐姐看出他们间的爱慕,主动当起了红娘,远在千里红线牵,一来二往,两颗年轻的心,中学时代很少交流,大学时代断绝交流,而后犹如磁铁一样,渐渐变得相互欣赏、吸引,成了令人羡慕的一对。

"1963年,他们在北京重逢两年后,正式走进了婚姻殿堂。不久,又迎来了他们的爱情结晶——大女儿和小女儿的降生。"

有朋友戏称，李廷钊与屠呦呦的结合，是传统（中药）与现代（钢铁）的融合，他们的结合一定会碰出火花，耀眼世界。

屠呦呦自己承认，要让身边的生活琐事变得井井有条，"我依然不灵光，成家后，买菜、买东西之类的事情，基本上都由我家老李做"。屠呦呦口中的"老李"，是她的丈夫李廷钊。

婚后，两口子有了共同的理想——为国奉献。

屠呦呦告诉我："我和我先生应该算是生在旧中国，长在红旗下的第一代。从小接受的教育，都是告诉我，服从组织，忠于组织，把自己献给组织，组织包管你的一切。组织里的领导找下属谈话，最典型的一句话是，你只管好好工作，努力完成组织交给你的任务，你的个人问题，组织会替你考虑。交给你任务，就要努力工作。只要有任务，孩子一扔，就走了。"说起往事，屠呦呦显得很淡定，那时，她被派去海南岛试药，李廷钊则被派去云南的五七干校。为了不影响工作，他们咬牙把不到4岁的大女儿送到了托儿所，把尚在襁褓中的小女儿送回宁波老家。也正是由于长时间的骨肉分离，以至于大女儿当时接回来的时候都不愿叫爸妈了。

在小女儿李军的朦胧记忆里，自己第一次对母亲有清晰印象，已是3岁多。那天，在外公外婆家门前的小巷口，李军远远就瞧见一个阿姨，拎着行李快步走来，张开双手，嘴里不停地叫着自己："小军、小军，我是你的妈妈……"

小军却下意识地往后退了好几步，那一刻，小女孩儿的脑中，已经没有"母亲"的记忆，她不知道，眼前这个风尘仆仆的女人，就是自己脑中想象过无数次的母亲——屠呦呦。长大后的小军至今也纳闷，母亲那时如何能认出自己。

三四年才能有一次的母女相会，一直持续多年。于是，女儿李军在很长时间里无法理解妈妈,认为是妈妈抛弃了自己。

每次都颇为"陌生"的母女相会,也让屠呦呦暗暗怀疑过自己当初的选择。当初的选择,在现在看起来有些不近人情,对于如今家中摆满女儿和外孙女照片的屠呦呦和李廷钊而言,这是迫不得已,是那个年代的人都理解——服从组织、别无选择。

像父母当初的选择一样,如今两个女儿也都依照父母的榜样,成功地选择了自己奋斗的人生,她们皆是成功者。

光杆司令,"523"课题组的组长

地球的旋转,旋转的地球。

1969年1月21日,助理研究员屠呦呦迎来了她科研人生的重要转折。

这一天,中医研究院来了两个神秘的人,一高一矮,一位穿军装,一位穿便装。他们自称是中央"523"办公室的人。

"523"很新奇,有何秘密?

屠呦呦脑子转了几圈也想不明白,后来才打听到,原来这是一个素未听闻的全国大协作的疟疾科研项目,"523"为其秘密代号。

疟疾,中国民间俗称"打摆子",在今天的中国已基本绝迹。多数人对它的认知来自反映战争年代或者更久远年代的影视剧或文学作品。疟疾病人发起病来如坠冰窟,颤抖不止,冷感消失以后,面色转红,发绀消失,体温迅速上升,通常发冷越显著,体温就愈高,可达 40℃以上。高热患者痛苦难忍。有的辗转不安，呻吟不止；有的谵妄，甚至抽搐或不省人事；有的剧烈头痛、顽固呕吐；患者面赤、气促；通常持续 2—6 小时，个别达 10 余小时。症状处间歇性，死亡率极高。

在历史长河中，将疟疾列在蹂躏人类最长时间疾病的榜首可能都不为过。早在公元前二三世纪，古罗马的文学作品中，已经写到出现了疟疾这种周期性疾病。在我国，现存最早的中医理论著作，成书于先秦时期的《黄帝内经》中也有对疟疾的详细记载。

古时人们对这种传染疾病束手无策，甚至认为是神降于人类的灾难。苏美尔人就认为疟疾是由瘟疫之神涅伽尔（Nergal）带来的，古印度人则将这种传染性和致死率极高的病称作"疾病之王"。古希腊的亚历山大大帝和文艺复兴初期的意大利著名诗人但丁，均死于这种凶如猛虎的疾病。

但丁虽然死了，在《神曲·地狱篇》却留下了他对疟疾恐惧的深度描绘，令人发指。他说："犹如患三日疟的人临近寒战发作时／指甲已经发白／只要一看阴凉就浑身打战／我听到他对我说的话时就变得这样／但是羞耻心向我发出他的威胁／这羞耻心使仆人在英明的主人面前变得勇敢。"

在中国的兵书征战史上，疟疾也是常客。

汉武帝征伐闽越时，"瘴疠多作，兵未血刃而病死者十二三"；东汉马援率八千汉军，南征交趾，然而"军吏经瘴疫死者十四五"；清乾隆年间数度进击缅甸，都因疟疾而受挫，有时竟会"及至未战，士卒死者十已七八"。

值得人们关注的是，美国发起的越南战争。

越南战争，简称越战，是美国等资本主义阵营国家支持的南越，对抗共产主义阵营国家支持的北越和越南南方民族解放阵线的一场战争较量,发生在冷战时期的越南、老挝、柬埔寨。越战是二战以后美国参战人数最多、影响最大的战争,美军投入兵力最多时为65万人。最后越战以美国失败而告终。

长达几十年的越战,给越南等国人民造成了巨大的伤害,越战是那几代越南人心中永远无法抹去的恐惧。经过一场激烈的战斗,城市变成了废墟,遍地是伤亡的市民和士兵。随着战事升级,美越双方伤亡人数不断攀升。

很快,战场上却出现了比子弹、炸弹更可怕的"敌人"——抗药性恶性疟疾,一染即亡。美越两军苦战在亚洲热带雨林,疟疾像是"第三者"插足,疯狂袭击交战的双方军力,大大高于战斗性减员,令双方苦不堪言,它比敌人更可憎。

据河内卫生局统计,越南人民军1961—1968年伤病员比例,除1968年第一季度伤员多于病员外,其他时间都是疟疾病员远远超过伤员;抗美援越的中国高炮部队也深受其害,据说减员达40%。据美军有关资料表明,在越南战争中,1964年,美军因疟疾造成的非战斗减员比战斗减员高出4—5倍,更是天文数字。1965年驻越美军的疟疾发病率高达50%。美国也在寻找有效药,但欲速不达。

越南地处热带,山岳纵横,丛林密布,气候炎热潮湿,蚊虫四季滋生,本就是疟疾终年流行的地区。而当时的抗疟药——氯喹及其衍生药,因其抗药性,对越南流行的疟疾已经基本无效。

能否抵抗住"疟疾"这个敌人,甚至成了越南战场上美越双方"胜负的杀手"。

越共总书记胡志明了解这个情况后,心急如焚,亲自给毛泽东写信,派特使秘密到北京,请求中方支援抗疟疾药物和方法。

在革命战争时期曾感染过疟疾、深知其害的毛泽东，认真阅读了老朋友胡志明的信，对其特使说："解决你们的问题，也是解决我们的问题。告诉老朋友，我会记在心上。"

送走了特使，毛泽东又把胡志明的信批转给周恩来。周恩来亲自布置了抗疟新药的研发。于是，这项研究又成了带有军事色彩的紧迫绝密任务。

1967年5月23日，这是个特殊的日子。

中国人民解放军总后勤部和国家科委在北京召开了抗药性恶性疟疾防治全国协作会议，组织60多家科研单位通力攻关，并制定了三年科研规划。防治抗药性恶性疟疾被定性为一项援外战备的紧急军工项目，以5月23日开会日期为代号，称为"523任务"，一直沿用下来。

由此，拉开了抗疟新药研究的序幕。

先是军方开路，后是地方跟进。随着时间的推进，先后有7个省市全面开展了抗疟药物的调研普查和筛选研究。至1969年筛选的化合物和包括青蒿在内的中草药有万余种，但未能取得理想的结果，研究者一筹莫展，让人质疑研究进入了死胡同……

正在这个当儿，两位523的"神秘人"径直走进位于东直门内的中医研究院领导的办公室，亮明身份，开诚布公地说："中药抗疟已做了好多工作，到流行地调查，收集秘方试验，有一定效果但不满意，用法、制剂等方面也存在问题。方子拿了不少，很多是大复方，这么多药怎么办？哪个方子好，什么起主要作用，我们经验少、办法少。根据首长的批示，希望贵院能加入此项科研活动。"

对方恳求的眼神，让院领导没有打磕巴就接受了任务。

"523"办公室的领导走后，院领导召开紧急会议，拉下窗帘，按照"523"办公室的要求——"谁能担当大任?"对本院科技人员逐一进行筛选,3个小时过去了,颇让中医研究院领导们有些犯难。

他们反复筛选,最后有一人浮出水面,不是别人,正是37岁的屠呦呦。

她有两大优势:一是性格认真执拗,虽然职称尚是助理研究员,但来到中药所已14年,中西医贯通,基础扎实。二是她年富力强,正致力于研究从植物中提取有效化学成分,已经步入中药所研究第二梯队人选。

以当时中药所的现状,屠呦呦正是最合适的人选。自20多岁便与屠呦呦共事的中国中医科学院中药所原所长姜廷良回忆说,将重任委以屠呦呦,这是对的,在于她扎实的中西医知识和被同事公认的科研能力。

当晚,领导找她交代任务,屠呦呦爽快地应允了。

屠呦呦问:"还有什么人?"

领导告诉她:"暂且你一人,其他人后定。"

从此,人们便看到她像一个陀螺开始旋转起来。中药所里、资料室里、图书馆里、老中医的家里,都多了个疯狂翻阅历代医籍,甚至连一封封群众来信都一定要打开看看的忙碌身影。

这就是37岁的屠呦呦,在被任命为课题组组长后,她正式走上抗疟寻药之路。

当时,谁也无法预料,院领导的这个决定,将是"523项目"取得重大进展、取得重要成果迈出的第一步。

说是课题组,在最初的阶段,屠呦呦"光杆司令"一个,只有她一个人孤独地踏上了尝百草的寻药之路——归宿了"呦呦鹿鸣,食野之蒿",对仗了"青青蒿草,报之春晖"。

次次失败，190 次后的成功

成功的花，人们只惊羡它现时的明艳，谁知道它当初的芽儿，却浸透了奋斗的泪泉，洒遍了牺牲的血雨！

从领导办公室走回自己的办公室，已经星斗满天。屠呦呦很激动，她觉得这是一副担子，重重压在了她还有些细嫩的肩上。她多年科研的梦想一下子成了现实，领导的信任，任务的紧迫，特别是越南战场上饱受疟魔折磨的将士们，睁大了求救的眼神，一个个在乞望着她，她觉得时不我待，加快了研发的脚步。她不敢多想，就一头扎进《本草纲目》等古典药典，寻觅自己的灵感，抑或突破口。

"523"项目的任务十分明确，就是通过军民合作开发防治疟疾药物，同时对所开发防治药物的要求是高效、速效，预防药物要长效。

在采访中，屠呦呦说："中西医知识的积累让我意识到，必须从古代文献中寻找解决方案。我开始系统整理古方。从中医药医学本草、地方药志，到中医研究院建院以来的人民来信，采访老大夫，等等，不放过任何一个机会。花了半年时间，最后做了 2000 多张卡片，编出 640 多种抗疟方药，作为我的基本功，考虑从中找到新药。"

一年过去了，两年过去了，时间伴随着她和她的团队忙碌的身影，在指尖中不知不觉流去。该做的实验都做了，这 2000 多种方药中整理出一张含有 640 多种草药、包括青蒿在内的《抗疟单验方集》。可在最初的动物实验中，那时青蒿还没有涉入她的视野，真如大海捞针，茫无头绪。但她一直坚持实验，有时累得呕吐不止，头昏脑涨，怀疑自己中了毒，结果一检查，是中毒性肝炎，大夫让她休息。她哪能休息呢？越南的炮火在催促着她，伤病员的眼神在乞求着她，怎能停下手中的实验工作呢？她吃下一把药，又走出家门，开始了失败后的重新筛选。

冬战"三九"，夏战"三伏"，有时累得吃不下饭，四肢无力，连走回十步之遥的宿舍的力气都没了。希望似乎化成了泡影，她也如死了一般。在这个时候，"失败是成功之母"，在她脑海里划过，犹如彩虹映在她眼前，她又如触电一般地从床上弹跳起来，重新开始实验、筛选。失败，再失败，她一度怀疑她当初的选择。又是多少次失败，她始终坚信：乌云遮不住太阳，失败孕育着成功的阳光。说不准是多少次失败了，这个与她名字有着联系的青蒿，冥冥中闯进了她的视野。经过实验，青蒿的效果并不出彩，屠呦呦的苦苦寻找再度陷入了僵局。

问题出在哪里？屠呦呦再次翻阅葛洪的《肘后备急方》，企图在这本古药典中再寻突破。书不知翻阅了多少遍，四角已经微微翘起，颜色愈加变黄。

这本古代医书究竟有何渊源？屠呦呦再次陷入作者的故事中……

《肘后备急方》由东晋葛洪著。凡举名医，必有一段艰难的求学历程，以其超人的毅力去探索和学习。葛洪自幼十分好学，沉着稳重，从不与别人嬉戏贪玩，经常写字、抄书至深夜。13 岁时，他父亲去世了，家境败落，十分贫苦，就靠上山砍柴换取文具，用来学习。《肘后备急方》由葛洪摘录自共100卷的医书《玉函方》中可供急救医疗、实用有效的单验方及简要灸法汇编而成，是我国第一部临床急救手册。之所以叫这个名字，是因为"可以放在手肘后面，带在身边，随时拿出来救急使用"。书中，他尤其强调灸法的使用，用浅显易懂的语言，清晰明确地注明了各种灸法的使用方法，只要弄清灸的分寸，不懂得针灸的人也能使用。葛洪在《肘后备急方》序中说道："穷乡远地，有病无医，有方无药，其不罹夭折者几希。丹阳葛稚川，裒考古今医家之说，验其方简要易得，针灸分寸易晓，必可以救人于死者，为《肘后备急方》。"

此书共有8卷70篇。后经南朝梁时陶弘景增补录方101首，改名《补阙肘后百一方》。此后又经金代杨用道摘取《证类本草》中的单方作为附方，名《附广肘后方》，即现存《肘后备急方》，简称《肘后方》。该书主要记述各种急性病症或某些慢性病急性发作的治疗方药、针灸、外治等法，并略记个别病的病因、症状等。书中对天花、恙虫病、脚气病以及恙螨等的描述都属于首创，尤其是倡导用狂犬脑组织治疗狂犬病，被认为是中国免疫思想的萌芽。该书今有明、清版本10余种。1949年后有影印本和排印本。

《肘后备急方》中记载了多种疾病，其中有很多是珍贵的医学资料。这部书上描写的天花症状，以及其中对于天花的危险性、传染性的描述，都是世界上最早的记载，而且描述得十分精确。书中还提到了结核病的主要症状，并提出了结核病"死后复传及旁人"的特性，还涉及了肠结核、骨关节结核等多种疾病，可以说其论述的完备性并不亚于现代医学。书中还记载了被疯狗咬过后用疯狗的脑子涂在伤口上治疗的方法，该方法比狂犬疫苗的使用更快捷、更有效，从道理上讲，也是惊人地相似。另外，对于流行病、传染病，书中更是提出了"疠气"的概念，认为这绝不是所谓的鬼神作祟。这种科学的认识方法在当今来讲，也是十分有见地的。书中对于恙虫病、疥虫病之类的寄生虫病的描述，也是世界医学史上出现时间最早、叙述最准确的。

屠呦呦的目光最终停留在《肘后备急方》："青蒿一握，以水二升渍，绞取汁，尽服之。"突然她眼前一亮，获得了"诺奖级别"的灵感，马上意识到，以前的高温可能破坏了青蒿中的有效成分，她随即另辟蹊径采用低沸点溶剂进行实验。在190次失败之后，屠呦呦改用乙醚低温提取，终于成功了。

成功就在一念间。

1971年，屠呦呦课题组在第191次低沸点实验中发现了抗疟效果为100%的青蒿提取物。1972年，该成果得到国人重视，研究人员从这一提取物中提炼出抗疟有效成分青蒿素。

屠呦呦反复实验和研究分析还发现，青蒿药材含有抗疟活性的部分是叶片，而非其他部位，而且只有新鲜的叶子才含青蒿素有效成分。课题组还发现，最佳采摘时机是在植物即将开花之前，那时叶片中所含青蒿素最丰富。

细节决定成败。

喜讯传来，屠呦呦和她的四人团队，高兴得跳了起来。

姐妹们相拥而泣，多日的沉寂化成天边的云彩被风吹散，再苦再累也一扫而去，她们成功地破解了青蒿素的密码，像是打了一场大胜仗，1000多个日日夜夜，胜仗虽来得迟些，但毕竟来了，怎不让她们高兴呢？

清华大学医学院常务副院长鲁白告诉笔者，改用乙醚提取是关键一步，突破了瓶颈。此后，屠呦呦与中科院生物物理研究所、中科院上海有机化学研究所、中科院上海药物研究所等单位合作,对青蒿素里有效成分的化学结构进行了测定,并对其进行改造,最终获得抗疟疗效显著的蒿甲醚、青蒿琥珀酸酯。这两个化合物被国家批准成药,并在全球成功挽救了数以百万计的生命。所以她是"523"项目一个代表性的人物,是最大的功臣之一。

中国之蒿,世界之神药

青蒿,是中国南北方都很常见的草本植物,外表朴实无华,长年在山野里默默生长,随时准备在机会到来的时刻绽放自己的绚烂。一岁一枯荣。就是这普普通通的小草内却孕育着"降妖伏虎"的魔力,不声不响地隐藏着神奇,而到了今天才贵族式地华丽转身,成为走出国门、享誉全球的救命神药。有言道:"中国一株小草,让千万人喜获新生。"

阶段性胜利,没有让屠呦呦放慢脚步。很快,大家开始进行对青蒿乙醚提取混合物中有效成分青蒿素的分离、提取工作。殊不知这也是一项十分艰难的工作。

由于北京产的青蒿中青蒿素含量只有万分之几,要大量提取青蒿素以供动物试验和临床观察用药,难度可想而知,她想到了求助南方的药物所……

回忆那段攻坚期,丈夫李廷钊很心疼妻子:"那时候,她脑子里除了青蒿还是青蒿,回家满身都是酒精味,还得了中毒性肝炎。"

为什么得肝炎？不是吃那药得的肝炎，是吸那个乙醚得的肝炎，不但屠呦呦，当时课题组都是如此。

屠呦呦的肝炎是来自乙醚等有机溶媒的毒害。姜廷良回忆："乙醚等有机溶媒对身体有危害，当时设备设施都比较简陋，没有通风系统，更没有实验防护，大家顶多戴个纱布口罩。"

日复一日，科研人员除了头晕眼花，还出现鼻子出血、皮肤过敏等反应……但这些都没有阻止她们的行动。

乙醚中性提取混合物有了，但在进行临床前试验时，却出现了问题，在个别动物的病理切片中，发现了疑似的毒副作用。

经过几次动物试验，疑似问题仍然未能定论。

人与动物有差异，只有反复人体试服后才能为病人使用，即临床应用。

为了让191号青蒿乙醚中性提取物尽快应用于临床试验，屠呦呦向领导提交了志愿试药报告。

领导不放心地问："试药有风险，再说你刚得过病毒性肝炎。"

屠呦呦当仁不让："不，我是组长，这是我的宝贝，我有责任第一个试药！"

当年，她的表态令很多人惊叹：这位戴着眼镜、斯斯文文的江南女子有着鲜为人知的女汉子的一面。

"在当时环境下做这样的工作一定是极其艰难，科学家用自己来做试验，这是一种献身精神。她比英雄还英雄，让人崇敬。"清华大学副校长施一公如是说。

屠呦呦的试药志愿获得了课题组同事的积极响应。

1972年7月下旬的一天，这是个让人难忘的日子。

屠呦呦和3名团队科研人员，在家属的陪同下，一起住进了北京东直门医院，成为首批人体试毒的"小白鼠"。

不是战场胜似战场，不是出征胜似出征。

她们穿上病号服，向家人挥手告别，向死神宣战，更像一场大战前的出征，信心百倍地走进病房，静静地躺在病床上，接受大夫的药物注射，细心体验药物在身体中的反应……应该说这是一项严肃性的试毒体验，一旦有失，将是终身的遗憾。作为医药工作者，屠呦呦比谁都明白，但她和她的同事义无反顾地做了，可见她对科学的献身和追求比生命都重要，这多么让人崇敬！

还好，在医院严密监控下进行了一周的试药观察，未发现该提取物对人体有明显毒副作用。

为了充分显示"醚中干"（乙醚提取、中性部分、低温干燥的简称）提取物的安全性，科研团队又在中药所内补充5例增大剂量的人体试服。当临床试用效果不理想时，经过努力坚持，深入探究原因，最终查明是崩解度的问题。改用青蒿素单体胶囊，从而及时证实了青蒿素的抗疟疗效。

终于赶在这一年的8—10月，赶赴海南疟区实验。

所到之处，"有屋无人住，有田无人种，蒿草遍地，荒冢累累"，屠呦呦想起了毛主席的诗句——"绿水青山枉自多，华佗无奈小虫何。千村薜荔人遗矢，万户萧疏鬼唱歌。"屠呦呦亲自携药，寻找患者，验证她的新生"宝贝"对疟原虫的灭杀。

初次临床，必须慎之又慎。

更可贵的是，她亲自为病人端水服药，用药剂量从小到大，逐步增加。屠呦呦根据自身试服的经验，分为3个剂量组。病人选择，从免疫力较强的本地人，再到缺少免疫力的外来人口；疟疾病种，从间日疟到恶性疟。屠呦呦亲自给病人喂药，以确保用药剂量，并守在床边观察病情,测体温,详细了解血片检查后的疟原虫数量变化等情况。

最终,在海南高温下,屠呦呦完成了21例临床抗疟疗效观察任务,包括间日疟11例,恶性疟9例,混合感染1例。临床结果令人满意,间日疟平均退热时间19小时,恶性疟平均退热时间36小时,疟原虫全部转阴。

这一年,还同时在北京302医院验证了9例,亦均100%有效。

1973年,新年的钟声刚过,屠呦呦发现青蒿奥秘的消息不胫而走,中药所就不断接到各地来信和来访。屠呦呦都亲自回信、寄资料,热情接待来访者,毫无保留地介绍青蒿、青蒿提取物及其化学研究进展情况。很快,云南和山东等数个研究小组借鉴了她的方法,对青蒿素的提取亦有斩获。

1973年9月下旬,屠呦呦在青蒿素的衍生物实验中又有新的发现,青蒿素经硼氢化钠还原,羰基峰消失,这也佐证了青蒿素中羰基的存在,并由此在青蒿素结构中引进了羟基。经课题组同志重复,结果一致。此还原衍生物的分子式为$C_{15}H_{24}O_5$,分子量284。这个还原衍生物就是双氢青蒿素。

1975年,课题组对青蒿素、过氧基团去留、内酯环羰基还原、乙酰化等的构效关系进行了研究。证实了青蒿素结构中过氧基是抗疟活性基团,在保留过氧基的前提下内酯环的羰基还原成羟基(即双氢青蒿素),可明显增效,临床药效提高10倍;在羟基上增加某侧链,药效可进一步增加,提示修饰青蒿素的部分结构,能改变其理化性质,增强抗疟活性。因此,双氢青蒿素的发现是屠呦呦及其课题组又一个重要贡献。

时间到了1995年,这是一个传奇的故事。

故事发生在肯尼亚的疟疾重灾区奇苏姆省,有位怀孕的贵族妈妈得了恶性疟疾。大夫开诚布公地告诉她:"如果用传统的奎宁或者氯喹治疗,即使母亲能活下来,胎儿也很容易流产或致畸。"

她问大夫:"还有什么新药?"

大夫告诉她:"还有中国新药青蒿素"科泰新",无毒副作用,只是我们医院没有了这种药。"

于是,他们把眼睛投向千山万水之外的中国,寻求青蒿素的支援。中国班机在最短的时间里把药物送达,在接受中国的青蒿素抗疟药"科泰新"治疗后,奇迹出现了,母子平安无事!妈妈一遍一遍地亲吻着胖胖的娃娃,父亲说"科泰新"救了孩子,孩子就叫"科泰新"吧,让他永远不要忘记中国神药的救命之恩。多么感人的话语啊!

20年过去了,如今的"科泰新"已长成标致漂亮的大姑娘了,真正意义上,她已成为"科泰新"的明星特使,现身说法,活跃在世界的舞台上。

由于双氢青蒿素药效高,用药量小、复燃率降至1.95%,进一步体现了青蒿素类药物"高效、速效、低毒"的特点。在很长一段时间里,"科泰新"甚至是中国国家领导人出访非洲必送的礼物,在当地被誉为"中国神药"。

作为"中国神药",青蒿素在世界各地抗击疟疾显示了奇效。2004年5月,世界卫生组织正式将青蒿素复方药物列为治疗疟疾的首选药物。据英国权威医学刊物《柳叶刀》的统计显示,青蒿素复方药物对恶性疟疾的治愈率达到97%。据此,世界卫生组织当年就要求在疟疾高发的非洲地区采购和分发100万剂青蒿素复方药物,同时不再采购无效药。

青蒿素的横空问世，成为当之无愧的"救命药"。

如今，为进一步提高药效，中国科学家还研制出青蒿琥酯、蒿甲醚等一类新药。其中，青蒿琥酯注射剂已全面取代奎宁注射液，成为世界卫生组织强烈推荐的重症疟疾治疗首选用药，在全球30多个国家挽救了700多万重症疟疾患者的生命。

由于青蒿素作用十分迅速，疟原虫根本来不及诱导抗氧化酶及抗氧化剂的合成。因此，红细胞与栖身其中的疟原虫，因缺乏足够的抗氧化活性物质保护，几乎不可能抵御青蒿素的凌厉攻势，一旦遭遇必陷灭顶之灾。

古老的"中国小草"正释放着令世界惊叹的力量。40年来仍然保持奇高的治愈率，成为抗疟药中的一枝独秀。

更神奇的是，正当抗氯喹疟原虫肆虐而让疟疾患者无药可救时，青蒿素有如"及时雨"般地横空出世，令世人叹为观止。

疟疾，与艾滋病和癌症一起，被世界卫生组织列为世界三大死亡疾病之一。全球有100多个国家、3/7的人口，约33亿人受疟疾威胁；每年发病人数3—6亿人，主要在非洲等发展中国家。

诺贝尔生理学或医学奖评委弗斯伯格说："屠呦呦的发现对人类的贡献不可估量。每年约50万人死于疟疾，其中大多数为儿童……屠呦呦对青蒿素的发现引起对抗疟新药品的研制和发展，该药品已挽救上百万人的生命，将过去15年疟疾的致死率降低了一半。"

根据世界卫生组织的统计，全球有20多亿人生活在疟疾高发地区——非洲、东南亚、南亚和南美。自2000年起，撒哈拉以南非洲地区约2.4亿人口受益于青蒿素联合疗法，约150万人因该疗法避免了疟疾导致的死亡。

津巴布韦卫生部抗疟项目负责人姆贝里库纳什说，津巴布韦卫生部2010年至2013年进行的一项跟踪调查显示,服用青蒿素抗疟药物的疟疾患者治愈率高达97%。津巴布韦自2008年开始推广以青蒿素为基础的复方药物。21世纪初,津巴布韦疟疾患病率为15%;到2013年,这一比率已下降至2.2%,青蒿素抗疟药物的普及和推广在其中发挥了重要作用。

在南非的夸祖鲁纳塔尔省,中国的复方蒿甲醚使疟疾患病人数减少了78%,死亡人数下降了88%;在西非的贝宁,当地民众都把中国医疗队给他们使用的这种疗效明显、价格便宜的中国药称为"来自遥远东方的神药"……

世界卫生组织非洲区事务负责人特希迪·莫蒂说,青蒿素治疗疟疾的发现对世界人民的健康福祉带来巨大改变,"疟疾是非洲人民尤其是非洲儿童的主要健康杀手。多年来,青蒿素挽救了大量非洲人民的生命,对非洲实现联合国千年发展目标发挥了重要作用"。

利比里亚卫生部长伯尼斯·达恩表示:"在我的国家,疟疾是人民健康的主要杀手。"此前,利比里亚一直用奎宁等其他疗法对付疟疾,都有明显副作用。自从改用青蒿素以来,这些顾虑便消除了。

塞内加尔卫生部长阿娃·塞克说,她曾在一线工作多年,有过治疗疟疾的经验,亲身见证过青蒿素的疗效,青蒿素研究成果给非洲所有受疟疾困扰的国家带来希望。

"我的国家每年都会暴发疟疾疫情,"尼日尔卫生部副部长阿尔祖马·达里说,"我很感谢中国长久以来对我们国家的医疗援助,尼日尔也在用青蒿素药物控制疟疾,并取得显著成效。"

加蓬卫生部副部长塞莱斯蒂纳·巴说,中国在公共健康领域付出了很大努力,抗疟药物青蒿素的发现对治疗疟疾有重要作用,尤其是在卫生条件有限的国家和地区。

自20世纪60年代起，中国就开始派遣医疗队前往非洲进行无偿的医疗支援和疾病防治。截至2009年底，中国在非洲援建了54所医院，设立30个疟疾防治中心，向35个非洲国家提供价值约两亿元人民币的抗疟药品。

2015年10月23日，毛里求斯总统阿米娜·古里布—法基姆来华期间，专门访问了中国中医科学院中药研究所。这位同时身为著名生物学家的女总统对屠呦呦获得诺贝尔奖表示祝贺，实至名归。她说，屠呦呦研究员的工作让世界的目光重新聚焦到传统医学上，不仅对中国非常重要，对于发展中国家和世界传统医学也有非凡意义。对中医药有着浓厚兴趣的她同时表示，非洲的传统医药资源非常丰富，迫切希望与中国建立起传统医药领域的合作关系，以此拓展"南南合作"平台，毛里求斯将成为中医药走向世界的窗口。她还希望与中国同胞一起，在五千年的中华医药宝库寻找出更多的神药。

永远的屠呦呦

2015年10月5日，瑞典首都斯德哥尔摩，卡罗琳医学院诺贝尔大厅。

这是一个富丽堂皇的大厅。

全世界都将关注的目光投向瑞典，聚焦这个金色大厅，专注地倾听着诺贝尔奖的"心跳"。

诺贝尔奖年度颁奖大会，关乎世界人类前沿科学的今天和未来，历来备受世人瞩目。

　　来自世界各国的记者，身着五颜六色的服装，早早地聚集在这里，抢好位置，架好摄影机、照相机，长短不一，高低有致，像在打一场"战争"，把镜头的"枪口"对准了大厅的主席台，单等那一刻的到来。

　　高高的穹顶上巨大的金色吊灯，将中央大厅映射得金碧辉煌。在这个金色的大厅里，灿灿的金橘、火红的杜鹃、绿色的叶兰和天冬，与几百号中外记者一起，迎来了重要的历史时刻——上午11时30分。

　　音乐骤起。众目睽睽之下，诺贝尔生理学或医学奖评委会常务秘书乌尔班·林达尔和3位评委，优雅地缓步走上主席台——发布诺贝尔奖新闻。

　　乌尔班·林达尔面带着微笑，先后用瑞典语、英语宣布，将2015年诺贝尔生理学或医学奖授予中国药学家屠呦呦以及爱尔兰科学家威廉·坎贝尔和日本科学家大村智，表彰他们在寄生虫疾病治疗研究方面取得的成就。诺贝尔奖评选委员会用"成果无法估量"来评价2015年的获奖成果："由寄生虫引发的疾病困扰了人类几千年，构成重大的全球性健康问题。屠呦呦发现的青蒿素应用在治疗中，使疟疾患者的死亡率显著降低；坎贝尔和大村智发明了阿维菌素，从根本上降低了河盲症和淋巴丝虫病的发病率。今年的获奖者们均研究出了治疗'一些最具伤害性的寄生虫病的革命性疗法'，这两项获奖成果为每年数百万感染相关疾病的人们提供了'强有力的治疗新方式'，在改善人类健康和减少患者病痛方面的成果无法估量。"

就在林达尔宣布的同时,他身后的大屏幕上,已随即出现获奖者的照片和简介。照片中的屠呦呦戴着眼镜,嘴角微微带笑,简介中写着"生于1930年,中国中医科学院,北京,中国"。

此时,是北京时间2015年10月5日下午5时30分。已成为全世界媒体都在寻找的采访对象,85岁的屠呦呦尚浑然不知,她正洗澡时,在客厅看电视的老伴突然告诉她:"你获奖了!"

起初,屠呦呦并未在意。很快,贺信和鲜花纷至沓来,一波波记者竞相约访——诺贝尔奖获得者的身份,让屠呦呦迅速处于一种她并不习惯的热闹之中。所有人都在为屠呦呦的获奖而兴奋异常,因为历史已因她的这次获奖而改写——中国首次获得诺贝尔奖的女科学家、中国医学界迄今为止获得的最高奖项、中医药成果获得的最高奖项。

北京时间2015年10月5日,屠呦呦获奖的当天,中共中央政治局常委、国务院总理李克强致信国家中医药管理局,对中国著名药学家屠呦呦获得2015年诺贝尔生理学或医学奖表示祝贺。

北京时间2015年10月6日13时,屠呦呦接到乌尔班·林达尔的正式致电,通知她获奖的消息,表示热烈祝贺,并诚挚邀请屠呦呦于2015年12月赴瑞典参加诺贝尔奖颁奖大会。屠呦呦一如既往地淡定,耄耋之年的她在回应时,着重提及的,是"这不仅是个人的荣誉,更是国际社会对中国科学工作者的认可"。

2015年10月8日,中国科协主办了"科技界祝贺屠呦呦荣获诺贝尔医学奖座谈会"。

一个多月后的12月6日,应诺贝尔奖委员会邀请,屠呦呦乘机到达瑞典领奖。12月7日出席2015年诺奖得主新闻发布会,并发表主题演讲《青蒿素的发现:传统中医献给世界的礼物》,激起大家长时间的掌声。她在半个小时的演讲中10次提到"中医药"。她在结束演讲时说:"我想再谈一点儿中医药。中国已故领导人毛泽东的话,强调'中国医药学是一个伟大的宝库,应当努力发掘、加以提高'。青蒿素正是从这一保护中发掘出来的。通过抗疟药青蒿素的研究历程,我深深地感到中西医药各有所长,两者有机结合,优势互补,当具有更大的开发潜力和良好的发展前景。"

12月10日是诺贝尔的逝世纪念日,是每年的诺贝尔奖隆重颁奖典礼的日子。庄严素雅的瑞典首都斯德哥尔摩音乐厅,再次布置一新。

当地时间16时30分,身着亮紫色长套裙的屠呦呦,显得格外精神、漂亮,与其他领奖人逐一登上领奖台就座。诺贝尔基金会主席卡尔·亨里克·赫尔丁首先致辞,欢迎获奖者来瑞典参加颁奖仪式。

在诺贝尔生理学或医学奖评选委员会的代表介绍了该奖得主屠呦呦的获奖成就后,瑞典国王卡尔十六世·古斯塔夫向屠呦呦颁发了诺贝尔奖证书、奖章和奖金。颁奖现场回荡着嘉宾表达祝贺的掌声。

2015年诺贝尔生理学或医学奖奖金共800万瑞典克朗(约合92万美元),屠呦呦将获得奖金的一半,另外两名科学家将共享奖金的另一半。

2015年诺贝尔物理学奖、化学奖、文学奖以及经济学奖的获奖者也在颁奖仪式上获颁各自的奖项,瑞典王室成员、政界领导人及其他各界人士1300余人出席颁奖仪式。

屠呦呦载誉而归。

在北京,她又接受了记者的采访,屠老十分风趣、幽默、率真,像位老顽童，现场掌声雷动。

记者开口问道："您一直在申请院士资格吗？"

"是的，一直申请。"

"为什么没有当选呢？"

"因为诺贝尔奖一直等着我！"

现场爆发出热烈的掌声，人们为屠老的乐观精神和机智语言喝彩。

记者接着问："您获得了诺奖，可直接晋级院士，您愿意吗？"

"不，我不愿意，因为院士们要活下去！"

现场又是一阵掌声。

记者最后说："谢谢您接受我的采访！"

老人答道："别客气，我知道，你也要活下去！"

现场哄堂大笑声、掌声、欢呼声，经久不息！

追星当追屠呦呦。

诺贝尔奖，不仅是一个巨大的世界荣誉，更重要的，这是为屠呦呦坚守几十年的沉默，做了一个最佳的注脚，抑或诠释。

人生如烟，几十年的坚守、沉默，化成天边的彩虹，永远定格在共和国的星空，与日月同辉，变成历史的永恒。这种永恒正像恒星一样，给中国科学界带来了渴求多年的荣耀与自豪，更为中国后继的科学研究者点燃了强大自信，为实现科技复兴民族之梦注入了无穷动力，难道不是吗？

12月22日，习近平致信祝贺中国中医科学院成立60周年，表示60年来，中国中医科学院开拓进取、砥砺前行，在科学研究、医疗服务、人才培养、国际交流等方面取得了丰硕成果。以屠呦呦研究员为代表的一代代中医人才，辛勤耕耘，屡建功勋，为发展中医药事业、造福人类健康做出了重要贡献。习近平强调，中医药学是中国古代科学的瑰宝，也是打开中华文明宝库的钥匙。当前，中医药振兴发展迎来天时、地利、人和的大好时机，希望广大中医药工作者增强民族自信，勇攀医学高峰，深入发掘中医药宝库中的精华，充分发挥中医药的独特优势，推进中医药现代化，推动中医药走向世界。切实把中医药这一祖先留给我们的宝贵财富继承好、发展好、利用好，在建设健康中国、实现中国梦的伟大征程中谱写新的篇章。

在北京中科院，院士陈凯先接受了笔者的采访。他说，屠呦呦的成就可以讲，是中国整体的社会科学繁荣发展的缩影，也让我们再次认识到中医药的作用和潜力。其实早在20世纪50年代，毛泽东就提出中医药是"伟大的宝库"，同时他又提出"中医药要出国"，为人类做贡献。这也证明了毛泽东的先见之明。

屠呦呦站在中医及中医古籍著作上而成功，就像一面镜子，让多少对中医妄自菲薄以及浅薄认知的人无地自容，也让当代国人好好地上了一堂传承老祖宗智慧的一课，这其实比获得诺贝尔奖还重要。

事实证明，我国中医药文明史已经创造了N个世界第一。倘若放在今天，这些成就都应该获得诺贝尔奖。名医华佗是世界第一个从植物中提取麻醉剂用以开刀手术的；葛洪的《肘后备急方》，除了提到青蒿素，同时还记录了把患狂犬病的狗的脑组织取出来，涂在狗咬伤的地方，可以治愈狂犬病，殊不知这是1200年后巴斯德发现的秘密；古代医圣孙思邈，用葱来做导尿管也早了西方数百年；中国人是最早提出口鼻是传染病之源，等等。屠呦呦的获奖，昭示着古老的中医药文明之花，孕育着很多很多诺奖的因子，它像报春的红梅，也昭示着后人——屠呦呦获奖了，我坚信还会有第二个、第三个屠呦呦跟上来。就像屠呦呦是站在古人的肩膀上去摘取诺奖王冠一样，后人还会站在屠呦呦的肩膀上，去摘取更多的王冠，为人类，亦为这个地球村做出更大的贡献，难道这还是一场永远的梦想吗？

　　当今世界还有很多顽疾需要去战胜，五千年的中华医药宝库为我们提供了开门的密码，抑或钥匙。马克思说："在科学上没有平坦的大道可走，只有不畏劳苦沿着陡峭山路攀登的人，才有希望达到光辉的顶点。"屠呦呦也寄语中国的年轻学者们为人类造福。她说："我希望这次获得诺贝尔奖，能够产生一种新的激励机制，让年轻人更努力，做到有所发现，有所创新。传统中医药是个伟大的宝库，我们应该继承发扬，努力提高，为人类造福。"亲爱的青年学子们，请记住他们的话，身体力行，忧天下之忧，乐天下之乐，去破解更多的不为人知的密码，再添一页人类的文明！我坚信，明天瑰丽的彩虹，就是你！

（《北京文学》（精彩阅读）2016年第3期刊载）

秋天的喜讯

◎ 纪红建

一

"嘎吱——"

袁隆平院士急不可待地迈出自家小院的门。

翠绿的禾苗，在风中齐刷刷弯腰点头，仿佛在向这位"稻田老兵"鞠躬行礼。

半个月前，袁隆平在湖南长沙马坡岭这个幽静的院内过了90岁生日。他年事已高，已不能频繁奔走在全国各地的杂交水稻基地。湖南省农科院便在袁隆平住宅旁开发一块试验田，让他拉开窗帘就可以看到禾苗，走上几米就能与它们亲密接触。

袁隆平紧走几步，蹲下身子，轻轻地抚摸着禾苗。禾苗像调皮的孩子，在他的怀抱中嬉笑。

"袁老师，您慢着点呀！"湖南杂交水稻研究中心退休科干部李超英匆匆走出小铁门，焦急地叫道。

"您别这么性急，走快了要气喘了。"湖南杂交水稻研究中心研究员辛业芸也紧随其后。

"小李、小辛，没事的，我现在是正宗的90后啦！"袁隆平一回头，笑着说，"小李，去挑一个壮实的稻禾。"

李超英双手娴熟地将一株稻禾一合拢，挑出一枝剑叶又长又壮的穗子，小心翼翼地拔出来。

"这个穗子大！"袁隆平拿着穗子，左看右看，又摸又闻，爱不释手。

这片青葱翠绿、还在孕穗期的水稻，可不是普通的晚稻，而是近几年由袁隆平和他的团队开发研究并取得基本成功的第三代杂交水稻。袁隆平是个急性子，不论是早稻还是晚稻，只要水稻一打苞，他就迫不及待地数一数，以预测产量。这一习惯保持了50多年。

回到客厅，剥开剑叶，取出苞子，辛业芸、李超英和袁隆平的老伴邓则，分头数起来。袁隆平从桌子上拿起记录本和笔，等待她们报数。

"319粒。"辛业芸第一个报数。"351粒。"李超英第二个。"227粒。"老伴邓则最后一个。

袁隆平一笔一画写好后，说："再数两遍。"

第二遍，第三遍，都没有更改数字。

"袁老师，拿手机来统计吧！"辛业芸说。

"手机屏幕太小，容易算错，还是拿计算器稳妥些。"袁隆平说着，随手从桌子上拿过一台计算器来。

"897粒！"一阵噼里啪啦后，袁隆平兴奋地喊起来。

辛业芸凑了过来，有点儿怀疑地问，"袁老师，您没算错吧！"

"我们再数一次，再算一次。"袁隆平也慎重起来。

又是一阵噼里啪啦，还是897粒。

袁隆平在记录本上的数字后郑重写上："记录人：袁隆平，2019年8月23日中午12点15分。"

这是袁隆平连续第三天数孕穗期的第三代杂交晚稻穗子，抽穗期和灌浆期他还会不断数。冬天，湖南没有水稻，他就跑到海南基地数。50多年来，这一习惯，从未间断。

随后，袁隆平又算起来，他要根据这3天的平均数，来预测试验田里的第三代杂交晚稻的亩产量。8月21日数了一穗有667粒，8月22日数了一穗有654粒，加上今天的897粒，3天平均739粒。袁隆平非常保守地按85%的结实率，算出一穗稻谷的重量，然后乘以一亩田的稻穗数和估计的粒重，得出亩产量。

"亩产可达1067公斤，第三代杂交水稻大有可为。"袁隆平望着窗外的试验田说。

这是这一年立秋以来的一个喜讯。

早在1964年，袁隆平就提出，通过培育雄性不育系、雄性不育保持系和雄性不育恢复系的三系法体系来培育杂交水稻，可以大幅度提高水稻产量。1973年，三系配套成功。三系法优点是不育系不育性稳定，但也有缺点：配组的时候受到恢保关系的制约，因此选择优良稻组合的概率比较低，难度大。此乃第一代杂交水稻。

袁隆平继续培育研究。1995年，两系法杂交稻通过多年的努力开始在生产上应用，它的主要优点是不育系配组自由，能选择到优良稻组合的概率比较高。但也不十全十美：光温敏不育系受气候和光照影响较大，使制种存在风险。此乃第二代杂交水稻。

其实不论第一代还是第二代，都已是世界奇迹。然而，袁隆平不服老，更不满足。

"要是有一种杂交水稻，既兼具第一代和第二代的优点，又能克服二者的缺点，那该多好啊！"袁隆平想。

2011年，袁隆平领衔启动第三代杂交水稻育种技术的研究与利用，并成功研发出以遗传工程不育系为遗传工具的杂交水稻育种技术。利用该技术获得的不育系，克服了前两代的缺点，又兼具前两代的优点。

目前，第三代杂交水稻研究基本成功。当然，基本成功并不代表完成任务与使命，要真正形成产品，全面推向市场，走向高产，还有一个较长的过程。

袁隆平的科研之路，不光有"知识、汗水、机遇、灵感"，更有敢于创新的前瞻性思维。"我们的团队已经开始研究第四代 C4 型杂交稻了，这种杂交水稻具有光合效率高的优势，预计 2022 年 C4 型水稻可基本研究成功。""还有第五代，那是一系法杂交水稻，通过无融合生殖固定杂种一代的杂种优势，我们团队的最新研究进展，已经通过基因编辑技术在杂交稻中引入无融合生殖特性。"

袁隆平年岁已高，但他作为一名国际农业战略家的本色没有褪。

二

年过天命的张玉烛，是杂交水稻专家。2017 年冬的一天上午，张玉烛拿着一份拟向省里呈报的"关于申报'三一'工程"的报告，直奔三楼袁隆平办公室。

张玉烛对这个报告较为满意，甚至有几分得意。在这个报告中，他提出杂交水稻要优质也要绿色，优质需要通过品种改良，绿色需要改进栽培技术。报告中还提到如何利用剔除水稻中重金属镉的新技术，敲除亲本中的含镉或者吸镉的基因等。

唯一让张玉烛忐忑的是，他在这个报告中把高档优质稻产量指标降到亩产 1100 公斤。

"三一"粮食高产科技工程是袁隆平提出的，即在南方高产区，研究并推广应用以超级稻为主体的粮食周年高产模式及其配套栽培技术，达到周年亩产粮食1200公斤，实现"三分田养活一个人"的产量目标（亩产1200公斤即每3分田产粮360公斤，国家粮食安全指标即每人每年需粮食360公斤）。

袁隆平拿起报告认真看起来，张玉烛不安地坐在沙发上。

最开始，袁隆平脸上还有点儿阳光，但慢慢地，变得乌云密布了。"我不同意！"说着，袁隆平把报告往边上"啪"地一甩，掷地有声。

张玉烛赶紧站起来，手心直冒汗。

"我非常赞同你的杂交水稻要安全环保，讲品质，这是我们历来的立场与做法。"袁隆平站起来说，"但你要以牺牲产量为代价，我坚决不同意。"

"袁老师，我们考虑到高档优质稻栽培的难度大，所以就把产量标准降低了。"张玉烛弱弱地说。

"对于一个科学工作者来说，产量和质量是对抗性吗？"袁隆平问。

张玉烛轻轻地摇头。

"这就对了嘛。妥协，就有违科研工作者不断创新、勇攀高峰的精神。现在人民生活水平提高了，也吃得饱了，我们也一直在调整战略，既要高产又要优质，但绝对不能以牺牲产量为代价。"

这时，张玉烛的一个同事正好进来向袁隆平汇报工作。

"袁老师，虽然高档优质稻产量低一点儿，但它的价值高呀，1100公斤的高档优质稻比1200公斤的普通杂交稻的效益还要高呢。"张玉烛同事解释说。

"钱多有什么用？旧社会没饭吃的时候，两个金元宝买不到一个馒头。钱必须在有粮食的时候，才有价值。"袁隆平语重心长地说，"我不是杞人忧天，我们始终要绷紧这根弦，吃饭始终是中国人的第一件大事，把饭碗牢牢端在自己手中的主要途径是提高水稻单位面积产量。"

袁隆平跟张玉烛谈起自己的人生体会。抗战期间，从一个城市到另一个城市，年少的他虽不识生计之苦，可每每看到头顶日本侵略者的飞机，看到沿路举家逃难、面如菜色的中国人，看到饥饿、灾荒和满目疮痍的国土，他的内心深处总会泛起一阵阵痛楚。后来，回想起逃难路上见到的血肉模糊的尸体，他的心总会为之一紧。报考大学时，他对父母说："我要学农。"母亲听了，吓一跳："学农多苦啊，你以为好玩儿呢？"可他认为，吃饭是天下第一大事，不学农，人类怎么生存？最后，父母尊重了他的选择。参加工作后，为了提高粮食产量，他尝试过西红柿嫁接马铃薯，却没有成功；想过研究小麦、红薯，但感觉前途渺茫。最终，他决心研究能让大家填饱肚子的水稻，认定水稻杂交是提高产量的重要途径……

"我在年轻时做过一个好梦，梦见我们的杂交水稻，长得跟高粱一样高，穗子像扫把那么长，籽粒像花生米那么大，我和我的助手就坐在稻穗下面乘凉……"

张玉烛被老师的教诲打动。他也记不清，这是他第多少次，眼里噙满泪水，向可亲可敬的老师致敬了。

2016年8月，袁隆平受邀来到青岛，给这里的科技创新出谋划策。青岛市带袁隆平去考察的地方，都是海边，大片大片的滩涂。看着那一望无际的滩涂，巨大面积的荒地，袁隆平心里不平静了。

"这么大片土地荒在这里，可惜呀！"袁隆平手一挥，说，"走，到地里看看去。"说着，他迈开步子就往滩涂地的深处走去。

袁隆平走一段，便蹲下查看土质。他还安排随行人员收集好泥土样本，好回去做进一步细致的化验与研究。他知道，盐碱地被称为农田的"绝症"，与作物几近不能共存，所以往往寸草不生。但如果能够克服困难，在这里种植水稻，不仅能够增收粮食，还能修复生态，一举两得。

站在海滩上，迎着海风，袁隆平又在心里打起算盘来：全国像这样的海边滩涂和盐碱地，大概有 15 亿亩，这其中有 2 亿亩是具备可灌溉水源的。如其中有 1 亿亩用来种植耐盐碱水稻，亩产按 300 公斤计算，1 亿亩就可产 300 亿公斤稻谷，意味着可以多养活 8000 万左右的人口。

2 个月后，袁隆平再来青岛，与青岛方面签订合作协议，并向世界宣布："我有信心在青岛试种耐盐碱水稻（海水稻）成功，并且有信心亩产超过 300 公斤。"

信心归信心，但要突破何其艰难。培育耐盐碱水稻在国外已有 70 多年的历史，印度、菲律宾等国育成了一批常规品种。这些品种普遍耐盐能力差，产量低，无法产生效益，没有效益就难以推广。袁隆平把这一重任交给了学生李新奇，并嘱咐他："必须达到亩产 300 公斤才会有利润，也才有推广的价值，再难，也要把耐盐碱水稻培育出来！"

李新奇他们一头扎进水稻田，通过水稻"杂种优势利用"及基因聚合等技术，试种一批又一批海水稻品种。但让他们失望的是，不是稻苗枯萎，就是到了成熟期不结实。时间紧、难度大，耐盐碱能力不够，产量达不到理想目标，面对海水倒灌的生存能力弱……难题接踵而来。

但再难，也阻止不了他们前进的步伐。他们迅速调整状态，从失败中吸取教训、总结经验，起早贪黑，不浪费一丁点儿时间；为提高耐盐碱能力和产量，他们紧紧围绕"杂种优势利用"下功夫，不厌其烦地研究与实践……

2年后的秋天，试验田传来喜讯："海水稻"品种的试种亩产超过300公斤，甚至有的小面积折合亩产超过600公斤。

面对初步成绩，袁隆平很欣喜，但他知道，虽然在含盐量达0.6%以上的盐碱地试种亩产超过300公斤，甚至有的试验田超过600公斤，但毕竟这只是小面积试验。若要在上百万亩甚至上千万亩地大面积种植，保证在不同的环境和气候中，甚至是粗犷型管理的条件下，亩产达到或超过300公斤，育种及栽培技术仍需进一步巩固提升。

在袁隆平凝望的目光中，吉林、江苏、广东、海南等地的海边滩涂和盐碱地纷纷建起一片片绿色的希望田野。亿亩荒滩变粮仓正一步步走向现实！

三

10多年前，彭玉林还是湖南杂交水稻研究中心的一名临时工，帮着时任中心副主任马国辉做点儿事。当时，他只想边打工边读书，考个湖南农大自考本科文凭，压根就不敢想以后要成为杂交水稻科研人员。彭玉林一天到晚扎在试验田里，草帽也不戴，晒得黝黑。虽然晒黑自己，却把马国辉研究的那块水稻田打理得井井有条，禾苗郁郁葱葱。

这一切，都被天天来试验田里观察的袁隆平看在眼里。他不光重点关注马国辉试验田里的新品种，也在悄悄观察着田里的这个小伙子。"小彭，你马上到田埂上去，袁老师有几个问题要问你。"那天中午，正弯腰在田里干活儿的彭玉林接到马国辉打来的电话。

彭玉林抬头一看，袁隆平正站在田埂上向他微笑着招手呢。他十分激动，快步跑向袁隆平。

双脚沾满泥巴，彭玉林老老实实站在田埂上，等待着袁隆平的提问。

"小伙子，禾苗长得不错呀！"袁隆平微笑着问，"分蘖到多少了？"

"多的有十三四枝苗，少的也有八九枝，平均有11枝的样子。"彭玉林说。

"不错，不错。"袁隆平说，"这几天一定要保证有充足的水源，否则会影响禾苗分蘖，导致减产。"

渐渐地，两人熟络起来。

又一天，两人漫步在试验田田埂上。他们的谈话内容，不再只限于杂交水稻了，还会谈到家庭、生活以及人生。

"小彭哪儿毕业的呀？"袁隆平问。

"袁老师，我是1999年从安江农校毕业的，算起来，您还是我的老师呢。"彭玉林笑着说。

"那还真不假，我在那里待了19年！"袁隆平说，"不知学校那几棵大樟树还在不在？"

"袁老师，我前不久还回了趟学校，那几棵大樟树正枝繁叶茂呢！"彭玉林说。

再后来，袁隆平直接把彭玉林"挖"到了自己的试验田里。彭玉林有志于投身杂交水稻研究，但他的自考本科文凭不符合报考中心工作的条件，袁隆平鼓励他攻读研究生。研究生毕业后，袁隆平又为他的工作操心。工作稳定了，彭玉林也成家了，家就安在中心，袁隆平还三天两头地问他，家里有什么困难没有，每每此时，彭玉林内心总像是被春日的阳光抚慰着，暖暖的。

彭玉林只是袁隆平的学生中普通的一位，袁隆平的学生早已遍布全球五大洲。他说，搞杂交水稻，不光要养活中国人，还要造福全人类。

从20世纪80年代至今，袁隆平积极支持开办杂交水稻技术国际培训班，为80多个发展中国家培训了1万多名杂交水稻技术人才，帮助其他国家发展杂交水稻。目前，杂交水稻已在印度、越南、菲律宾、孟加拉国、巴基斯坦、印度尼西亚、美国、巴西等地实现大面积种植。

如今，"一带一路"沿线的马达加斯加也正在中国政府的支持下，大力推广杂交水稻。2017年，马达加斯加官员来长沙拜访袁隆平时，表达了他们的感激之情："中国杂交水稻在马达加斯加的种植面积越来越大，人民正逐步摆脱饥饿。为了表达感激之情，马达加斯加特意选杂交水稻作新版货币图案。"

"让杂交水稻覆盖全球！"这是袁隆平心中的另一个梦。

（《人民日报》2019年12月11日刊载）

中国的保尔（节选）

◎ 刘书良

吴运铎，我军兵工事业的开拓者，1939年他和战友建起我军第一个军械修造车间，成功地制造出第一批新步枪。在试制武器过程中，他舍生忘死，3次身负重伤，仍然忘我工作。他还是中华人民共和国第一代工人作家，1953年撰写出版的自传体小说《把一切献给党》，印制500多万册，被译为俄、英、日等多种文本，在青年人中产生了广泛而深刻的影响。

吴运铎，1917年生，祖籍湖北武汉，生于江西萍乡。早年曾在萍乡安源煤矿当矿工。全国抗战爆发后，吴运铎不远千里，奔向皖南云岭。1938年参加新四军，1939年加入中国共产党。历任新四军司令部修械所车间主任，淮南根据地子弹厂厂长，军工部副部长，华中军工处炮弹厂厂长，大连联合兵工企业引信厂厂长，株洲兵工厂厂长，中南兵工局副局长，机械科学研究院副总工程师，五机部科学研究院副院长、顾问等职，是全国总工会第八、九、十届执行委员，第三届共青团中央委员，他心系兵工，为人民兵工事业无私奉献。在淮南根据地时因陋就简，他带领职工自制土设备，扩大了枪弹生产，还主持设计研制成功枪榴筒，参与设计制造37毫米平射炮以及定时、踏火等各种地雷，为提高部队火力做出了贡献。在生产与研制武器弹药中，他多次负伤，失去了左眼，左手、右腿致残，经过20余次手术，身上还留有几十处弹片没有取出，但他仍以顽强毅力战胜伤残，坚持战斗在生产第一线。他说："只要我活着一天，我一定为党为人民工作一天。"1951年10月，中央人民政府政务院和全国总工会授予他"全国劳动模范"称号，并被誉为中国的"保尔·柯察金"。

吴运铎是一名真正把一切献给党的人。离休之后，他应邀担任京、津、沪好几所工读学校的名誉校长、许多中小学的校外辅导员和一些刊物、群众团体的顾问。1991年5月2日，吴运铎在北京病逝，终年74岁。

成　长　道　路

每个人的童年都有一个鲜亮的世界。吴运铎常常怀念那个虽然没有温馨、甜美的图画，却属于他自己生命最灿烂的春天。社会的灰暗，生活的清苦，童心的乐趣交织着构成了他不肯屈从、不肯妥协的性格。在7年多断断续续的采访中，他时常向我说到江西萍乡煤矿的山水、亲朋，还有难以忘却的纪念；时常向我说起老家湖北汉阳煤矿的煤井、泵房，还有警察射向罢工群众的子弹。

一

吴运铎记事时，父亲已经是中国南方最大的一座煤矿——江西萍乡煤矿一个记账的小职员。父亲小时家境贫苦，父母死得很早，生活无着落便四处流浪，做过店铺学徒，打过苦工，人到中年熬到这个份上已经十分幸运了。他读过几年书，所以比一般矿工更深层地认识到社会的腐败。于是，这个有识的父亲拼命地去工作，从牙缝里挤出的积蓄全部存在银行里。好友们提醒他："有了家，在老家置几间房子置几亩地吧，为了将来有个归处。"父亲固执地说："不！"几十年漂泊不定的生活让他明白了一个事理："没文化就要受人欺，就会受穷。"当他认准了这个事理，就不顾别人劝说，让吴运铎的哥哥们——两个长大了的儿子去上学。儿子有了优异的成绩，才让他从内心深处发出欣慰的笑意。

萍乡煤矿因所在的地方叫安源山，所以又叫安源煤矿。安源煤矿建在山腰上，山上山下，长满茂密的树林，从树林伸出一只只高耸入云的烟囱，日夜不停地喷吐着黑烟，把天染黑了，把地染黑了，把青山绿树也染黑了。

父亲把家安在煤窑直井口旁的山脚下，使得吴运铎每天睁开眼睛看到的都是这黑色的世界，还有由这黑色世界产生的一个个传说。老年人说，煤窑里藏着宝物，谁得到它，谁就会得到幸福。

吴运铎总想想办法进煤窑弄个明白。一溜溜煤车从他家门口不远的直井井口钻出来运到煤厂，看得他心里直发痒，也学工人们的样子，弄得一身煤灰一身油污。看到工人在刷烟囱，他便挽着烟囱上的铁环，一步一步地向上爬，弄得满脸煤灰，刮破了衣服。过剩的精力使他躁动不安。他不肯待在家里，整天像只小鸟在矿山上飞来飞去。腿磕破皮，手划破皮。这些没有使他畏怯、气馁，反而引起了他的好奇。

父亲为他伤透了脑筋，可又对他无可奈何。一天，父亲从外面回来，拿来一个新书包，一本新书，把他叫到跟前说："你今年6岁啦，不能再这样调皮下去，该上学了。"

二

在吴运铎看来，上学是对他的奖励。谁知父亲偏不让他和哥哥们一块儿上学，而让他到后山胡老先生家里读私塾："我找个厉害的先生管你，不然还了得。"

上学作为惩罚，这个学，他根本不感兴趣，刚努起嘴想说不去，看见父亲一脸严厉地盯着他，就不敢说话了。

胡老先生每天教的是"人之初，性本善，性相近，习相远""赵钱孙李，周吴郑王"这些三字经、百家姓，意思他一点儿也不明白。每天上学如嚼蜡，没味极了。走出胡老先生的视线，他才获得了自由，像一只小鸟在山间小路上蹦着跳着，把"赵钱孙李"抛得远远的。

他对枯燥的学习不感兴趣，却迷恋煤矿的机器房那隆隆的轰鸣声，对机器喜欢到了入迷的程度，有时他去修理厂看机器，伫立在机器旁一动不动，一站就是半晌。每天背着书包离开家，把书包挂在树叶稠密没人发现得了的树枝上，跑到煤矿的车间里去看机器。什么火车制造厂、修理厂、电车厂、发电厂他都跑遍了。

在吴运铎幼小的心灵里，世界上最美妙的东西就是轰鸣的机器了。机器不吃饭、不睡觉，通宵达旦地工作也不知歇一歇，更让他敬服的是脸上有油泥，手上长老茧的工人，他们造出了机器还让它们乖乖地听自己的话。

"我将来要能当个管机器的工人多好呀！"这就是他童年的第一个理想。

很快，母亲发现了他的小把戏。母亲是个淳朴厚道的家庭妇女，她一字不识，可是在教育子女上和丈夫是一致的。她不敢把自己的发现告诉丈夫，怕丈夫知道了又给孩子一顿打。

一天，回到家里，父亲发现儿子的耳朵红肿得老高，就问："你的耳朵怎么啦？"

"老师拧的。"

"为什么？"

"逃学。"母亲在一旁说。

"看机器，不是逃学。"他觉得母亲不公平。

"哎！"父亲叹了一口气，"你逃学去看机器，拧耳朵不冤枉！"夜里，耳朵疼得要命，母亲用凉手巾给他捂着。这一晚上，父亲也没睡好。他认为胡老先生惩罚学生应该，可不该这么狠。胡老先生哪肯接受父亲的意见。他的脸色阴沉，冷冰冰地板着面孔对父亲说："好吧，叫你儿子明天别来了！"

离开了私塾，他成了自由的人，跑遍了整个矿山，电车厂、煤车厂、发电厂、锅炉房、升降机房，没有他不去拜访的地方，成天泡在车间里，有时"忙"得连饭也不回家吃。

母亲为他发愁："你这样下去，可怎么是好？"

吴运铎却漫不经心地说："不要紧，妈妈！将来我要造机器，开机器。"

母亲只有苦笑。

吴运铎常去工厂的车间里玩儿，时间长了，他和一些工人叔叔伯伯混得特熟。他常把脑子里装的问号，一个个地提出来，请叔叔伯伯们解答。叔叔伯伯觉得他机灵好玩儿，除了给他解答提出的问题外，还常常送给他喜欢的工具，比如小铁锤、铁钳，还有什么铁片、铁钉，等等，吴运铎把一件件小东西带回家，日子长了，他家里那个小木箱成了"聚宝箱"。于是，他利用这些东西自己做些小玩具。

在家闲了半年。这年秋天，父亲又把他送进煤矿小学读一年级，给了他两三个本子和大半截铅笔头，让他和哥哥们一道去上学。

吴运铎和一些学生把学校院后的砖墙拆了个大洞：每天早上祷告一开始，就一个个偷偷地从洞里钻出去玩儿。

哥哥们都好好学习，回到家里就做功课。他没这个心思，放了学，就绕到后街去看铁匠打铁。铁匠"叮叮当当"地敲打烧红铁块的声音，在他听来是那样悦耳。要么，他就溜进车间缠着相熟的工人师傅带他去看车床、刨床、钻床、大机器、小机器。期末考试后，学校在他的成绩单上注明两个很显眼的大字——留级。

父亲恨铁不成钢，骂他不争气，可又拿他没办法。父亲爱憎分明，给升级的哥哥买了一些彩色画片作为奖励，还当着哥哥们的面教训他："你打算留级到胡子白吗？"

哥哥们也故意拿着彩色画片在弟弟面前摆来摆去"馋"他，他索性闭上眼睛不去看在他眼前晃动的彩色画片，心里很难过，伤心地流出了懊悔的眼泪。

这年冬天寒假，他不再野跑了，给自己规定了严格的作息时间，整天在家里复习功课。他下决心用功读书，洗刷留级的耻辱。虽然外面的世界引诱着他，小伙伴的叫喊声吸引着他，他硬是把自己关在屋子里专心学习。

第二年，他的学习成绩直线上升，考试分数超过了二哥。在下半年的大考时，他一跃夺得了班级甲等第一名，从一个留级生一跃成为全班优秀学生。最高兴的当然还是父亲。父亲笑了笑，并没有夸奖他："你学了两遍，这叫什么本事？"

父亲提醒他，学习成绩不能骄傲，争取再拿回来一个甲等第一名。

三

1925年，吴运铎已经是东区职工子弟学校四年级的学生了。他所在的学校，不是什么红砖绿瓦的漂亮建筑，而是一家姓龚的大户人家的住房，让给工人俱乐部办了学校。

工人俱乐部缺乏经费，学校的各项设施都十分简陋，用一块木板钉上四条脚，就成了同学们上课用的桌子，凳子是砸进地里的两个木桩上钉着的一块木板，不能随意挪动。

这个学校里的孩子都是穷苦矿工的子女，他们穿着破衣，吃的是玉米面窝窝头和咸菜，冬天里没有帽子戴，也没有像样的棉裤穿。这样的学习环境，使吴运铎的思想早熟了。特别是老师钱月楼、柳季刚把"共产党是工人的救星"思想注入了他的内心。他加入了儿童团。

工人俱乐部组织的革命活动很多，每次开会、游行，儿童团员们都要按学校编成分团。

儿童团员们，还经常去工人俱乐部听演讲、看文明戏。他从这里知道了列宁、斯大林，第一个社会主义国家苏联，他听说那里没有人压迫人，没有人剥削人，男女平等，人人有饭吃，人人有衣穿……他知道了许多在他这个年龄不该知道的事情。这个世界，没有灰姑娘、白马王子，没有迷人的天鹅，有的是贫穷、灾难、仇恨、血和火、人吃人……

工人俱乐部的活动遭到了煤矿当局的阻挠，这年9月，一场反革命暴行，在吴运铎心里留下深深的烙印。

一个漆黑的夜晚，反动当局突然封闭了工人俱乐部，逮捕了俱乐部副主任、工人领袖黄静源。工人们赶去营救，反动派用排枪向工人射击，当场有两个工人倒在血泊之中。

整个安源煤矿在血腥风雨中呜咽。一切公开的革命活动暂时停止了，安源儿童团员们的活动也停止了。青天白日旗插到哪里，哪里就断绝了希望。学校停办了，吴运铎失了学。煤矿也陷入半停顿状态；银行倒闭，父亲半辈子省吃俭用攒下的想供孩子们读书的血汗钱，也都白扔了。不久，煤矿停办，父亲失业，家庭陷入绝境。

父亲无力养活儿女们，捧着头坐在桌子旁落泪。大哥被送进萍矿医院学医，那里只管吃不给钱。吴运铎不忍心看着父亲低三下四地应付催命债主，看到许多穷孩子都去小煤窑挑脚、卖力挣钱，也想去干。他找从小在一块玩儿的好友小赵商量，小赵答应带他去试一试。第二天夜里，两个人举着棉纱火把走上了挑煤的路。

四

萍乡煤矿四面环绕着高山，在矿区东北的深山丛林里，由于煤藏丰富，涌来许多想发财的窑主，他们随便挑个地方，挖一个斜洞，就算煤窑，雇了大批工人挖煤。然后，再雇佣人工挑脚把煤一担一担送到山外的车站。走上这条路的，大都是穷人家的孩子，他们除了卖苦力没别的出路。

母亲知道他要去挑煤，很不忍心，说："你还太小，哪里挑得动呢？"

"我能挑得动。"他故意挺直了腰杆，让母亲放心。

其实，他不去挑煤也要干别的营生。母亲虽然心里舍不得，可是她也不愿意眼看着孩子挨饿，只好答应了。

他约上小赵匆匆忙忙上路了。第一次挑煤没经验，想多挑一些，试了试，挑不动又去了一点儿，管事的很不耐烦："挑不挑？不挑就算了，别给我找麻烦！"

吴运铎脾气犟，一听这话，赌气挑上煤就走。走出一二里路，渐渐跟不上别人了，扁担使劲地往肉里钻，他只好走走歇歇，歇歇走走。在挑煤人踩出来的小路上爬上爬下，肩上的煤筐来回晃荡，像是甩秋千，很快就把他的肩膀磨破了皮。他咬着牙继续往前走，一不小心，连人带煤筐都栽倒在半山腰，身上碰破了几道伤口，煤也撒了一地。其他挑煤的人早走远了，只把他一个人孤苦伶仃地甩在荒山野岭。离车站还有五六里路，挑到地方，收煤站也该收秤关门了。

吴运铎挑着两只空筐子回到家，一头倒在床上。母亲含着眼泪给他打来洗脚水，他怕母亲看见流血的伤口，不肯下地，对母亲说："没什么，妈妈。煤没挑到站，都扔在半山腰了。明天我还去挑。"

第二天，吴运铎喝了一碗菜粥，又翻过高山去挑煤。扁担压在红肿的肩上，他头上直冒冷汗。他咬紧牙关，两脚不停，硬是把昨天的那担煤挑到了车站。

冬天里，大雪盖住了安源山。吴运铎身上穿一件破棉袄，拦腰挂一根草绳，脚穿草鞋，挑着两箩筐煤在人群中奔走，脚被碎冰块割成一道道血口子。像这样累死累活，一天也难挑满一担煤。他听说去锅炉房拣煤渣合算，一担炭可以卖10多个铜圆，有的人一通夜能拣五六担，他又找了个旧竹箩去拣煤渣。

那年月，干什么也不容易，警察手里拎着鞭子四处检查，遇到了就会挨一顿揍。烧锅炉的工人，要在晚上9点钟以后，才把炭渣从锅炉里掏出来。这样，他必须在天一黑的时候，趁警察不注意，钻进锅炉房，等着工人出炭渣。时间早了，就跑到锅炉背后的烟道旁边，靠着温暖的烟道睡一会儿，工人们出炭渣时声音很大，他就会醒来。

那些烧锅炉的工人们，都是穷苦人。他们不等煤炭烧透，就拉出来用水浇灭，好让孩子们快点儿拣走。炭价便宜，容易出手，这样才勉强维持了一家人半饱的生活。

秋天，新谷上市，听说后山红薯便宜，吴运铎卖完炭，挑着箩筐到后山买红薯。吃不起白米，红薯就是上等饭食了。

在黑暗无边的日子里，毛泽东来到安源的张家湾，领导了湘赣边界秋收起义。安源路矿工人和矿警队组成第二团，攻萍乡，打醴陵，浴血苦战，最后又跟毛泽东上了井冈山。

吴运铎又一次受到了强烈的震撼。

五

矿山再没有什么指望了。父亲在1930年，带着一家老小逃回老家湖北汉阳蔡甸柏林庄谋生。父亲有个老同事叫高寿庭，当时混得不错，和一位汉阳人、煤矿工程师陈定安在湖北大冶县黄石港石灰窑开了个富源煤矿。父亲就带了一家人去找他。

父亲年纪大了，矿上不要他，兄弟三人由高寿庭介绍，都在矿上机电股当了学徒。吴运铎是怀着愉快的心情走进工厂的，他心想，从今以后，可以成天和机器泡在一起了，学会管理机器、制造机器，童年的梦想就要实现了。然而，他没想到这是把生命交给了魔鬼。因为那时洞里经常发生塌顶、瓦斯爆炸等事故。

吴运铎没日没夜地爬煤井、钻煤窑，像牛马一样地劳动，一天只挣到1角钱的工资，连喝稀粥也不够。父亲安慰他说："总会熬出头的。"

跟师傅干了不满3年，吴运铎便出师了，当上了小师傅，正式成为一个机电工人。机电工程师还分给他带两个学徒,同事们都笑他"小师傅带小徒弟"。当师傅可不容易。他想,自己虽然学过修理电机、钳工、机加工、架设线路和管理发电厂的内燃机,但那都是师傅让怎样做,他就怎样做。工作虽然做完了,但并不明白其中的道理。

发电机为啥会发电?电是什么?发电机为啥会产生电压和电流?蒸汽机和柴油发动机为啥会日夜不停地旋转?

许多许多问题,他弄不明白,也不知道该怎样回答徒弟的询问。他暗自着急,睡觉不安,吃饭不香,带着这些问题去问师傅,师傅没有上过学,虽然有一手精巧出众的手艺,却不能在原理上说个明白。他凭着经验去问胡工头,工头讲得明白:"交钱学艺。"不送礼,别想取经。而且他的性格也不容自己向工头低三下四地求教。想来想去,只有啃书本了。书是知识的结晶,或许能解答各种疑难,给他所需要的东西。

家里穷得没有隔宿之粮。吴运铎狠下心来,勒紧裤带,把工钱储存一部分用来买书。家里地方太窄,他就爬到车间的阁楼里,把里面打扫干净,用旧报纸糊好顶棚,装上电灯,搭个木板床,找了个装机器的破箱子,底朝天当桌子。一下班,他就钻进阁楼,去探访经验以外的世界。他买了一套工业小丛书,书里讲的有交流电机和直流电机,有发电机和电动机,还有内燃机,这就是那些钢铁怪物的心脏和灵魂。

书给了他力量,给了他快乐,他恨不得把书吃进肚里去。每当做完一件事,他对照书中学到的知识思索一番,渐渐明白了为什么这样,这样做是不是合理。

书改变了他的生活。夏天,小阁楼热得像蒸笼;冬天,又冷得像冰窖。但是他舍不得离开这里,他盘着两腿,坐在"小桌"前面,一边读书,一边记笔记,他的全部心思都用在学习上。那些出身贫苦的师兄弟,多半不识字,学习技术有困难,他想把自己掌握的知识告诉他们,便利用晚上工余时间在车间开了一个技术研究班,由他当老师,把学来的东西转教给他们。

这又犯了胡工头的大忌,工人们一旦懂了技术,就如虎添翼,他这个"茅山道士"的符咒就不灵了。工人们晚上上课,胡工头就堵着门口骂。骂也骂不散。那时的电气设备并不十分复杂,吴运铎讲清来龙去脉,师兄们恍然大悟。大家遇到解决不了的难题就会说:"去问问运铎吧。"好像他是"万事通"。

胡工头不服输,他要保住技术垄断权,继续对工人们吹胡子瞪眼,叫他们俯首帖耳。这样,凡是技术活儿,胡工头都不让吴运铎插手,怕他破了自己的风水宝地。

一次,锅炉房散热用的电风扇出了毛病,烧毁了电动机的线圈,以前都是送到汉口去修理。胡工头想露一手,就带着他的小舅子在屋里鼓捣起来。搞了半个月,一试"啪啪"冒出几个火花又不动了。吴运铎说:"我来试试!"胡工头不理他,怒吼道:"快送到汉口去!"

但是,下了班,吴运铎还是瞒着胡工头,拆开电动机,拿着书本对照检查了一遍,发现是线圈不够长,而且绝缘不良引起了短路。胡工头宁肯舍近求远,那就让他也糊涂一辈子吧!

六

自从修电动机出了丑,胡工头总想找个机会治一治吴运铎。送到汉口修理的电动机没运转几天又出了毛病。胡工头找到吴运铎说："吴师傅，你不是想修电动机吗？昨天它又烧了，这回你的运气来了。"

吴运铎拆开电动机一看，线圈已经烧毁了，要全部换新的。吴运铎不急于拆出废线圈，而是一边拆一边把线圈连接法和数据记下来。修好又用仪器检查了每个新装上的线圈。花了一个星期时间，同事们帮助装好电动机，接好了电线，工头跑来推上开关，电动机发出轻微的嗡嗡声，迅速转动了。

自从修好了电动机，给矿里省了钱，胡工头立刻身价10倍，也不说那是吴运铎的功劳。吴运铎倒也坦然，只要工头不找麻烦，就知足了。胡工头对吴运铎好像也另眼相看了。

一天下晚班后，煤窑里的升降机发生了故障，煤车拥挤在窑里，无法运到外面，矿工们也被憋在窑下上不来。

"麻烦你去修一下。"胡工头客气地说。

吴运铎一听这话，清理了工具，走进煤窑，很快就修好了。司机黄师傅走上司机台，不知怎么搞的，推错了手柄的方向，机器立刻发出怪叫，升降机的吊篮顶住了大滑车。眼看就要机毁人亡，说时迟，那时快，吴运铎一个箭步窜上去，拉断电流开关，这才安然无恙。

谁知，第二天早晨一上班，胡工头堵着门，拉着一张驴脸说："吴运铎，明天你不用来了，矿师说你昨天把升降机弄坏了。"

"放你的狗屁。"吴运铎急了，不能这样不声不响被开除。黄师傅知道了这件事，主动找矿师为吴运铎证明，说了昨天的经过，承认是自己的错。

事情虽然不了了之，吴运铎却长了见识，胡工头总在暗中算计他，想借刀杀人，以后做事要多个心眼，才不会上当。

七

吴运铎跟胡工头闹翻以后，又被调回原来的富源煤矿，境况一点儿不见好转。他开始怀疑自己：拼来拼去，最后总是自己吃亏，坏蛋占便宜。这是什么道理？他苦苦地思索着，不得其解。难道弱者就没有办法保护自己？

抗日战争爆发，一切个人烦恼都被冲淡了。

矿上小学办了抗战讲座，讲师就是干仲儒校长。吴运铎是最积极的参与者，他的家也成了工人们集会的场所，另外他又出钱租了两间房子，举行工人时事座谈会。这个座谈会实际成了动员群众、组织群众、联系群众的桥梁。工人们有什么问题都在这里提出，希望得到解答。工人之间变得亲密了，大家忽然都感到个人的力量不是增加了一两倍，而是十倍、百倍。

一天傍晚，吴运铎回家，迎面来了一群人，领头的是干校长，干校长老远就向他喊道："运铎，快来！我们正在找你！"

人群中有个穿工人服的人不等吴运铎说话，就自我介绍说："我叫张明，是来向你们学习的。"

干校长解释说："张明在中国共产党的机关报——《新华日报》工作，从武汉来，准备在这里建立发行站。"

"我能帮上忙吗？"吴运铎急切地问。

"商量商量。"张明一见如故，"我想看看你们怎样过日子。"

从这天起，张明就成了他们的"自己人"，谁也说不清他的身份，工人不像工人，职员不像职员。只见他东奔西跑，成天不落脚，或是参加座谈会，或是找人谈话，好像每件事情都同他有关系。

吴运铎几乎围着张明转，他知道张明从国民党监狱出来不久，身上还留着许多伤痕。他受过电刑,吃过种种苦头。吴运铎佩服他是一个顶天立地的大丈夫。这种人活着才带劲儿。不管他做的是对是错,都是为国为民,不是为个人。吴运铎有了一个愿望:"我也应该这样生活!"为此他主动提出在矿上建个《新华日报》推销站,把报纸送到工人手中。

"这有一定危险性,你不怕砸了饭碗?"张明问。

"他砸我饭碗,我断他营生。"吴运铎说。他从张明那里已经学到了不少东西。

"现在讲统一战线,联合抗日。"张明提醒一句。

"明白了。"吴运铎说:"谁来捣乱,就是破坏统一战线;破坏抗日,就是……"

"就是汉奸!"两个人一齐哈哈大笑。

张明喜欢这个年轻人,一点就通,而且有很强的逻辑推理能力,能够独当一面。吴运铎在矿上成立了《新华日报》推销站,专门雇请一个小孩儿送报纸。开头倒也顺利,但国民党政府表面上是允许《新华日报》公开发行,暗中却在限制。报纸读者多了,麻烦也多了。有时借故没收报纸,有时毒打报童。吴运铎联合了几个工人,出来护报。

不几天,矿上谣言纷起,说吴运铎组织暗杀团,还放出风声说谁跟着吴运铎哄闹就开除谁,工人们知道是坏人捣鬼,反而跑来安慰吴运铎:"别泄气,咱们光明正大,不怕他血口喷人!"

1938年夏天的一个深夜,吴运铎开完时事座谈会回到矿山,发现矿主家属匆匆忙忙地挑着箱子、柜子、保险柜,往停泊在江边的小火轮船上搬运东西。矿主的太太、少爷、小姐都登上了小火轮。

看到这个情景,吴运铎明白了,由于日军战火逼近了武汉,矿上的经理们准备丢下全矿职工不管，逃到汉口租界里去造安乐窝。吴运铎非常气愤，不能让他们这么顺当逃跑了。于是，他立即把矿主这个反常举动告诉了工人兄弟们。

第二天一上班，吴运铎就带领机电工人罢工，义正词严地向矿主提出不准逃跑、共同抗日的要求；矿工要求回家的，一律发给3个月费用。矿主认为条件苛刻，拒绝签字。

晚上，正当上窑和下窑的矿工交接班时间，吴运铎跟矿工们讲了同矿主交涉的经过。矿工们一听就气炸了，一片高声呼喊着："罢工，罢工！"

锅炉房响起长鸣不息的汽笛声，这汽笛声长达4个多小时，吴运铎动员全矿职工冲向公司大楼，要国民党资源委员会的官僚资本家签复工人提出的条件。

工人们奔到经理大楼前面的广场上，奔到矿警局门前的堆煤场上，要经理答复工人们的要求，到处响着一个口号："反对逃跑，武装抗日！"

吴运铎他们为了防止坏人破坏发电厂，召集青年工人看守发电机，还派人值班，保证继续发电。因为发电厂一停工，煤窑就会淹掉，工人们不忍心让煤窑遭到毁灭。

罢工持续到第三天，矿上还没作答。矿主知道吴运铎是闹罢工的领头，又偷偷摸摸地派人来对吴运铎说："矿上一时拿不出那么多钱，先给机电车间工人发3个月工资，挖煤的矿工以后再说！"吴运铎寸步不让，斩钉截铁地回答："那不行。要给，全矿的职工一个也不能少。"

矿主们无计可施，便雇用了一队警察。数十名罢工工人倒在血泊里，鲜血染红了煤矿的大广场。工人们震怒了。枪口不打日本人，却用来屠杀手无寸铁的矿工。罢工的工人队伍把经理大楼包围得水泄不通，要求严惩杀人犯。矿主们见工人这么齐心，软硬不吃，也束手无策，只得答应谈判。工人们选举吴运铎等作为代表，同资方进行谈判。

在谈判桌上，吴运铎坚决站在工人的立场上提出：一是全部答应工人的要求；二要把打伤的人送进医院治疗，医药费、家属补贴、工资照发；三要把被打死的工人全部安葬，发抚恤金，全矿工人发3个月遣散费……吴运铎还就此事件给《新华日报》写了文章，谴责杀害工人的暴行。武汉的一些工人也行动起来，支持他们的斗争。

正义在罢工工人一边，资方在强大的压力下终于屈服了，答应了工人提出的全部条件，罢工取得了胜利。

后来日本鬼子占领了煤矿，许多矿工拿起武器，参加了共产党领导的鄂东抗日游击队。又过了12年，那个屠杀26名工人的警察局长易介甫也被捕归案，受到人民的惩处。

罢工以后，矿上放出风来，要追查"肇事人"。吴运铎必须离开矿山了。他到处打听去延安的路线，找了好多日子，也没有找到关系。

眼看武汉即将失守，不能久留。他做出决定：投奔新四军。

在抗战的敌后

1937年，抗日战争爆发了。在这烽火燎原、中华民族经受考验的时候，吴运铎毅然离开煤矿，离开无依无托的母亲，和他的伙伴一起去寻找抗日队伍。从湖北一路上受尽千辛万苦，到了皖南，参加了共产党领导的新四军。他要求到前线去杀敌，但是，当上级知道他是个技术工人时，就分配他去兵工厂，建立敌后武器生产基地，支援前线战士打击敌人，他知道这是革命的需要，服从组织的安排是必须的。从此，他又开始了一种崭新的生活。

新四军是新组织起来的部队，武器不够，也不好，许多同志还在用鸟枪、土铳与有洋枪洋炮的敌人作战。没有好的武器，战士们就要流更多的的血。

既然是革命的需要，还有什么可讨价还价的？吴运铎说："我们就是来参加革命的，只要是革命需要，我们就去干。"吴运铎和吴昆等人被分配到了黄山东北100多里的军司令部修械所。

修械所驻在一个小山村。这里有100多户人家，周围是高山峻岭，是个很隐蔽的地方。

他们被分配去修枪。

罗克绳是他们的小组长，只有十七八岁，工作却非常热情。他带着吴运铎他们进仓库抬出来一捆破步枪。这是前方送来的，大多数残缺不全，送到这里安装新零件。步枪种类多，吴运铎一支也叫不上名字。罗克绳不厌其烦地一支支地给他们介绍。还把步枪零件一件件拆开，又一件件装上，给他们讲零件名称和用途。

吴运铎心灵手巧，尤其对机器修理很在行，哪儿弄不明白就向罗克绳请教，在很短的时间里就学会了修理、制造各种步枪零件。

这里的工作很繁重，可吴运铎并不觉得累，因为他在这里第一次发现人和人的新型关系：没有欺辱，没有压迫，没有钩心斗角，大家都是同志，生活、工作一律平等。他感到心情舒畅，工作起来特别带劲儿。

一

吴运铎十分欢喜年轻的小组长罗克绳。两人几乎形影不离。罗克绳刚毅、沉着，总是把最困难的工作留给自己，从不叫苦；吴运铎则待人诚恳谦虚，关怀别人，又是非常单纯。无疑，罗克绳身上有一种强烈的感染力，吴运铎甚至没有意识到自己也在不知不觉中模仿他的一举一动，一言一行。大家都笑他大个子认了小个子为老师。吴运铎也不争辩，本来嘛，老师可不分岁数大小，个头大小。

罗克绳确实是个好老师，除了在工作上帮助他，还经常给他讲革命道理。

罗克绳是个穷孩子，10岁那年，鄂东红军打进大冶。父母钉上了大门，带上几件破烂衣服，一家三口都跟队伍走了。他在队伍里当了红小鬼。队伍从湖北转战到江西。父亲在一次反"围剿"战斗中壮烈牺牲，做炊事员的母亲听到这个消息，请求到前方去，再也没有回来。罗克绳在红军叔叔的关心下长大，成为一个出色的红军战士。

罗克绳深情地说："党把我抚养大，党就是我最亲最爱的人。"

吴运铎激动得说不出一句话。

不久，吴运铎申请参加了青年队，哪里有艰苦的任务都抢着去完成。

步枪修好后装满了仓库，因为没有刺刀不能送上前线，领导调吴运铎到刺刀制造班，赶造刺刀，好使这批武器尽快送到战士手中。

吴运铎已经习惯了用机器做工，现在用手工制造刺刀，感到别扭。最难弄的是刺刀上的两道槽，要用手拿着凿子一下一下死抠，简直比用牙啃石头还难。挖着挖着，就挖歪了。头一天下来，衣服被汗水浸透了。一天才打造出一把刺刀，一检查，这一把刺刀也不合格。吴运铎觉得太丢人了，难过得饭也不想吃。罗克绳这一天造了16把，而他却这么差劲，一把也造不成。他自责，他内疚，恨不得找个地缝钻进去。

  天下起了雪，纷纷扬扬的雪花把屋顶旷野都染白了。天黑了，吴运铎一个人坐在村边一棵歪倒的枯树干上，为刺刀的事懊恼不已。

  罗克绳走来了，挨着吴运铎坐下，一手搭在吴运铎的肩上："你怎么了？一个人跑到这里坐着，多冷啊！走走吧。"

  罗克绳拉起他，两个人绕着小村子漫无目的地走着。吴运铎把白天的事向罗克绳讲了。罗克绳安慰他说："这样的事，我也碰到过，有时候，工作没做好，就捶胸顿足，恨不得把自己撕成几瓣，等到稍微清醒一下，发现自己还在原地踏步，这太可笑了。工作有缺点，光骂自己一顿，又有什么用？应该多问问别的同志，请他们帮助。这并不丢人呀！"

  罗克绳几句话一点拨，吴运铎恍然大悟，真是"死要面子活受罪"。他开始虚心向老同志请教。许多人只知道怎样才能把刺刀造好，却说不出道理，干脆就让他在一旁站着看。他这才发现，主要问题出在工具上。老同志手边都有十多把凿子，用钝了，马上再换一把。而他只有一把凿子，这样就耽误了许多时间。还有别人的锤子砸下去有力量，他的太小，拿着手上轻飘飘的，老虎钳子也太小，夹不住活儿。弄明白了，他连夜改造好工具，以后干活儿快多了，造出的刺刀经得起检查，数量上也赶上了其他同志。有一天，居然在一天内造了24把刺刀。

  1939年春天到了，修械所承担了新的任务。原来的厂房已不再用，军部决定在山沟里建立兵工厂，制造新步枪。

这是皖南第一座兵工厂，领导拨出一座大房子，作为青年队员们的宿舍，吴运铎担任了青年班的班长。他利用每一分钟时间去钻研、学习、试验，终于后来者居上，走在了前面。

二

兵工厂迅速壮大起来了。附近一个煤矿有不少破旧工作母机闲着无用，工厂就把机器借来了，成立了机工组。吴运铎参加新四军前是熟练的机器工人，所以被委派做了机工组组长。想到组织上这么信任自己，吴运铎更是下决心要把工作干得更漂亮、更出色一些。

机工组人少，吴运铎兼管发动机工作。自从到了兵工厂，吴运铎心里好像安上了发动机，不管多么紧张，他一点儿也不感到疲倦。每天早上，他在小溪里洗过脸就跑到后山竹林读书。吃了早饭，跑到车间分配完工作就守着他的发动机。从小他就爱琢磨机器，那是出自年幼无知的好奇，而现在才是真正地爱上了机器。机器仿佛也有感情，这不足 15 马力的内燃发动机，工作时好像也传递着他的心音，发出有节奏的旋律。

吴运铎就管一台发动机，有空闲时间，又在发动机旁掘个大坑，埋了一根木桩，把修枪的老虎钳搬来固定在木桩上。这样，一边修枪，一边用耳朵听发动机的运动。

他还是俱乐部主任。到了晚上，他就在俱乐部当教员，讲发动机和机床的构造原理，或是和大家一块研究解决技术上的问题。

但是，如果说吴运铎没有苦恼，那也是不真实的。每当工作有了进展的时候，他会突然问自己："你够不够一个共产党员的条件？"这对他确是一个至关重要的问题。在他看来，共产党员都是无私无畏的。自己还有哪些不足呢？想到这个差距也许不好补，内心的苦恼又增加了许多。

不久，支部认为他可以正式申请入党，罗克绳做了他的入党介绍人。在一面绣着镰刀斧头的党旗下，支部书记宣读了吴运铎的入党申请书和自传，罗克绳对吴运铎做了介绍。

在党旗面前，吴运铎庄严地宣誓："誓为共产主义最后实现终生奋斗到底！"

50年后，病床上的吴运铎仍清楚地记着这个难忘的日子：1939年5月18日。

三

"皖南事变"后，党中央在苏北盐城重新成立了新四军军部，陈毅任军长、刘少奇任政委。全军扩大为7个师，成了军工部，下设3个兵工厂：一厂生产炮弹，二厂修理枪炮，三厂生产子弹。吴运铎在三厂任政治指导员兼工务主任。

一天，军工部韩部长找到吴运铎严肃地说："老吴，这个任务交给你了。我知道你没有造过子弹，可是，别人也没有造过，更糟糕的是一无材料，二无机器，说困难当然困难，不过革命就是从无到有，从小到大的。只要发挥创造智慧，凭着革命毅力，总是能想出办法的。"

韩部长的话不多，却深深震撼着吴运铎的心灵。他认为这是党对自己的信任，不论有多难也要接受这个任务，攻克这个堡垒。

一颗子弹的构造，总要有弹头、弹壳、发射药、导火孔、起爆药、底火这几个部分。吴运铎虽然也看过子弹，用过子弹，放过枪，却不了解子弹的生产过程。现在组织上让他来制造子弹，他是黄鼠狼咬刺猬——无处下嘴。于是,他从修枪厂领了几发步枪子弹,小心翼翼地把子弹头拔掉,仔细地量着子弹各部分的尺寸,计算了材料的重量,然后记在日记本上,成天成夜地揣摩着制造子弹的方法。

制造子弹,先要制造弹壳。吴运铎先制出一副弹壳的模型。但是制造弹壳要用铜,解放区的铜材十分缺乏,唯一的办法就是把战士放完枪的空壳拾回来,汇集缴回工厂,由工厂用钢模压制使它恢复原形,再造成弹壳。

弹壳里的火药原料也不好解决,吴运铎想了许多办法,都没有成功。他受抽烟人划火柴点燃烟头的启发,把红火柴头刮下来,准备用酒精泡开,制成火药。酒精也找不到,他到小铺里打上二斤老烧酒,自制铁罐子,蒸馏烧酒当酒精使用。谁知火柴头爆炸力太强,不适合做火药。他又有了办法,在厨房刮下锅烟子,与火柴头掺在一起,经过试验,这个方法不错,但却一时无法实现。因为根据地根本不生产火柴,从敌占区运火柴困难很多。怎么办呢?吴运铎冥思苦想,终未得解决。他听人说药店里卖的雄黄和洋硝经过混合配制可以代替起火药,就赶紧跑到中药店买回这两种中药,经过试验,终于解决了这道难题。

吴运铎又搬来堆在仓库里缴获来的几枚用不着的炮弹,取出炮弹壳里的发射火药,自己做个小铜碾子,把炮弹发射火药碾成粉末,做子弹的发射药。

弹壳、起火药、发射药解决了,接下来就是制造弹头材料。他先是试着把铅熔化了注入模型,做子弹头。铅不耐高温,发射后,火药燃烧耍到几千度高温,铅很快被熔化填满枪管,容易造成枪管爆炸。经过多次试验,他决定用钢板放在弹头钢模里压成空筒,做成尖头子弹头,里面灌上铅,这样一试,还真灵。他再一次获得成功。

最后一道难关，是没有制造子弹的机器。困难吓不倒吴运铎，他从废铁堆里找来几节切断了的钢轨，中间钻个洞安装模型，再把铁轨固定在案板上，这就是他所称的"冲床"。修造厂为他们制造出一批手模、冲子等简单工具，上级又调来一些工人，一个子弹实验厂就成立起来了。

四

1941年是抗日革命根据地最艰苦的一年。这年秋天，日本鬼子向苏北革命根据地进行疯狂的大"扫荡"。兵工厂是敌人的眼中钉、肉中刺，成为敌人进攻的主要目标。

军部考虑到苏北斗争激烈，盐城一带多为水网地带，不利于军工建设，决定撤销军工部，人员分散到一、二、三师加强军工建设。军工部工务科长程望带一部分人去了一师；副部长孙象涵带大部分人留在苏北三师；副部长吴师孟带三厂工务主任吴运铎、二厂指导员任承康等100多人去了淮南二师。

二师军工部很快在黄花塘以南15里的藕庄成立，吴运铎任一分厂子弹股股长。

子弹股的15个人都很精干，绝大部分是原皖南军部修械所的军工，不论技术还是政治素质都是很高的。设备只有一座土砌的锻工炉，几把大锤和老虎钳，进行翻造子弹的设备一台也没有。军工部决定将军部送来的3台设备：一台6寸车床、一台18寸牛头刨床、一台大钻床全拨给吴运铎。子弹股的同志就利用这3台工作母机在吴运铎的带领下投入了艰苦的创业中。

弹药生产是二师军工最大的任务。二师军工只能生产复装子弹，利用旧子弹壳重新配底火、发射药,做一个子弹头,装上便成为一颗翻新的子弹。但是,翻新子弹远远满足不了战争的需要。

要建立一个生产子弹工厂的任务迫在眉睫。军工部交给吴运铎的任务是建立一个年产量为60万发步枪子弹的工厂。

新任二师军工部长吴师孟给吴运铎派了2个钳工、1个锻工、1个车工和2个学徒,他就带上这6个人来到高邮县阁塔区平安乡借用一家农民的两间茅草屋子建起一座茅屋工厂。

一年要生产这么多子弹,吴运铎感到压力很大。首先遇到的困难是没有生产子弹的设备和机床。一时从哪里去搞那么多设备呢?这里的农村毫无工业基础,从敌占区买,一是风险大,二是时间也来不及,他决定亲自动手设计制造出机床来。他的手上只有制图用的丁字尺、木片钉的三角板,一个小学生用的旧圆规和两支铅笔。军工部材料科的同志为他们收集制造机床的破铜烂铁,还从修械厂调来一部4尺长的皮带车床和其他一些设备。他以这些设备为设计的立脚点进行工作。一项新的设计一旦被实验证明切合实际,便立刻投入制造。那些日子,吴运铎几乎是在唯一拥有的一部车床旁度过的,常常一连几个通宵不睡,过于疲倦,倒在机器边就睡,醒来再接着干。

一天傍晚,前方给吴运铎所在的兵工厂送来几个不能使用的迫击炮弹。这些炮弹都是敌人轰击我军没有爆炸的哑弹。吴师孟部长还给吴运铎写来一封信:"运铎同志,前方等着炮弹,务请尽一切力量,提早修好。"

前方的战士每天都在焦急地等着炮弹。二师有一个炮兵连,仅有3门炮,是缴获敌人的,没有炮弹用,大炮也成了摆设。看过吴部长的信,吴运铎让大家停止制造机床,抓紧来抢修炮弹。他们夜以继日地工作，把炮弹的弹尾、弹管、引信全部装好了，只差引发爆炸的火药——雷管。兵工厂没有制造雷管的材料，怎么办？前方急需炮弹，他不能两手一摊说："我没雷管，巧妇难为无米之炊，请上级帮助解决吧。"这不符合他的性格。

吴运铎决定采取极端危险的办法，收集来了一些旧炮弹，把旧引信上的雷管拆卸下来，浸在洗脸盆里。焦急地等待了一个星期后，吴运铎把脸盆搬在桌上，捞出一只雷管，拿着小签子小心地挖出了一小块炸药，看炸药已经被水浸透了。他心里十分高兴，以为没事了，可以放心大胆地干了，又拿起签子往雷管里挖。其实，雷管在冷水中只浸透了表面一层，内里是干的。轰的一声，雷管在他左手里爆炸了。吴运铎眼前火光一闪，腿前脸盆里的雷管也爆炸了，他被炸成了血人：左手炸掉了4个手指，左腿膝盖炸的皮开肉绽，左眼直淌血，什么也看不见了，脸上布满了蜂窝般的伤口……

车间里工作的同志，听见宿舍里的爆炸声，丢下工具一起跑进屋，看见吴运铎的惨状，都忍不住地哭了。

同志们把吴运铎送进医院，院长和医生们积极地抢救。吴运铎处于严重的休克状态，一连几天几夜昏迷不醒。整整昏迷了15天后，死神终于退却了，他渐渐地苏醒过来。医生、护士和守护他的同志都为他重获生命感到高兴。半月里失去记忆，他不知道自己为什么会睡在这里，当他看见手和腿上缠着绷带，一只眼睛也被包扎起来的时候，才想起那天挖雷管引起的爆炸，心里一阵难过。他并没想到会不会残废，他焦急的是还没有完成上级交给的任务。看护吴运铎的同志告诉他，在他昏迷那些日子，他时常猛地从床上跳下来，一直往门外跑，挥动着缠满绷带的胳膊，喊叫着："我要回家造炮弹去！前方等着要炮弹哪！"他跑了几步，就摔倒在地上，绷带挣断了，血管弄破了，大家含着眼泪把他抬回病房。这样一连多次，同志们便加紧看护，白天晚上不离开人。

吴运铎伤势过重，组织上把他转到二师中心医院继续休养。一天，师参谋长周骏鸣来医院看他，一直找到吴运铎床前。参谋长问他有什么困难没有，吴运铎不假思索地说："最大的困难就是不能工作。"

周参谋长说："那你先要好好休养。"

这年冬天，顽军进攻津浦路西的一个城镇，下来许多伤员住在二师医院里。战士们说起这次战斗经过，都说吃亏就吃在子弹不够，如果弹药充足，敌人别想多进一步。

听了战士们的议论，吴运铎心情非常沉重。当前方战士需要弹药时，后方的兵工厂却不能保证弹药源源不断地送到前线去。那一夜，他没睡着，天一亮，就去找院长要求出院。

院长以为他是发高烧说胡话，用奇怪的眼神看着他，当确信吴运铎神经正常时，朝他发了一通火："你不要命了？你的伤口里还有许多铁片、碎骨没出来呢。我是不会让你出院的。"

吴运铎躺在病床上一动也不能动。一天到晚什么事情也不能做，他想到自己的工厂，想到未完成的机床设计，心里忐忑不安，彻夜难眠。他在脑袋里不断构思每部机床的结构。一个好的设想必须随时记录下来，才能进一步发展和完善。吴运铎决心利用住院时间，加紧工作，完成机床的结构设计。一天，他趁护士不在病房的机会，用两只胳膊肘顶着床板，咬紧牙关，忍着伤口的剧烈疼痛，坐了起来。他从挂在病床旁墙上的背包里，取出书本、笔和本子，记下了自己的设计方案和结构草图。护士打水回来，发现他左手伤口的绷带变成了红色，惊慌地跑去找来了医生。医生替他解开了绷带，原来是他坐起来时，手腕关节顶在床板上，用力过大，震断了伤口内的动脉血管，伤口喷出来的血落在墙壁上。医生、护士只得用绷带把他的左胳膊捆绑起来，最后还在屋梁上悬了一根绳子，把他的手吊得高高的来止血。

院长收走了吴运铎的本子和笔。没办法，他只有把机床设计改正构图一遍遍地强记在脑子里。

憋了一冬天，窗外柳枝吐出新芽，吴运铎再也住不下去了，他去找院长，软磨硬泡地要出院。

"前方需要子弹、炮弹，弹药不足，我们的战士就要多流血。我却在这里无所事事。在这种情况下，我精神上的痛苦比肉体痛苦要大千万倍。你应该理解我。"吴运铎说得很真切，很动情。

"我也愿意你早回去，可伤口不好也不能工作呀。"院长表示了对吴运铎的理解和支持。

吴运铎见院长有松动的意思，忙说："我回去就安心了。自己不能工作，能告诉同志们怎样工作也好。我们工厂附近有个诊疗所，我可以每天到那儿去上药。"

"遇到你这样病人真没办法！"院长只能同意他的办法，还给他写了介绍信。

20多里路走起来很艰难，吴运铎膝盖伤口还很大，手上的伤也没愈合好，他就让护士缠上三角巾，找了个竹棍子，一步一拐地走回工厂。

伙伴们见吴运铎回来，别提有多高兴了。他们买来老母鸡欢迎他，争着要请客。

吴运铎心里十分感动。

炸瞎的左眼和炸断4个指头的左手，给他工作带来许多不便。

为了早日生产出子弹，吴运铎忍着伤口的疼痛，趴在床铺沿上继续设计图纸。

工人们则夜以继日地赶做造子弹的机械，要造的机器很多，困难一个接一个，可是困难吓不倒他们。吴运铎还提出一句响亮的口号："顽强战斗，用创造性的劳动克服困难。"

要造的螺旋冲床，单是那个杠杆，就有半吨多，工厂没有起重机，全靠人力搬来搬去，这根杠杆应该是中间粗，两头细，没有大型锻压设备，只有打铁的铁锤，屋子也小得转不开身，他们就在吴运铎的指挥下，在屋外的空场上，用砖砌好大炉，支起风箱，开辟了露天车间，又在地上挖了1尺多深的坑，埋上铁砧，四周搭起一人多高的木架，上面铺好板子，安装上滑轮车，等杠杆中间烧红了，就用粗绳把一头拴牢，拖到铁砧上竖起来，5个小伙子光着膀子爬上木架抡开铁锤，一边吆喝一边砸。他们就用这样的土办法把那根碗口粗的铁杠杆挤鼓了。制造螺丝杆，也是够困难的。在一根3英寸粗，20英寸长的圆钢上刻6条螺丝扣，没有铣床，只能用手工硬刻。刻好的丝杆又翻砂制成模子，灌进钢水，铸成丝杆螺母。没有化钢用的坩埚，就用废炮弹壳。不过化过两次铜，坩埚就变成蜂窝了。

夏天到了，吴运铎的伤口基本愈合了，经过吴运铎和同志们的努力，制造子弹所需要的机器也造成了，大大小小一共30多台。

为了充实子弹厂，使之尽早投入生产，经吴运铎的要求，师部决定从部队抽调近100多个青年战士到工厂当学徒。同时，上海地下党组织也动员了一批技术工人到工厂报到。子弹厂一下子热闹起来了。工厂进行机构调整，成立了车工、钳工、子弹三个股。

6月，军工部召开各厂负责人会议，吴师孟部长在会上宣布子弹厂下半年的任务。吴运铎全身心扑在子弹厂的生产技术上，不但要研究子弹的制造,而且要仿造设备,制作工具;不但要为工厂当时的生产费尽心机,还要考虑到后来军工的发展。指导员洪泽则主动把全部行政工作承担了下来。经过吴运铎和十几名技术工人夜以继日的紧张工作,完成了机器调试。正式开始试产子弹那天,大家都换上了干净衣服,铁钟一响,涌进大殿里。吴运铎装上原料,推动沉重的冲床,在机器巨大的吼声里,第一颗子弹诞生了。

拾起一颗黄澄澄的子弹壳,捏在手心里,舍不得丢开。吴运铎心里非常激动,为了这第一颗子弹的诞生,花费了多少心血啊。

工厂每日都在超额完成任务,困难也接踵而来,弹头变形,弹壳裂口,打瞎火,材料用尽,工具不够……困难算什么!困难都被同志们克服了。到年底,工厂超额完成3万发子弹的任务。后来还能制造尖头鼓肚的流线型子弹。

在子弹厂正紧张时,上级命令吴运铎的兵工厂在不影响子弹生产的同时,制造一批迫击炮弹。为了完成上级交给的任务,需要了解炮弹的知识。可是根据地根本找不到这类书籍。"活人不能让尿憋死。"吴运铎说。他收集了敌人打过来的各种各样没有爆炸的炮弹,把它们一个个拆开,又把每个弹壳、弹尾和信管锯开,通过实地解剖来掌握炮弹的构造原理和制造技术。他对每个零件都提出问题:为什么是这样构造?它起什么作用?反复推敲,他终于集中了敌人各类炮弹的优点,再根据工厂的条件,设计出了迫击炮弹图样。

第一次试炮失败了。原来是炮弹直径过大,底火药调制不好。当夜重配底火药,修正了弹带直径尺寸。第二颗迫击炮弹投入炮口,炮弹大吼一声发射出去了。大家的欢呼声还没落,炮弹便有气无力地落在一片荒草地,钻进土里1尺多深也没响一声。第二次试炮又失败了。

吴运铎经过反复检查，才发现毛病出在信管里，是撞针弹簧太软，减低了撞针冲击力。第三次试验开始了，3发炮弹在草地上空呼啸着向前飞奔，一接触地面，立即闪出火光，发出巨大的轰响，泥土冲向半空。吴运铎又命令再连发3炮后，测量弹着点大小，清查残留的弹片，一切材料证明，炮弹的杀伤威力合乎标准。试验成功后，吴运铎给一直关切炮弹生产的军工部吴师孟部长写信，报告了炮弹试验经过。吴部长很快给吴运铎写了回信，鼓励他们继续努力，还要吴运铎他们试制造300发炮弹。吴部长在信中还告诉吴运铎一个好消息，军工部材料科的同志们突破敌人封锁，从敌占区找到了一部破旧的6英尺车床。这有力的支持令吴运铎和同志们深受感动。

　　一个月后，300发炮弹如期送到部队。炮弹送走的第四天下午，军工部小通信员给吴运铎送来一封信。上面写着："第一批300发炮弹已发给部队。炮兵在演习射击时，将炮弹加足药包，只能打30米，落地还不爆炸。现在已全部退回。罗师长要你明天一早赶到司令部。"

　　打30米还不如扔手榴弹呢。吴运铎十分懊恼。出厂前，为什么不来一次实弹射击呢？同志们听到这个消息，也都呆住了。

　　问题出在哪里？吴运铎收集那些制造炮弹剩下的零件，对着图纸检查，没找到毛病。他又找来每道工序负责加工的人详细询问，把可能出现问题的地方都检查了，仍得不出结果。

　　经过一夜反思，第二天，吴运铎带着2个人带着火药和工具赶到司令部，进行再一次的发射试验。他给每个炮兵发5发炮弹，两门大炮同时发射，炮弹一声吼叫，飞出了2000米外的山地猛烈地爆炸了。首长和同志们热烈地鼓掌，为他们的成功欢呼。炮兵也跑来跟他握手祝贺。

军工部很快决定在吴运铎他们工厂炮弹车间的基础上，建立了一个分厂。

在敌后游击战争中，地雷这种武器轻便灵巧，易于用，杀伤力又大，为开展地雷战，上级要吴运铎的子弹厂制造地雷供给部队。

拉火地雷、脚踏地雷、定时地雷……但地雷是个什么样的东西呢？他们工厂的人谁也没见过。既然叫脚踏地雷，它就该是埋在地里的炸弹，敌人踏上它时，它就会爆炸。那么以此类推，定时地雷就该是固定时间爆炸的地下炮弹。

在茅屋里，没有专家，也没有工程师，一群热血青年战士在厂长吴运铎的带领下接受罗师长交给的又一项武器的研究生产任务。吴运铎最先设计的是定时地雷图纸。在闭塞的环境里，他不得不重新发明别人早就发明过的东西。

定时地雷太复杂了，但定时地雷却达到了准时爆炸的要求。敌人"扫荡"更加频繁，地雷也日夜不停地大量制造出来。拉火地雷、脚踏地雷源源不断地送往部队，在保卫抗日的淮南根据地的战斗中，发挥了很大作用。

日军闯进根据地后，像一群恶狼冲进村庄。敌人一推门，门下的地雷爆炸了；敌人想烧水喝，一点灶里干草，灶里地雷爆炸了；敌人在大路上行走，路旁大石头爆炸了；敌人在大庙里扎营，没想到睡到半夜里，埋在庙里的定时地雷也同时爆炸了。抗日根据地到处都是陷阱，敌人无立足之地。

师部还办了地雷干部训练班，吴运铎被请去上课。师部对吴运铎的革命精神大加赞扬，多次在大会上表扬吴运铎为军工生产所做出的突出贡献。罗师长还派人在上海买了一部《现代工厂实习法》送给吴运铎作为奖励，要他好好学习。罗师长在书的扉页上亲笔写道:"只有把科学和无产阶级的利益结合起来,才是真正的科学家。"吴运铎一直记着罗师长的亲切教导,督促自己,老老实实地虚心学习,掌握科学知识,一步步摸索前进。

五

从1942年秋开始,淮南根据地进行精兵简政,军工部在翌年2月撤销了,除留下材料科几个干部外,其余人另行分配,3个兵工厂交路东军分区领导。路东军分区成立了军工科,任命吴运铎为军工科长。

吴运铎就是在这种情况下承担起兵工研究和生产的。军工科设在仙墩庙西侧300多米的一个小村里,自建了十几间房子。吴运铎一边领导着军工生产,一边又在三分厂加紧试验新武器。根据地的兵工生产已经有了很大发展,生产的武器、弹药已有10多个品种,但生产材料始终很缺乏。炮弹的发射火药和炸药,多半是从敌人没爆炸的炮弹中挖出来的。钢材的主要材料一半多靠民兵破坏铁路、去拆钢轨、道钉、夹板,工厂拿手榴弹和地雷做交换。铜材更紧张,材料科和工厂的许多同志化了装,挑着担子,冒着生命危险到敌占区去替人修补锅,收集铜料,凑齐一担子就送回根据地。

原料越来越少,吴运铎就发动大家寻找代用品。吴运铎的老战友程仁涛在他的《淮南军工叙事》中这样写道:"我们兵工厂造子弹、炮弹需要大量的火药,但当时敌人封锁很严,黄色炸药根本无法买到,根据地则由于条件限制也无法制造,我们便用黑色火药代替。"

根据地钢材十分紧张,吴运铎和他的战友们就地收购或采取其他方法做代用品。然而,利用代用品同样是十分危险的。一次,吴运铎考虑钢材不足,打算用铅代替钢做炮弹信管。试验时,炮弹打出去落地后又突然从地上射到空中，尾巴向前，迎着他们飞来。十几个参加试验的人，丢下迫击炮，拔腿就跑。炮弹在后面紧紧地追赶，炮弹掉在炮座旁边的草地上。大家都惊呆了。

奇怪，射出去的炮弹怎么反射回来了呢？一检查，炮弹的信管已被火药气体冲掉，炮弹里的火药全部烧完了。原来，铅做的信管太软，信管发火后，引起炮弹里的火药燃烧，着地时便把信管冲掉了，露出一个圆洞，炮弹里火药燃烧产生的气体从洞里喷出来，由于反冲力的作用，炮弹又沿着老路回到出发地。

这次试验失败了，吴运铎没有气馁，他又改用铸铁来制信管，终于取得了成功。

一个任务完成了，新的任务又摆在吴运铎的面前："我们现在需要能敲碎敌人骨头的武器。"罗师长出的题目可把吴运铎难坏了。什么武器杀伤力最大呢？而且山沟里又能造什么新武器？

他把能找到的书都找来，一页一页地翻看着，他不能凭空想象着一种武器是什么样子的，再说战斗这么紧张，也没有条件允许他去用长时间翻来翻去地研究。还真巧，在一本杂志上他见到了一篇介绍枪榴弹的文章，但也可怜得很，这篇文章总共不过二三百字，而且多半是空话，讲枪榴弹是如何的有威力云云。如果说，这篇文章给了吴运铎一些启示的话，那么他唯一的收获是从这篇短文中知道了枪榴弹就是利用步枪发射一个小型的炮弹，是用钢片制成的小炮弹。

从此，吴运铎收集了敌人各种各样的掷弹筒和各种迫击炮弹，没日没夜地摆弄着，研究着。最后他决定把粗铁棍锯断掏空，制成枪榴弹筒，像装刺刀那样套在步枪口部，再用铸铁造成形状像迫击炮弹一样的炮弹，装进枪榴筒内，利用没有弹头的步枪子弹的火药高压气体，把筒内的枪榴弹发射出去。

半个月后，第一批枪榴弹和第一支枪榴筒造成了。接着，就开始实验。勤务员小顺子扛着枪榴筒，跟着吴运铎走进靶场，谁也猜想不到这第一枪是什么结果。

为了避免可能发生的意外事故，吴运铎在一个干水塘边上，选中一棵大柳树，用绳子把步枪捆在树干上，枪口卡上了枪榴筒，筒口对着荒地，再把枪榴弹装进筒里，拉开枪栓，推进无头子弹，扳机上系了一根小绳子。等同志们都隐蔽好以后，吴运铎蹲在干水塘里，一拉小绳，轰隆一声枪榴弹射了出去，接着，火光一闪，在爆炸声中，尘土卷起烟雾冲上天空，破片呼啸着四面飞散。

"好哇！"听到第一个枪榴弹的爆炸声，同志们忽拉地围上来，他们欢呼，他们雀跃，互相握手祝贺，喜悦之情溢于言表……

然而，这颗枪榴弹的射程只有220多米，命中率也不高。吴运铎又重新设计枪榴弹图样，加大弹体弧线，改进火药成分。

吴运铎叫上装配工老马又上了试验场。

同志们听说又要试验，一大早就跟着吴运铎来到试验场。吴运铎装好枪榴弹，推上膛，左腿跪在地上，朝荒地上打了一枪。一声枪响，枪榴弹飞得无影无踪了。它飞到哪儿去了呢？大家正在猜疑，听到远处传来爆炸声。大家欢呼着向爆炸点跑去，一测量，枪榴弹射程为540米。

司令部听到这个消息，几次来信催吴运铎去详细汇报。吴运铎带上两个人，扛着枪榴筒，挑着枪榴弹到了司令部。

周参谋长看过枪榴弹和枪榴筒，招呼吴运铎坐下，拿起电话命令立即布置靶场。靶场上人山人海，罗师长也来了。吴运铎一连打了十几发枪榴弹，每一发都射得远，炸得漂亮。

靶场上响起了暴雨般的掌声和欢呼声。试验完了，罗师长拉住吴运铎的手，一起走回参谋长办公室，罗师长问他有什么困难要解决。吴运铎回答的也干脆："有困难自己克服吧。"

周参谋长又提出了许多重要的改进意见。

随即，他们在仙墩庙大殿新建了车间，正式开始了枪榴筒和枪榴弹的生产。他们制造的枪榴筒和枪榴弹很快出现在前线。枪榴弹第一次在桂子山战斗中就打死了80多个敌人。五旅成钧旅长特地把一支缴获的手枪送给吴运铎，作为制造枪榴弹的奖励。

枪榴弹不断在战斗前线发挥作用。这年秋天，一队日军和伪军到根据地抢粮，遭到民兵的阻击。民兵射击技术不熟练，枪榴弹飞远了，没打中在前边的伪军，全部飞过山梁，落在山梁后日军休息的山坳里，一下子打死了十几个。日军懵了：新四军真厉害，怎么躲在山后也给瞧见了？他们拖着死尸拔腿就跑。这个故事在根据地传为笑谈。

1944年初，淮南根据地的津浦路西地区形势吃紧，除了日伪军的"扫荡"外，国民党桂系顽军也在路西挑起了剧烈的"摩擦"，他们进入路西根据地，沿路拆毁房屋来修筑碉堡。

师部发出紧急命令，要军工部立即研制攻坚的平射炮，准备削平路西林立的碉堡群，保卫抗日民主根据地。当天，军工部长王新民召集了会议，决定抽调人员建立炮厂，责成吴运铎主持整个设计和制造工作，任命洪泽为炮厂厂长。

大炮的主要材料是钢，而炮厂找得到的只有钢轨，无法碾成粗大的炮筒。吴运铎心想，历史上不也有过生铁大炮吗？咱先不妨用铁炮代替钢炮，反正不准备用一辈子，先把敌人的碉堡削平了再说。缺少生产大炮筒的材料不好解决，他派人到材料科领取原来造枪榴筒剩下的铁棍，估计能造几十门炮。只是铁棍不够粗，炮的口径不能太大。

"这不要紧。"吴运铎自信地说，"只要炮多，这个缺点可以克服。"困难是加工炮筒内的来复线，炮厂没有机械设备。这个问题不解决，炮是没法造出来的。以前，吴运铎领人在皖南兵工厂造步枪，来复线是用手工法拉出来的，炮筒比枪筒粗好几倍，拉是不行的。吴运铎设想，如果做一个橄榄形的钢柱，并在钢柱上刻出凸凹线，把这钢拄硬楔进炮筒，也许能挤出来复线，一试果然行。挤出来的来复线又光又滑，跟原来的设想一样。接着，炮厂用铸铁制成了炮弹，用绸布缝成火药包代替炮弹的铜壳，用杨木做成炮架。

炮和炮弹做好了，要进行试验，于是，在炮厂外的荒坡上，筑起一段土墙。在离土墙300米远的地方挖一道壕沟，架起了炮厂的第一门大炮。第一发炮弹没装炸药和发射药包，把1米多厚的土墙穿了个对通的大洞。第二发用真炮弹，把土墙掀去一半，又打了几发，土墙全倒塌了。

周参谋长特地从几十里路外赶来参加试炮，提出许多改进意见。这天晚上，吴运铎又主持开了总结造炮的经验大会，修改了大炮草图，制出了正式的图样。炮弹厂的同志们改进了生产方法，以铁模代替砂模来嵌装弹带，又用铁模铸造毛坯，减少了材料的耗费，提高了产量。

在占鸡岗自卫反击战中，我军50门37毫米平射炮大显神威，多门大炮齐发，疾风暴雨般的炮弹将顽军苦心构筑的坚固高大的碉堡一举摧毁。顽军少将团长蒙培琼，躲在碉堡底下的水沟里被我军战士活捉。

六

有人说，搞兵工是和死神为邻，弄信管更是老虎嘴里拔牙，早晚会被吃掉。吴运铎就被老虎吃掉了一只手。吴运铎却说："事实并非如此。兵工是一门科学，只要摸清楚它的规律，控制住它，就能把发生危险的可能性减少到最低限度。发生事故，是因为我们的科学知识太少，时常也感到不够应付。由于战斗的要求，我们总是要勇敢地迎上去，用生命做代价征服它。"

战斗在最前线

抗日战争胜利了，人民渴望着和平生活。但是，国民党政府却在 1946 年夏天，大举向解放区进攻。一时硝烟再起，炮弹声不断。淮南又成了硝烟弥漫的战场……抗战胜利以后，吴运铎和兵工厂装配女工陆平结了婚。但是，他们还没顾得上建稳一个家庭，内战就开始了。

一

一个漆黑的夜里，军工部（这时军工科已扩大为军工部）接到上级命令，所有兵工厂连夜向北转移，继续生产，供应前线部队的战斗需要。军工部首长要吴运铎负责整个兵工厂的迁移工作。各工厂编成战斗大队，他们组织了几百名农民拆下机器，把材料装成箱，帮助搬运。敌人的飞机向他们投掷炸弹，敌人的炮弹在他们周围爆炸，兵工厂冒着敌人的炮火前进。

工厂撤到离前线40多里的一个村庄里，吴运铎立即组织人安置机器，组织生产。敌人追来时，收起摊子就走。一连几天几夜，吴运铎左眼又红肿起来，不住地淌眼泪，军工部长也累吐血了，指挥工厂生产、转移的工作全落在他的肩上。兵工厂在一个月后到达新四军司令部所在地淮阴，二师军工部与华中军工部合并，吴运铎任华中军械处副处长兼华中炮弹厂厂长。

战争中心移到淮阴、淮安，吴运铎带领工厂又向山东沂蒙山区转移。风餐露宿，到达沂蒙山区时，已是满天飞雪了。兵工厂就在一个背靠悬崖的村庄里安了家。同志们扫去堆积在机器上的厚雪，在茅草屋里又开始工作了。虽然敌机一次次轰炸，邻近10多里的村镇都被炸平了，工厂在悬崖的保护下，始终安然无恙，机器声昼夜轰鸣，炮弹不断地运往前线各战场。

经过长途行军，吴运铎的健康受到严重的损伤，左眼红肿不退，头晕，失眠，终于在一次工作时晕倒了。张云逸副军长听到这个情况，就对吴运铎说："你到东北去吧。东北那边有很多外国医生。你去把眼睛治好！"

二

1947年3月，朱毅同志奉陈毅同志的指示，率领一批干部到大连负责筹建新公司。在旅大地委大力支持和领导下，建新公司从5月开始接管工厂，包括大连钢厂、大连化学厂、大连机械厂、大连锅炉厂等，并利用一些旧有条件新建弹体加工及总装厂、引信厂，组成了军品生产的综合性联合企业。

吴运铎听到要在大连建兵工企业的消息，便去找领导，坚决请求恢复他的工作。组织上考虑吴运铎是兵器制造专业人才，联合公司又急需这样的人，就同意了他的请求。1947年7月，吴运铎和妻子陆平与一部分中央派去东北工作的干部汇集在八路军兵站，脱掉军装穿上便衣，准备渡渤海北上。同志们选吴运铎当领队，中央文件交给他。

艰苦的创业开始了，一支创业大军开进了一个叫甘井子的地方。吴运铎担任了总厂工程部副部长兼引信厂厂长和党委书记。由于吴运铎对炮弹生产熟悉，上级委托吴运铎帮助建立炮弹厂。

吴运铎每天都在废寝忘食地工作着。白天，他在炮弹厂车间里和工人们一起安装工作母机，研究制造炮弹的方法，晚上回到正在建设中的信管厂和大家一起计算引信零件的工时和所需要的机器以及材料的需要量，常常工作到深夜。

为了赢得时间，需要提前进行炮弹试验，准备厂房完全建成以后，能立刻正式生产。

这是第一次大量生产炮弹，试验中的困难接踵而来。比如，怎样挤压弹体毛坯？怎样溶装炸药？怎样改进机床？这些问题都被大家解决了，还自行设计成功了200吨水压机的压力塔。因为弹带嵌压不紧，就会引起炮弹在炮筒里爆炸，把大炮炸毁。为了解决这个困难，吴运铎设计了一个旋制漏斗孔钢模，强迫弹体连同弹带从钢模大口挤进而从小口挤出，终于牢牢地固定了弹带。炮弹在发射时，不会受到火药的高压而脱落，保证炮弹在战场上不发生危险事故。钢模造好后，进行多次试验，果然效果不错。

为了测定钢炮弹的弹体是否要进行热处理加工，需要进行一次炮弹爆炸试验。陆平听说他又要搞炮弹试验，就帮他找齐了工具，和他一起忙到深夜，装好了8个炮弹。

第二天早饭后，吴运铎和吴屏周把炮弹搬上了车，运到一试验场。临上车前，陆平反复叮咛："当心点，不要又挨炸。"

吴运铎顺口说："炮弹总算跟我有交情，它对我会很客气的。"

试验场选在海岸边的山脚下。试验开始后，吴运铎和吴屏周走进山里，其他人在山外边。把炮弹埋进坑，在信管撞针横梢上系一根绳子，扯到小土丘后卧倒。绳子一扯，岩脚下立刻像火山爆发，地里喷出一支火柱，炮弹破片和碎石凶猛地向四周飞进。吴屏周看了高兴地直喊："好家伙，真厉害！"

试验一颗后再埋下一颗，前6颗比较顺利，但在进行第七颗炮弹试验时，炮弹却没有爆炸。他俩点着烟，蹲在土丘后面等了好长时间也不见动静。吴屏周有些急了，忽然摔掉手中的香烟，向炮弹跑去。吴运铎见状，急忙追了过去，一边跑一边喊："等一下，别动手！"

就在两人蹲在炮弹两边的时候，炮弹山崩地裂般地爆炸了。

巨大的爆炸波浪把吴运铎推到两三米外的海滩沙地上。炮弹截断了他的左手腕的骨头，右腿膝盖下被炮弹炸烂一半，骨头也截断了，脚趾炸去了一半，右眼崩进了一小粒弹片，从头到脚布满了伤痕，伤口不住地流血……

吴运铎从昏迷中醒来，知道死亡并没有夺走他的生命。吴屏周呢？他想站起来，马上又摔倒在海滩的血地上。他翻身跪在地上，右手撑着地，向山坡爬过去，刚移动一步又摔倒了。他挣扎着坐起来，用眼睛寻找他的战友。吴屏周静静地躺在山岩下面，这个火车司机的儿子，这个工人阶级的优秀战士就这样牺牲了。

吴运铎被送进了大连医院，医生马上进行抢救。手术台上，医生剪开他全身衣服，尽快取出他身上的弹片。全身是伤，无法下手。也没有办法施行局部麻醉，全身麻醉又怕正处于休克状态的他醒不过来。于是，医生只好不用麻醉，对他进行强行手术。他一次次醒来又一次次昏死过去。

手术后，死亡仍在威胁着吴运铎。

同志们都在为他的生命担忧。在工厂后山顶建筑好了坟墓，置办了两具棺木。安葬了吴屏周，还为吴运铎准备了一具棺木。

4天后的早晨，吴运铎终于战胜了死亡，慢慢清醒过来。他感到手脚被什么东西夹住，一动也动不了，伤口疼痛难忍。强睁开眼睛，陆平正坐在床边上，忧虑地抓着他的手。医生给他换药，一卷一卷的纱布塞进右腿的大伤口上。随着医生手的转动，他看见右腿下半截全炸烂了，手指那么粗的青筋也炸断了，有3寸长左右一段还吊在伤口外面，左腿被碎片崩的尽是芝麻大的蜂窝。

换完药，医生和护士离开了病房。陆平从抽屉里拿出一只怀表递给吴运铎："你看巧不巧？这是从你衣袋里掏出来的。它救了你的命。"

吴运铎见陆平一脸愁容，便安慰陆平说："死亡是跟我无缘的，你放心，我死不了。即使是死，或者落个重残废，我也没什么遗憾的！既然是参加了革命，总有牺牲者，不是我，就是别人。"

陆平听了，心里一热："你总是这样顽强。"

他们早在淮南就相识了，她很了解他，在交往中产生了爱情。她把自己的想法告诉了王新民部长。王部长笑着要给他们做媒，吴运铎摇摇头："我是个残废，没有理由让别人背包袱。"陆平了解了这个情况，对他更加敬重，主动找他，向他表白自己的爱情。他们结婚后，至今还没有建立一个像样的家庭。

陆平说:"在皖南那次是机器砸坏了左腿;雷管又炸断了你4根手指,炸瞎了左眼,身上留下那么多大大小小的伤疤;这一次,又会落个什么结果呢?"吴运铎平静地说:"不过如此,我看阎王爷也奈何我不得。一个人的生命是很短促的,也就那么几十年,要怎么样让这几十年过得有意义?"

陆平抬起头认真地听着。吴运铎又问她还记得《钢铁是怎样炼成的》这本书里的保尔说的一段话吗?不容陆平回答,吴运铎就轻声地背了出来:"人最宝贵的东西是生命,每个人的生命都只有一次。人的一生应当这样度过:当他回首往事的时候,不会因虚度年华而悔恨,也不会因碌碌无为而羞愧。在临终之际,他就能够说:'我整个的生命和全部的精力都已经献给世界上最壮丽的事业——为人类的解放而斗争。'"

这段话,吴运铎给她背过多少次了,每次陆平都对他有了更深一层的理解。吴运铎深沉地说:"保尔正是这样对待他自己生命的。他把生命献给了为人类解放而斗争的事业。当保尔全身即将瘫痪的时候,他说:'只要我的心脏还在跳动,就不能使我离开党。能使我停止工作的,只有死亡。生命之所以可贵,正因为它能使更多的人获得幸福。否则,它就毫无价值。'所以,我想,只要我能够活下去,我一定要顽强地工作下去。"

钢 铁 之 躯

1982年，吴运铎因病魔缠身，组织上批准了他的申请，辞去五机部兵器研究院副院长的职务。离休以后，他不辞辛苦，带病积极从事青少年教育工作。他和高士其、孙敬修等发起成立了北京市关心青少年协会。他经常参加社会活动，到工厂、学校、农村为青少年做报告。他在社会上兼任了十八九个职务：中国作家协会会员、全国总工会执行委员、中国残疾人基金会理事、天津第二工读学校名誉校长……其中大多是和青少年教育有关的。他的青年朋友遍及全国各地，每个月都要回复大量的青年来信。他的家也成了青年人谈思想、谈人生、谈工作的场所。

吴运铎逝世后，他的事迹被拍成了电视剧，1991年6月4日的《中国电视报》有一段介绍《中国保尔》的文字，大意摘录如下：

一位旧社会拾煤渣的苦孩子，经过革命战火的洗礼成长为我们军工事业的开拓者；一位为军工事业发展三次身负重伤，依然不屈地为新中国的诞生而奋斗的坚强战士；一位身残之后用巨大毅力写出著名自传体小说《把一切献给党》，从而在20世纪50年代哺育了整整一代人，一位被誉为中国的保尔·柯察金的英雄——他，就是吴运铎同志！

可是不知从什么时候开始，吴运铎的名字和他的著作一起被人淡忘了。本剧中的吴运铎同志深沉地说："淡忘了我的名字没什么，但是如果淡忘了中国的昨天那将是最大的悲剧！"

吴运铎逝世了，他无愧无悔地走完了 74 年的人生历程，实现了把一切献给党、把一切献给人民的誓言。死是生命更新的形式。正因为有死，才显得生命可爱；正因为时间紧迫，才有世界的千变万化、生活的五光十色、无止无休的追求、无穷无尽的创造。终于你走进了历史，达到一个新的境界，获得了永恒——难道那是生命的终结？

吴运铎同志，不朽！

一位农民科学家的宣言

◎卢戎

提起种业界的"南袁北李",人们早就耳熟能详,如雷贯耳。

2005年11月8日,亚太地区种子协会第12届年会在上海隆重举行。

李登海在这次大会上获得了中国玉米产业重大贡献奖。

农民出身的"中国紧凑型玉米之父"李登海与"中国杂交水稻之父"的中国工程院院士袁隆平,并肩站在了世界种业领域的最高领奖台上。

"南袁北李"由此而得名。

这种称呼不仅道出了两位育种专家的行业地位,同时也让大家的目光不由自主投向了他们。

李登海以自己的科技创新,在杂交玉米方面特别是在紧凑型玉米育种和高产栽培方面做出的突出成果,得到了社会各界的承认和尊重,使我国拥有了玉米育种的农业核心技术,在中国率先实现了种子产业化,对促进我国的粮食增产和保障粮食安全做出了重大的贡献。

国家也给予了李登海高度的肯定:100位新中国成立以来感动中国人物、全国道德模范、时代楷模、中国发明创业奖特等奖、当代发明家、全国创新争先奖、全国人大代表……

这个富有传奇色彩的"北李",最初只是个在农田里劳作的普通庄稼人,他缘何从一个庄稼汉子成为振兴民族种业的巨人,从一个农业技术员成为有突出贡献的科学家,从一个普通的共产党员成为全国人大代表,从一个农科队长到农业部专家顾问组成员,从一个农村青年到全国青联副主席,从一个农民到全国人大常委会委员,从一贫如洗到拥有十几个亿资产的上市公司董事长,从一个初中生成为多所农科院校的教授、硕士生导师……

到底是什么精神支撑着李登海呕心沥血地致力于种子事业呢?对李登海来说,这是一条艰辛而漫长的创业之路。

温饱之路,艰辛漫长

1949年,中华人民共和国成立之年,李登海出生于山东省莱州市西由镇后邓村。莱州市位于山东半岛西北部,西临渤海莱州湾。拥有108公里长的优质海岸线。这里的村民祖祖辈辈以打鱼为生。

在李登海的脑海里,童年最刻骨铭心的记忆就是:饥饿。

1958年,村里土地瘠薄,生产条件差,粮食产量低,生活非常困难。家里的锅都拿出去炼钢铁了,公社统一发粮票去食堂吃饭。可粮票发得很少,根本填不饱肚子。饿急了,连树皮都拿来充饥。就是这样,还经常是有了上顿,下顿没着落,肚子里总感觉空空荡荡的,时不时发出"咕咕"的响声。

食堂的窝窝头4两一个。一天,母亲拿出仅有的2两粮票递给李登海:"万儿,这2两粮票你拿去买半个窝头吃吧!"

饥肠辘辘的李登海捧着热乎乎的窝头,真想一口吞进去,他迟疑了一下,步履踉跄地走出食堂,看到正在门口张望的母亲,把半个窝窝头掰了一半给了等候在那里的母亲。

他转过身，突然看到邻居邓守盛正眼巴巴地盯着自己手里的窝窝头，那双无神的眼睛因饥饿睁得大大的，嘴里还流着口水，李登海怔了一下，毫不犹豫地把手里的窝窝头给了他。

母亲心疼儿子，把手里的窝窝头塞给儿子。

李登海摆摆手说："娘，你吃吧，我不饿，真的。"娘儿俩推来推去，母亲还是没有拗过他。

李登海中午饿着肚子，晚上也没有吃到东西。

这一天，母亲从地里回来了，李登海愁眉苦脸地说："娘，我做了稀饭，可不知咋回事总是熬不稠。"

母亲顿时眼圈就红了。她哽咽着说："万儿，你长大了，知道帮娘干活儿了，娘真高兴。"

说着打开锅盖一看，笑了："傻孩子，你急乎乎地弄错了，这是豆面，咋能熬稠呢？"

说着急忙赶到院子里，抓来一把树叶剁碎了扔进锅里，然后笑着说："来，看看，现在稠了吧！"

吃饭的时候，不知为啥粥辣得难以下咽，原来，娘在剁树叶的时候，误把一些辣椒剁上了。

这样的粥即便是被辣得泪水横流，也不舍得倒掉，因为这是家里仅有的粮食了。

如今说起当年的这锅辣粥李登海还记忆犹新。

1960年，家里真的到了山穷水尽的地步，没有可吃的东西，饿极了，连野菜、水草、玉米穗轴、地瓜藤都用来填饱肚子，后来连这些都找不到了，就去搂一些树叶，搂不到了就拿杆子打。

母亲是个小脚女人，干不得别的，只能围着锅台、磨台、碾台转，李登海就经常帮母亲给队里推磨。有时候饿得实在受不了了，就顺手抓几粒玉米填在嘴里。

在李登海的记忆中,玉米的味道是那么香甜啊!

那时候,一碗玉米面粥就是一种奢望的美味。

1962年,李登海给生产队在河床上晾地瓜干。他意外地发现了一个老鼠窝,里面有一些玉米,他欣喜若狂,赶紧把玉米挖出来带回家。

李登海的姥姥和姥爷住在邻村,姥姥就是因为饥饿,过早地撒手人寰。

这对李登海触动特别大。幼年的他心中升腾起一种朴素的信念:我长大了一定要让乡亲们都吃上饭。

1966年夏天,初中毕业的李登海回到村里,过上了"面朝黄土背朝天的日子",当起了地道的农民。

那时,国家开始重视粮食生产。全国各地都掀起了学大寨的热潮。胶东农村也正提倡"科学种田",那时候掖县(今莱州市)北部几个种田特别好的村还是山东农业大学和莱阳农学院、烟台农科所的试验基地。受专家们的影响,各村几乎都成立有农科队,主要是引种新品种,进行高产栽培试验,玉米、小麦、地瓜、花生,林林总总。

1972年,村里成立了农科队,李登海很喜欢钻研农业技术,自然就被选入队里,由于表现突出,还当上了队长。

后来任登海种业副董事长的毛丽华,是全国三八红旗手,也是我国育种领域颇具影响力的专家。1976年,毛丽华高中一毕业就被村里选拔进了农科队。

提起当年育种条件的艰苦,毛丽华就有一肚子的话要说:"当时李登海不仅是队长,还是村里的支部委员。村里为了支持农科队,分给我们一个牲口棚子。那时东间还养了两匹马，记得我们讨论科技创新时就在那两匹马的旁边。"

她接着说："虽然条件这么艰苦，可是大家还是很兴奋。我们就在屋旁边自己动手挖了个土温室，大家都高兴极了。谁料老鼠钻进去把刚出土的玉米苗啃了个精光，第二天我们看到那个场面时，都哭了。这么长时间的努力都白费了！"

那时候的玉米品种主要还是家乡多年沿袭种植的"二马牙""小粒红"等农家玉米种，一亩地也就产二三百斤。

这年春天，搞小麦育种的专家方正老师带来了一份考察报告，这是我国农业专家1970年赴美国考察后撰写的报告，报告中介绍了美国的玉米育种情况，其中还特别介绍了美国专业搞杂交玉米产业的杜邦先锋种子公司，这个公司由美国农民华莱士创建，他们研制的玉米每亩最高产量达到了2500多斤。

这个报告，对李登海触动很大。美国的最高产量竟然是我们的8—10倍！差距太大了！

这个23岁血气方刚的小伙子沉不住气了，他认为美国农民能办到的事情，我们中国农民也一定没问题，而且我们还要超过他们。

从那时起，李登海就立志发奋图强，努力拼搏。他的想法有了一个新的方向：要在土地上搞科研，不仅仅是为了能吃上饭，而是要当一名农民科学家，为中国的粮食增产做贡献。

李登海清楚，实现粮食增产不能空喊，必须从农业科研入手。

他经常反复思考：我们的产量低，问题到底出在哪儿呢？是我们的土壤不好，种子不好，还是我们没有出到力？

李登海经过反复论证，最后总结出：玉米产量上不去，无非就土壤肥力条件差、缺少高产玉米杂交种、欠缺科学的管理技术三个方面的原因。

当时土地薄、化肥少，土壤肥力不行。培创高产田需要有机肥，到哪儿弄这么多有机肥？李登海和队员们把为小学和敬老院清厕所的活儿包下来，连当时被村民称作最脏最累的农活"三大苦"：扔粪、打炕、拆破屋，也统统被李登海包揽下来。此外，李登海还带领大家挖驴脚、积土杂肥，想尽一切办法寻找肥源。在买不到钾肥的情况下，每个人每天都从家里背来草木灰来补充钾肥。

为了提高玉米产量，李登海在生产管理上也下足了功夫，从播种到收获，每个环节都亲力亲为，力求做到科学性和先进性。

在那些艰苦创业的日子里，为抢墒播种玉米试验田，李登海带领职工不分日夜地干，常常是晚上拔麦子干到凌晨一两点，累得人筋疲力尽，东倒西歪，一大早又要起来火茬、施肥、开沟、播种。

玉米有雄穗和雌穗之分，一亩地有几千株雄穗，通常一株一般有3000万颗花粉粒，而雌穗授粉根本用不了那么多，不仅如此，雄穗还要吸收大量的养分，影响雌穗的长势。

李登海就采用去除部分雄穗的方法，收到了非常好的效果。这样一来，雌穗达到了粒大粒重，降低了株高，在一定程度上还增强了玉米的抗倒伏能力。

李登海先后搜集了当时全国最好的100多个玉米品种，历时8年，累计进行了140多块高产田攻关，探索玉米高产的道路。发现无论用什么办法，大多数品种亩产连600斤都达不到。

那时种的都是平展型杂交玉米，这种玉米的叶片呈现平展的形状，种植较稀的情况下并不明显，如果要追求产量，就要加大种植密度，当每亩增加到4000株以上时，就显示出了它的缺陷：叶片之间互相遮光，田间郁闭严重，通风透光性差，植株细弱变高，不抗倒伏，而且有严重的空杆现象。

能不能让玉米叶片竖起来，提高阳光利用率，加大播种密度呢？

要想达到高产，必须选用新品种。可搞育种，对只有初中文化的李登海来说，专业知识就显得捉襟见肘了。

1974年，李登海被村党支部推荐到莱阳农学院，即现在的青岛农业大学进修。那时候这样的进修叫"社来社去"，就是保持农民身份，学完后还得回乡用于农村建设。李登海一头扎进知识的海洋，把所有可以利用的时间都用来拼命学习育种和栽培理论。

在这里，李登海如鱼得水，一年的时间里，他系统地攻读了《植物学》《良种繁育学》《作物栽培学》《农作物选种》《遗传学》等几十部农学系必修的全部教材。知识的充电为这个立志赶超美国的有志青年打下了坚实的理论基础。

徜徉在知识海洋里的李登海幸福极了，他似乎在这一刻插上了坚实的翅膀，他知道，知识可以让他飞得更高。

莱阳农学院的刘恩训老师是搞遗传育种的，对李登海痴迷学习、潜心钻研理论知识的劲头赞赏有加，他很偏爱这个如饥似渴、好学上进的好苗子，并对他精心栽培。

玉米育种专家于伊老师对李登海说："现在的玉米是平展型的，要想提高产量，就得培育叶片上冲、适合密植的紧凑型玉米。"

老师的一番话令李登海茅塞顿开。

进修结束时，刘老师郑重其事地交给李登海20粒从美国带回来的杂交玉米品种"XL80"："登海，这是从美国专家手里得到的种子，拿回去分离研究一下，或许能弄出新东西来。"

李登海带着崭新的思想，干事创业的激动心情，把这20粒珍贵的种子捧回家，开始了他的研究。

他播下了金灿灿的希望，也播下了日后中国玉米事业的广阔未来。

为了尽快培育出理想的自交系，李登海搞了2000多个组合，观察记录了50多万个数据，如同在浩瀚的海洋中寻找一枚珍珠，在经历了700多个日日夜夜后，他惊喜地发现了穗上叶片上冲、穗下叶片平展的、株形理想、抗病性较强的"M107"株系。

然而在"M107"繁殖过程中，出现了新的问题：雌雄严重脱节。

这让李登海寝食难安，怎么才能解决这个问题呢？

一天，妻子张永慧煮了李登海最爱吃的面条，他拨开面条，碗底露出了鸡蛋。"有了！"他茅塞顿开，冲出家门，跑进玉米地。原来，这碗荷包蛋面条，给了他启发：是否可以割开包叶、露出花蕊、提前人工授粉？

经过研究分析，李登海决定，将包叶割到3至5厘米，使包叶花丝早点出来。繁殖过程中，拖期播种，播上4行后，拖6至7天时间，再播1行"107"自交系，夏播时，拖期4至5天，再播，即播4行留1行，使后面的自交系给前面的授上粉，以解决雌雄脱节繁殖难的问题。

经过多次试验，李登海从"XL80"中分离出2000多个株系，从中选择了株型最理想、配合力最高的"掖107"。

1975年春天，玉米收获的季节到了，大家都很有信心，希望产量能够"破纪录"。

农业站的专家们也早早地来到地里，他们要亲自见证这个"好成绩"。

"亩产1024斤！"成绩一出，引来热烈的掌声。这是我国有史以来的最好成绩，而且已经达到了以前产量的2倍多！

李登海欣喜若狂，他第一次尝到了科技的甜头，看到了科技的威力，感受到了创新带来的喜悦。

这次突破让李登海看到了希望，也坚定了"不超美国誓不罢休"的决心。

农业问题要研究，最终必将是科学解决问题。

李登海了解到，农业是国民经济的基础，是自然规律的反映，也是经济规律的要求，是农业振兴的急切需要，也是工业发展的紧迫要求；不仅是我国短期的权宜之计，而且是长期的基本国策。因此，振兴农业，将是摆在全国人民面前的一项艰巨的任务。但究竟如何振兴农业呢？

发展农业一靠政策，二靠科学，三靠投入，道出了振兴农业的基本方略，但若具体进行分析，不难看出，现阶段要把农业生产推上一个新的台阶，千条万条，科技兴农是第一条。

总之，他彻底明白了这样一个道理：中国农民靠天吃饭的时代已经过去了，依靠科技兴农的时代已经来临。

20世纪80年代以来，随着农业科技的迅速发展，世界范围内的一场以生物技术为核心，以信息技术等高新技术在农业上广泛应用为标志的，新的农业科技革命正在加速孕育和形成，而且对农业产生着越来越广泛和深刻的影响。

夸父追日，勇攀巅峰

　　李登海先后引进了国内的100多个品种，尝试了多次，但无论如何都无法产生新的突破。

　　庄稼人历代选种大多是在当年的玉米中选出品质最好的在第二年种到地里，再选出最好的作为次年的玉米种。这样反复六七年，这个品种才能得到稳定。但即便是历经六七年，也未必就一定能培育出良种。

　　可人生又能有几个六七年呢？也许有的人一辈子都培育不了一个良种。

　　这样的话，要赶超世界先进水平的美国，简直就是天方夜谭了。

　　李登海陷入了沉思，他不能再等了。

　　北方的玉米一年只能种植一季，为了加快育种速度，正月里，李登海就在院子里搭起了塑料大棚，提前几个月就开始播种，当别人开始播种的时候，他已经有了第一次收成。到了秋天，李登海就迎来了他的第二次收获。

　　一年两次的收获还是让李登海不满足，他觉得育种的速度太慢了。

　　李登海记起了在农学院的时候，听老师说秋冬季海南温度高，这个"天然大温室"是种植玉米的最佳时节。

　　对，夏天在北方，冬天到南方去！

说干就干。李登海当机立断，他决定离开家乡，到海南进行加代育种。

1978年冬，李登海和伙伴们背上一桶猪大油和一些虾酱、干萝卜丝，还有用于加代繁育的玉米种，坐上了南下的火车。

经过8天8夜的颠簸，他们扎进了距离三亚15公里的陵水县荔枝沟镇，从此开始了南繁北育的历程。

为了选一个隔离条件好的地方，他们选择了一个只有11户人家的小村落安营扎寨，这里是黎族的聚居地，他们租了一块无人开垦的荒地，建立起了育种基地。育种的隔离条件好了，但生活条件就无从谈起了。

他们住进了一间早已被当地人废弃的破茅草屋。坐落在大山脚下的这间破茅草屋，破烂不堪，连门板都没有，却是那时他们唯一的落脚点。

这里人迹罕至、蛇窜鼠跳，生活条件非常艰苦。他们自己砍柴做饭，吃得很简单，二块石头支上口铁锅，用干萝卜丝煮一锅汤，下进去点儿面疙瘩，就当是主食了。

破屋遮不了风，也挡不了雨，更挡不住蚊虫、老鼠和毒蛇。他们睡的是自己用木棍搭的床，常常是人睡在床上，老鼠、毒蛇在床下、被子上窜行。遇上下雨天，外面大下雨，里面小下雨，外面不下了，里面还滴答。

没有办公桌，李登海就用木薯秸子勒起来，铺平了当桌子。夕阳西下后，四周伸手不见五指，只有小小的煤油灯给他带来一点点光明。

对于李登海来说，生活上虽简单粗糙，育种却是一丝不苟。他把从老家带来的种子一粒一粒仔细地播进地里，浇水、除草、灭虫，小心翼翼地呵护着。

一天,为了防止水牛破坏玉米苗,李登海带领大伙上山砍树枝,准备圈起篱笆墙。

镰刀所到之处,树枝纷纷断落。突然,李登海觉得脖子一阵剧痛,伸手一抓,是毒蚂蚁!李登海立刻脱下外衣,拼命抖动。还是被毒蚂蚁咬伤了,剧烈的痛痒持续了好几天。

就这样,每次从山上回来,衣服、裤子经常被刮破,身上划出一道道血口子。

收获玉米时,李登海每天晚上都要到地里巡逻,有时候还要睡在垄地里,夜晚经常有野兽出没,剧毒的竹叶青、银环蛇和老鼠常在身边穿梭。为躲避肆虐的蚊虫,他在头上蒙一条麻袋,脚上再套一条麻袋,这样才能扛过去。

如此恶劣的条件,常人都无法想象,李登海还乐观地给这间破茅草屋起名为"风摇楼",并为当时的境况题了一首诗:

> 绿叶顶天风摇楼,烈日蒸烤度白昼。
> 蚊轰蛇巡虫鸟唱,浸泡长夜是湿露。
> 遥看五指缭绕云,近看椰树摇长风。
> 育种田边住一宿,胜过宾馆超五星。

李登海抱着艰苦创业的信念,饱含着"闯"字为先的激情,想到自己的梦想,他就不觉得苦了,甚至觉得是一种乐趣。

1978年,李登海利用老师教的用早代测交的方法测出了高产品种组合,并组配出了两个半紧凑型新品种——107×525和4021×330,用"掖107"做母本,在海南育出了紧凑型杂交玉米。

35个冬季,李登海像追逐太阳的候鸟,从山东到海南,培育出了一个又一个玉米新品种,一次次刷新中国玉米高产的新纪录,在实践中实现了玉米育种理论的创新,实现了玉米高产栽培技术的突破。

如今的登海种业南繁基地,已经与"风摇楼"不可同日而语,已经建成全国规模最大、设施最好的科研基地。这里有公寓化的宿舍、电视、浴室、餐厅,配套齐全。每年冬天,登海种业的育种技术人员都集中在这里,进行大规模的加代育种。春节的时候,到海南考察的领导们都会顺路到基地看望、慰问李登海和他带领的育种专家们。

以前,庄稼人是靠天吃饭,像旱涝、病虫、狂风、冰雹等天灾对庄稼的损害都是家常便饭,无法避免,也无能为力。对此,经历了多年播种经验的李登海也早有思想准备。

然而,虽然有思想准备,始料不及的事情在这一天还是发生了。

9月1日这天,李登海的心理产生了巨大的落差。下午4点多,晴朗的天空一下子"变了脸",狂风大作,不久就刮得昏天黑地。紧接着,豆大的冰雹零星散落,很快就密密匝匝,越下越大,越下越急。

李登海听到声音,急忙从农科队矮小的茅草屋跑出来,眼前的一幕把他惊呆了,肆虐的狂风夹着冰雹将大树连根拔起,甚至一些房屋都被"揭了盖"。

他随手捡起一颗冰雹,一估摸,足足有七八厘米!

坏了!李登海没命地向玉米地跑去,大块的冰雹劈头盖脸地砸在头上、脸上、身上,一阵阵生疼,他顾不上了。到了地里,眼前是一片惨状,玉米全部倒折了,平铺在地上。

李登海一棵棵地查看着、抚摸着，最后一屁股坐在玉米地的水沟里，放声大哭。

　　整整一年的心血，365个日子的耕作与操劳随着冰雹瞬间付诸东流，李登海心疼啊！

　　老天似乎和李登海开了个天大的玩笑。

　　40分钟过去了，风停了，天气恢复了晴朗，像什么事都没发生一样。

　　他默默地回到办公室，顺手拿起一张报纸，写下四个字"肝裂心碎"。

　　其实冰雹天气李登海以前也见过，只是没想到这次这么迅猛，这么具摧毁性，太让人措手不及了。

　　李登海沉默了许久，想了很多很多。

　　玉米高产胜利在望，自己已经积累了宝贵的经验。几年的辛苦已经初见端倪。怎么能够绝望呢！

　　他咬咬牙：开创玉米高产的事业绝不能停止，明年再来！

　　这样的天灾在李登海多年的高产攻关中经历了七八次，不仅如此，意外还时有发生。

　　 有一次，李登海到陵水县城买化肥，傍晚才回基地。一路上他挂念着种到地里的种子，这几天已经破土了，李登海高兴地一天看好几回。下了车，他径直去看他的宝贝。这一看不要紧，李登海脑袋"嗡"的一声，两眼一黑摔倒在地上，撕心裂肺的哭声划破了荔枝沟黄昏的宁静。原来两头水牛把地里的玉米苗啃食、踩踏得一片狼藉！育种用的种子是李登海的心尖子，给他动了、毁了伤透了他的心。

　　从此以后，李登海落下个病根，一听见牛叫就头疼欲裂，心慌难受。

然而，每次毁灭性的灾难对李登海来说只是难过一阵，不仅不能摧毁他的信念，反而都被他看作是一次新的挑战，更加激发了他坚持下去的斗志。

有人说，意志坚强的乐观主义者用"世上无难事"的人生观来思考问题，越是遭受悲剧打击，越是表现得坚强。

李登海就是这样的乐观主义者。

多年的育种经历使他爱上了三亚这块土地，他这样写道：

人生当老不知老，
年年南繁，今又南繁，
玉米种业靠科研，
椰岛冬春好风光，
不似家乡，胜似家乡。

马克思说，在科学上面没有平坦的大道可走，只有在那崎岖小路上攀登，不畏劳苦的人，才能有希望到达光辉的顶点。

这是李登海最喜欢的励志名句，把它作为自己的座右铭，每年除夕都会把这句话认认真真地抄在本子上，每当遇到挫折的时候就会拿出来反复揣摩、领悟，并找到坚持下去的信心。

和时间赛跑，30 年等于 100 年

流水在碰到抵触的地方，才能把它的活力释放出来。

1979 年，因为那场冰灾，李登海却意外地找到了抗倒伏的良种，"掖 107"自交系杂上"黄早四"后，株型不错，花粉质感、籽粒看上去都比别的大，脱粒的时候，李登海发现种子在籽粒上就很有杂种优势，他喜出望外，认为一定错不了。干脆缩短时间，直接把它拿到高产田试验，高产田上去了，品比试验肯定错不了。

结果与李登海预想的一样，种子一下子得到了突破，"掖单 2 号"培育成功了。

见到心爱的玉米，李登海就两眼放光，掩饰不住发自内心的喜爱。每当看到一棵特别健壮的玉米，他就会兴奋地向别人夸耀："看这玉米长得多漂亮！"是的，片片玉米叶子"向上冲"，显得整个植株很有精气神儿，像队列紧凑的战士，这便是名副其实的紧凑型高产玉米了。李登海抚摸着碧绿的叶片，像侍弄宝贝一样充满了怜爱。

丰收的季节到了，"掖单 2 号"接受专家的检验。它株型紧凑、透光通风好、长势坚挺，没有空株，穗大粒重，被很多业内人士看好。

检验结果当场宣布："掖单 2 号"亩产 776.9 公斤！另一块高产田的"掖单 3 号"亩产 771.1 公斤！现场引来一阵阵热烈的掌声。"掖单 2 号"果然不负众望。

"掖单2号"长势喜人,植株非常漂亮,引来各地种业专家和学者们专程来参观考察。

李登海忙着给大家介绍、讲解,喜悦之情溢于言表。

"掖单2号"在此后的20多年里经久不衰,累计种植面积高达3亿—4亿亩,成为推广时间最长、累计种植面积最大、增产效益最高的良种,它属单基因控制,抗病性却出奇的好,深受种植户的欢迎。

"掖单2号""掖单3号"的高产,找到了平展型向紧凑型的突破口,紧凑型组合了较大的光合群体来进行光合作用,从不抗倒伏到抗倒伏,从抗倒伏中穗型到抗倒伏大穗型,上升到了一个新的层次。"掖单2号"的成功培育,标志着我国种植史的飞跃,它有力地验证了研究紧凑型玉米杂交种的成功和它的可行性,也进一步确定了李登海作为继续开创中国玉米高产道路,赶超世界先进水平的主攻方向。

媒体纷至沓来,争先报道这个玉米高产的好消息。

李登海常说,人生就那么些日子,天天忙都忙不过来,感觉时间真不够用的。

"对我来说根本没有8小时工作制这个概念,太阳出来我就下地了,2天的周末,更是不忍心休息,不下地又能干什么呢?除了吃饭、睡觉,剩下的所有时间我都在工作。"

李登海似乎有永远忙不完的工作,他的行程总是排得满满的。他永远憋着一股劲儿,在和时间赛跑,他就像一只候鸟,太阳在哪儿,他就去哪儿。

就这样,李登海每年在北方培育一季,再在海南加代选育两季。相当于把1年的科研时间延长了3倍,用30年完成了100年的育种研究。

李登海和时间赛跑，他最终跑在了时间的前面。他的研究成果似一粒破土而出的种子，飞速生长，势不可挡。从山东到海南，一个又一个玉米新品种，如雨后春笋，接踵而来，他快速地推进着育种科研的步伐，两三年就能培育出一个新品种。

针对"掖单2号"密度超过每亩4500株时，穗大茎软容易倒折的劣势，李登海又研发出根系更发达、茎秆更硬朗的掖单6号、7号、8号、9号、10号、11号、12号、13号……

紧凑型玉米杂交夏玉米产量随着新品种的降临而不断飙升，一次次打破由李登海自己保持的记录，它不断地突破800公斤、900公斤、1000公斤……

1989年，他利用多基因控制的致矮性提高抗倒伏能力，增大了果穗，使"掖单13号"亩产达到了1096.29公斤，打破了夏玉米的世界纪录。

从这一天起，世界玉米高产研究史上，有个人档案记载的变成了2个人，一个是有着70多年育种研究的华莱士先生，另一个就是李登海。

一次次的成功，一次次的产量递增，如给李登海注入了兴奋的能量，促使他对玉米研究到了越来越痴迷的程度，每天一睁开眼第一件事就是玉米，他要把自己的玉米研究发挥到极致，把自己的生命能量发挥到极致。

2005年10月17日，历经了16个春秋，他的超级玉米"登海超试1号"，亩产达到1402.86公斤，再次刷新了世界夏玉米高产纪录……

李登海的超级玉米要比别的玉米矮，但他认为矮得漂亮，矮得健壮,个子矮了能抗倒伏,碰上九级大风都没事。他说:"就像一对夫妻结婚后,有一方个头矮,他们的孩子就有矮的概率,这是和基因息息相关的,控制住多个致矮性基因,就能培育出抗倒伏的品种。"

如今,要是把李登海的玉米和别的品种放在一起,他一眼就能分辨出来:"我的玉米特别绿,特别壮实,玉米棒子特别大。"

2004年2月20日,中国种业界迎来了具有特殊意义的一天,在人民大会堂举行的全国科技奖励大会上,李登海主持选育的紧凑型玉米新品种荣获国家科技进步一等奖,国家领导人亲自为他颁奖。这是紧凑型玉米推广以来获得的最高等级的科技奖励,也是对李登海30年来玉米育种工作的最大鼓励。

面对育种,物我两忘

这年冬天,李登海又要离开家去海南了,因为村子离县城比较远,李登海决定早点儿动身,母亲早早起床送他,幼小的儿子听到动静也爬了起来。听说爸爸又要走,儿子拉着爸爸的衣襟,哭了起来:"爸爸,我不让你走。"当看到父亲坚定的眼神,他松了手,无奈地说:"爸爸你早点儿回来。"

母亲领着儿子执意要把李登海送到车站。母亲是小脚,从家门到车站,也有好几里地,走了很久,李登海始终搀扶着母亲。一路上,除了几句叮咛,母子俩都没有过多地说什么。

一想到没法守着母亲尽孝,操劳了一辈子的母亲80多岁了还得帮自己带孩子,李登海心里就沉甸甸的不是滋味。寒冬的早上,天还很黑,天空中飘着大片的雪花。李登海蹲下来,抱起儿子亲了亲,交给母亲,转身上了车。

车缓缓启动,借着一点儿晨曦,李登海看到一老一小单薄的身影慢慢消失在黑暗中,恍惚中,看到母亲用衣袖擦了一下眼睛,他的鼻子酸溜溜的,母子连心啊,恋恋不舍的是那份母子情。

想到多少个日子,母亲站在村头望眼欲穿地眺望着南方,李登海就难以抑制心中的伤感,突然泪流满面。

这一幕在多年后的今天,还经常清晰地出现。

李登海说:"老人家在时,抽不出时间好好孝敬她,是我一辈子的遗憾。今生最对不住的人就是母亲。"

父亲闯关东,李登海打小与母亲王锡珍相依为命,是母亲含辛茹苦地把他拉扯大,靠织渔网、编草辫供他上小学、中学。李登海深知母亲不易,对母亲的孝顺也是出了名的。到外地出差,再忙也不忘给老母亲捎带点儿什么新鲜东西;回到家,不管多晚都要到老母亲身边问寒问暖。

如今,母亲走了,每当风尘仆仆的李登海踏进家门,门前的红色大字"玉米之家"依旧醒目,院子里晾晒着的玉米粒儿在阳光下闪着耀眼的金黄,可是,却不见了母亲惦着小脚迎出来。李登海站在母亲的遗像前,母亲那双慈祥的眼睛在默默地注视着他,好像在说:"娃呀!你干得好,为咱庄稼人增加了粮食,不再饿肚子了,只是别太累了。"

端详着母亲的面容,侧耳倾听着母亲的话语,泪水从李登海眼里迸涌而出。

妻子张永慧说:"当初找他,觉得他比我大5岁,可能会知道疼人吧，没想到他只对玉米有热情，对我从来没有半句温柔话。对儿子，他关心得更少，很少抱抱孩子。儿子长年不在我们身边，性格变得很内向，见了生人就害怕。登海把时间和精力全部给了玉米，玉米排在第一位，家人都排在后面，对于家庭他亏欠得实在是太多了。"

的确，李登海把大部分精力给了事业。选一个新的杂交种，每种下一株，都有一种望子成龙的心情，寄托着成功的希望。从设计、选择到选育、分离整个过程，他都牵肠挂肚。有时候开会回来，晚上还要到地里转一圈看看，才能放心。一天不看，心里就不踏实。

儿子李旭华从小就长得很瘦弱，李登海的妻子张永慧临产的前一天还在地里给玉米授粉，劳累过度再加上营养不良导致孩子早产一个月。出生后，因为夫妻俩全心扑在事业上，没时间照顾孩子，孩子就由奶奶、姥姥、姑姑轮流养。直到20岁，李旭华的体重才刚够100斤。

每逢过年过节，别人家都欢声笑语，家里却冷冷清清的。儿子哭着向奶奶要爸爸妈妈，奶奶就抱起他，朝着海南的方向说："孩子不哭，爸爸妈妈是在那里干着一件大事，你长大了要像他们一样。"

李登海深知亏欠儿子的太多，可是他却从不溺爱孩子。那年，他带7岁的李旭华进玉米地玩儿，孩子不小心踩倒了一颗玉米苗，李登海照着他的屁股就踢了一脚，疼得孩子哇哇大哭。

李旭华长大一些以后，李登海就把铁锨塞进他的手里，带着他下地。每次从地里回来，孩子的手上都会磨出十几个血泡。李登海何尝不心疼孩子呢，他看在眼里，疼在心里。他是要锻炼儿子，培养他对育种事业的热爱。

李旭华高中毕业走进了玉米地，成为登海种业公司的一名员工，干上了玉米育种，传承了父亲的事业，踏踏实实地搞研究。李旭华对于育种的执着劲儿，让李登海很满意。

因为接触得少，李旭华和父亲从小就不亲近，从没有过亲昵的动作。他对父亲有成见，认为这个工作狂父亲，没有感情，根本不爱孩子、不爱家，对于家庭，完全没有尽到应尽的义务。

李旭华有了孩子之后才真正理解了父亲。李登海格外疼爱孙子洋洋，连办公桌上都放着孙子的照片。他每天从外面回来，首先要抱起孙子亲个够。李旭华认为其实父亲还是个很有人情味儿的人，他心中充满了爱，那是一份爱与责任相融的深沉的大爱。

洋洋最早接触玉米是1岁2个月，当时李登海领着洋洋下地，看大人拉犁，洋洋就跟在后面一步一步地扶着犁走，像模像样的。李登海还拿起一袋玉米种子，让洋洋学着点播玉米，洋洋都显示出很强烈的好奇。

说起孙子，李登海就眉飞色舞："不愧是我李登海的孙子！以后一定要让我孙子走玉米种业这条路。"

在李登海的心里，家固然重要，可家前面还有一个"国"字，这对于一个有民族责任心的中国人来说举足轻重。他认为，保证科技创新是头等大事，多出科技成果就是爱国行为。

李登海还把"科学发展，创新为国"八个大字写在了自家院墙上。李登海为了玉米的培育事业，吃尽了苦，是因为他的心中装着这个"国"字，所以就不觉得苦了。

中国是个重视亲情的国度，春节在中国人心中是最重要的节日，游子在外漂泊一年，总要在除夕前赶回家乡与亲人团聚。可是玉米花粉成熟后，有效的授粉只有几天，每天不到2个小时，恰恰在春节前后。因此为了育种事业，李登海每年春节都不能和家人团聚，而是留在海南和他的玉米一起过节。每当万家团圆的时刻，李登海总是忙碌在育种地里，忙着给玉米杂交授粉。

母亲知道儿子春节回不来，可每年进了腊月门，还是会给李登海打电话。每次放下电话，李登海都会呆呆地坐上好一会。他也是个凡人，也有儿女情长，怎能不想家呢？

每年的大年三十晚上，李登海会率领与他并肩创业、远离亲人的育种人，高举酒杯，面向北方，齐声唱着《三百六十五里路》，祝福亲人平安幸福、吉祥如意，祝福家乡风调雨顺、五谷丰登！那动情、浑厚的歌声在丰实、广阔的玉米地里回响，传向远方，歌声里饱含着李登海对家乡的思念，对亲人的歉疚和对事业的执着，相信母亲一定可以听到，相信家乡的亲人也一定可以听到。

儿行千里母担忧。远在8000里外的慈母，除夕总会在堂屋正中的小桌子上给菩萨供上几棒老玉米，膜拜。老人家是在用中国最古老的方式，遥祝儿子事业顺利，心随所愿，每年都能培育出新品种，贡献给国家。

说到这里，李登海眼眶有些湿润。"这些年对母亲、对妻子、对儿子亏欠太多，但是一想到培育的玉米种子能让全国人民都吃饱吃好，再苦再累也值得。"

2002年冬天，李登海已经24个春节没回家过了，93岁高龄的老母亲还能过几个春节呢！李登海决定接母亲来海南团聚，顺便看看自己的事业。

母亲来了，可李登海却没有时间陪她，每天还是照样泡在玉米地里。

母亲没有一丝抱怨，能与儿子在一起，这是多年来母亲过得最高兴的一个春节了。这个春节，老人穿着大红的毛衣，在育种田边，看着儿子和伙伴们忙忙碌碌，心里踏实极了，眼睛弯成了月牙。

临回山东时，老人边上车，边说："大家受累，大家受累。儿啊，命比玉米重要，有病赶快治，不能拖，记住了啊！"

"嗯！"李登海使劲儿点着头。看着老娘乘车远去，李登海潸然泪下。

没想到，这成了30多年来和母亲在一起过的唯一一个春节。

当时李登海还打趣似的说："春节对我来说，不像是春节，倒像是'劳动节'。"

事实上，李登海的生活日程中，根本就没有节假日、周末、8小时工作制这样的概念。

妻子张永慧给李登海列了一张工作时间表：早6：00—9：00下地，10：00—14：00下地，15：00—21：00下地。从这张表上来看，每天要在地里待上13个小时。

李登海不仅工作时间长，而且工作强度非常大。

研究玉米育种，不同于其他在实验室里的研究，他的实验室就是玉米地。给玉米杂交必须人工授粉，早晨有露水不行，一天当中温度最高时恰是授粉的最佳时期，因此李登海每天都是顶着热浪钻进青纱帐里，身上经常被玉米叶子划得血迹斑斑。

李登海每年在两地光为玉米套袋就得20多万个，还要逐个观察、记录、选择、分析，全凭人力手工操作。如此繁重的工作，艰苦的工作条件，年复一年，周而复始。

李登海却从没有丝毫厌烦情绪和要放弃的念头。

由于常年的紫外线照射，高强度的脑力、体力劳动，李登海操劳过度，严重体力透支，积劳成疾，患上了多种疾病。

一天，李登海感觉强烈的天旋地转，耳鸣，眼睛不敢睁开，不停地呕吐，他被紧急送往医院。经诊断：患上了美尼尔氏综合症。

熬过了最严重的翻天覆地的眩晕，十几天之后症状稍有减轻，他又强撑着回到海南。他认为，这个病没有什么了不起的，是劳累过度造成的，休息一下就好了。

田间的劳动一站就是五六个小时，这样持续的站立，使李登海患上了严重的痔疮。每次犯病，稍一活动就钻心地疼，实在坚持不了就去做了切除手术。每次手术后得不到休息，恢复得不好，病情就会加重，就再次做手术。如此恶性循环，李登海光这样的手术就做了5次。以致后来肛门几乎丧失了收缩力，一有便感就得赶快跑厕所，稍一耽搁就会弄脏内裤。这样的尴尬和烦恼每天都困扰着他，可他照样忘我地在地里一站就是几个小时。

祸不单行。由于长期的劳累，痔疮未愈，脑血栓又光顾了他，李登海再次住进了医院。得了这样的病，半个身体没有知觉。躺在床上不能下地了，李登海心急如焚，他挂念着地里的玉米，几次三番催促妻子张永慧回去照看。

病魔根本奈何不了李登海。70天后，李登海在走出医院的第一天就一头扎进了玉米地，可把他憋坏了，他要去看看那些朝思暮想的玉米宝贝。

历经种种磨难，李登海"为国育种，冲向世界"的信念没有丝毫退减和动摇。

说起李登海，同行们都暗竖大拇指，钦佩地说："李登海好样的，他是从庄稼地里用命硬拱出来的科学家。"

有人说，玉米就是李登海的魂，玉米就是李登海的命。30多年和土地打交道，后来和资本打交道，李登海坦言，自己也有筋疲力尽的时候，心情烦闷的时候，钻进玉米地里，啥事儿都没了。

妻子张永慧说:"玉米不仅是登海的命,而且比命还重要,疾病对他来说根本不算什么。"

每次带着种子出门,他都把种子分成2份,分别带在身上。他不允许妻子和自己乘坐同一个航班,一旦谁出了意外,另外一个人还可以保存一部分。

张永慧理解他,尊重他的意见。可是周围不少人都认为李登海对育种的狂热达到了不可思议的程度,甚至让人费解。

李登海不善言辞,可说起玉米培育的话题,他就滔滔不绝,说上几天几夜也说不够,说到高兴的时候,他还会唱起歌来,他喜欢《我们走在大路上》《三百六十五里路》这样的老歌。

此时,他站起来,挥手打着拍子,情绪激昂地唱起了《三百六十五里路》。

> 多年漂泊日夜餐风露宿,
> 为了理想我宁愿忍受寂寞,
> 饮尽那份孤独,
> 抖落异地的尘土,
> 踏上遥远的路途,
> 满怀赤情追求我的梦想
> ············
> 我那万丈的雄心从来没有消失过,
> 即使时光逝去依然执着
> ············

这首歌在他苦闷的时候时常给他带来奋进的勇气和动力。每当唱到此处，李登海都情不自禁双眼噙满泪水。屋里安静极了，大家都沉浸在这歌声里，相信脚下这块黄土地一定能听到这个拳拳赤子饱含深情的歌唱，也会一样为之感叹和动容。

唱罢，他笑着说："这首歌像不像是专门为我写的！"

是啊，歌词正是李登海这样不畏艰险、艰苦创业历程的写照。

正是他坚实地踏着这365里路，才成功地培育出了超级玉米新品种，一次次刷新世界夏玉米的高产纪录。

李登海通过多年的育种、种植实践证明，紧凑型杂交玉米种具有平展型杂交种无可比拟的优越性和高产能力。同时，李登海率先认为，我国玉米高产应该向着紧凑型杂交种的方向发展。并撰写题为《利用紧凑型玉米杂交种是我国玉米高产再高产的有效途径》的论文，在玉米学术研讨会上交流。

李登海的观点得到了专家们的重视。农业部玉米专家顾问组在经过多年考察和验证的基础上，积极向农业部提出建议。

"八五""九五"期间，李登海的紧凑型玉米良种在全国进行了广泛地推广，并且推广效果喜人，在全国各地出现了大面积的高产现象。

面对成绩，他总是深情地说："我愿永远做共和国的一粒种子，活一天就要为国家奉献一天！"

创办企业，创新发展

李登海在玉米育种与栽培上获得的成功，带来了巨大的经济效益和社会效益，党和人民也给了他丰厚的回报。1983年，他被破格晋升为农艺师。1984年冬，由于农村改革，李登海所在的农科队解散了。他转为国家正式干部，出任县科委副主任，随后全家人也都"农转非"，端上了人人羡慕的"铁饭碗"，这对腿上还粘着黄泥巴的人而言，无疑是天大的好事。

然而坐在办公室里的李登海却如坐针毡，不知所措。失去了玉米育种和创新的平台，他感到空虚，无所适从。他生命的全部已经与玉米育种事业融为一体了。他想，如果今后在办公室里坐着，自己的梦想就难以实现了。

几天后，李登海决定扔掉"铁饭碗"。他毅然辞掉了舒适的工作，又回到了后邓村，继续自己的育种事业。

砸掉自己的"铁饭碗"，回家种地？这个举动让周围的人大吃一惊，甚至不可思议，为什么要放弃进城、转干，吃"皇粮"的县科委副主任，而非要去当那个吃苦受累的"泥腿子"呢？这不是傻了吗？

个中原因只有李登海心里最清楚。

党的十一届三中全会以来，国家推行了土地改革，即为土地分田到户，后来被称为"家庭联产承包责任制"。

1984年冬至1985年春，山东烟台地区农村开始分田到户，后邓村也积极响应。当时全家的户口都农转非了，在村里没有户口，所以没有分到地。李登海愣是硬着头皮把母亲的户口转回农村，利用母亲的几亩口粮田和租来的地搞玉米育种。

农村由集体到分田到户。农科队如何办？李登海立志开创中国玉米高产道路，赶超世界先进水平的理想如何继续？

在改革的浪潮汹涌而来的时候，中国的民营企业开始出现。李登海从国外的考察报告中得知，国外的玉米试验站和种子公司是搞产业化的，即科研、生产、推广、销售一体化，而我国则是农业科研院校搞科研，良种场搞原种繁育，推广部门搞推广，种子公司搞大田繁制种和销售，科研、种植、销售属于不同的部门，各环节容易脱节，不能紧密结合，影响科研成果的转化。

在农村科研第一线的李登海受到改革开放大好形势的启发。他想，为什么不能改革呢？我可以按照种子产业化的模式成立一个民营单位，不向国家伸手，不向集体要钱，自负盈亏搞科研，以科研养科研。

李登海下决心给农业科技事业的发展走出一条新路子来。他按照这个想法写了一个申请报告。

他的提议得到了领导的大力支持。李登海自筹2万元资金，租来一块试验地，招聘了10多个农科队旧部的村民，"掖县试验站"正式成立了，那一天是1985年4月15日。那时的试验站家什简陋至极：几条麻袋、几个箩筐，以及锨镢犁耙这类最原始的农具。最值钱的要数李登海视若珍宝的几千份玉米育种材料了。

谁也没想到，李登海就是在这极尽寒酸的试验站里出发，攀向了世界科学育种的最高峰，而这个实验站日后也成为中国第一个民营农业科技企业的雏形。

1988年4月，试验站改为莱州市玉米研究所。研究所如果从单位名称上判断其属性，往往会被误认为国有事业单位。当时中国种子行业还没有"个体户"，要注册登记"科技个体户"这样性质的单位，史无前例。经过几番周折，执照终于批下来了。

莱州市玉米研究所的成立，标志着李登海真正走上了自负盈亏搞科研、以科研养科研的道路。一个集科研、生产、推广、经营于一体的我国第一个民营农业科技型企业正式诞生。

在这里，他先后 5 次刷新我国玉米高产纪录。李登海知道，成绩是暂时的，这条道路还很长、很远。

1992 年，李登海的玉米研究所已小有规模，在业内有了较高的知名度，当然也有了一些"家底"了。如何把企业做大、做强，如何增加凝聚力，使志同道合的伙伴们更加齐心协力？如何处理好投入与产出的关系，积累与分配的关系？办企业自有办企业的章法，然而 20 世纪 80 年代初的中国农村刚刚实行大包干，一个"农业科技个体户"的出路在哪？如何经营和管理，成了一大难题。无从考究，谁也说不出个一二三来。

李登海成了第一个吃螃蟹的人，如今螃蟹摆在面前，却也无从下口了。

此时，李登海感觉遇到了大问题，他看不到下面的路了。企业如果要谋发展，必须思忖出路，看到路了，才能更有奔头。

他对中国种业的整体发展在做着宏观、深刻的思考。

他认为，"个体户研发育种文化模式"，是杂交玉米研发创新上的一种根本性硬伤，更是中国种业"调结构"的关键之处，这种现状如果得不到改变的话，就会对中国种业整体的发展产生严重的阻碍作用，甚至会让中国杂交玉米的研发失去科技创新的合力。

李登海咨询专家，征求领导意见。国企改革已走在前边了，民办的科研所怎么改？

在市领导的鼓励下，李登海把自己的资产进行了评估，又发动主要管理人员和骨干技术人员共同出资，组建起了全国首家集科研、生产、推广、经营于一体的种子产业化农业科技企业。

1993 年 5 月，李登海正式创建了莱州市农业科学院。下设玉米、小麦、蔬菜、果树4个研究所和一个负责推广经营的远征种子公司。这个科研平台得到了升华。

有了优质的创业平台，李登海在科研上打破过去多年单一的管理模式，采用招聘、合作、合资等各种方式，不计身份、资历，广泛吸纳国内知名玉米育种专家，组建了强大的科研育种创新团队，使玉米育种多出成果、快出成果。

在科研创新方面，李登海在全国不同生态区建立了试验站，选育适合不同生态区的玉米品种，并加强国内外科研创新的合作。通过承担国家科研攻关项目等方式，加强与国内科研单位的合作，同时强化与国际间的交流；提高自主创新能力，不断学习引进新技术，新人才。

为了提高种子质量，登海种业开始用国际市场标准代替国内目前的标准，对种子进行烘干、加工、包装，力争做到质量第一，用户第一。

公司在发展壮大，管理就显得尤为重要了。谈到管理，李登海感触颇深。他认为，2006—2008年，是登海种业具有转折意义的3年。

李登海是个不折不扣的科学家，对于玉米育种的执着是常人无可比拟的。他几乎将所有的精力都用在了科研上，没有花太多的精力考虑市场。

严峻的现实摆在了眼前。2006年，登海种业的销售出现快速下滑；2007年，同行业良种的畅销对登海种业造成了剧烈的冲击；2008年，大量种子囤积、滞销。

李登海急了！他开始不断地反思：培育出再多的良种，销售推广不出去还有什么意义呢？

2007年开始，李登海果断地提出"向先锋学习"的理念，多次派人到子公司学习，逐步找到了自己在管理、营销和技术上存在的问题。通过学习领悟，李登海学会了用经济头脑去考虑企业生存和发展的问题。他意识到完善生产机制、加大营销网络建设以及加强管理体制改革的必要性。

他终于找到了打开企业管理这扇门的密码。

李登海认为，应当充分考虑下端市场即农民种植对种子的个性化需求。因此，企业在育种科研方面应始终围绕着市场需求而培育。科研的方向要多考虑农民消费者在生产过程中的需求，同时，在提高生产效率和高价对高产的需求之下，降低企业成本，最终实现企业利益的最大化。

市场经济的本身就是法制经济，也是销售经济，针对加强销售服务，李登海提倡"向农民负责，让农民放心"的理念，一切为种子用户服务，加强超级玉米的良种良法配套技术的宣传，加强推广服务。

经过三年的艰难时期，李登海成功地由一名科学家转变为真正的企业家。回忆这三年的坎坷路，李登海说："有三股力量，支撑着登海种业艰难走过：一是'登海先锋'，其间的大部分收益来自这个子公司；二是登海种业承担了国家超级玉米品种的研究项目，国家给了一部分资金支持；三是渡过难关的决心和信心，以及科研团队自主创新的原动力。"

如今，谈到管理，李登海自有他的一套。他认为管理书籍可以借鉴，但是不能生搬硬套，企业的情况各有不同，要根据实际情况进行具体分析的，要出台适合自己企业的管理套路，并在管理中不断完善和更新。

李登海推崇运用现代种业管理理念。既要学习借鉴国外先进种业的经营理念，又要结合我国的具体情况，以长远的眼光，来确定公司健康可持续发展规划。重点是建立健全四支队伍，包括管理、研发、生产加工以及推广营销服务队伍；加速开展适应不同生态区的新品种研发，开辟不同生态区的种子市场；进一步建设西北、西南、海南育种制种基地。要把杂交玉米作为主体的发展战略，力争建设成高成长性的现代种业企业。

在李登海眼里，时间就是最大的成本。因为爱惜时间，他看的书籍特别有选择性，生活类的、空洞的管理类书不看，电视新闻每天必看，必须随时关注国家和业界的最新动态。

"我认为工作的计划性是很重要的，公司发展要有长期规划，每天的工作安排也要像地里的活儿一样，要提前打好谱。"

"我经常和别人说，我希望别人能超过我，但是我永远想超过别人。"李登海非常欣赏比尔·盖茨，他认为盖茨是一名科技型企业家，希望自己以后也像他那样。

李登海是个典型的山东汉子，重行动轻表达。平日里在严格的管理制度下，也处处透着人性化的管理元素。作为一个有着强烈责任感的企业家，又要搞科研，又要带团队，压力很大，有时候刚性也会大于韧性，气愤时也会发火，时间久了，大家都很理解他。

有人说，李登海早已到了退休的年龄，该换换生活方式，享享清福了。他却不以为然地说："我是A型血，都说这个血型的人倔，几十年和土地打交道，再苦再累，也是一种幸福，倾极毕生从事育种科研开发事业，我认为是最有价值的、是最享受的一种生活方式。"

很多搞科研的，不少人付出一生也得不到成果，他认为自己是幸运的。他要把这宝贵的幸运传播给更多的人,让他们也得到分享。

从选育良种到品种稳定,据说只有 1/12 的成功概率。

李登海常年天天泡在玉米地里,那时有两个目的,一个是培育玉米新品种,另一个就是用优良的种子进行高产攻关。

李登海奔波往返于相隔 2000 多公里的南北两座城市间,辗转育种 30 多年,就是为了这 1/12 的成功率。

李登海以百分之百的信心和汗水赢得了这 1/12 的成功。

每一次玉米杂交新品种的推出和夏记录的打破,都凝结了李登海巨大的付出和非凡的智慧。

老玉米育种家李竟雄在写给学生刘恩训的信中说:"育种者人才难得。"刘恩训得意地给老师复函:"门生不及门晚生。"

李登海说:"谁能掌握种子,谁就可能掌握世界。13 亿人口的中国,粮食安全,让老百姓吃饱饭,是执政党最大的政治。"

李登海通过培育优秀的杂交种,掌握了夏玉米世界高产的最高纪录,获得了世界的认可和尊重。

李登海成为种业界知名人士。他创建的登海种业也受到了国际上的关注,一些世界名列前茅的公司也纷纷伸出橄榄枝,要求与李登海交流与合作。

世界种业第一巨头美国杜邦先锋公司在国内寻找了多个合作目标,经过缜密的调查考证,最终把目标锁定在了登海种业。

1996 年,他们来函表明了合作意向。

当时登海种业的玉米品种在全国占到 1/3 左右的份额,杜邦先锋公司的玉米品种面积也占美国的 1/3,当时在全美,也是玉米最强的,在创新、品牌、管理、体制等各方面处于世界领先水平。如能达成合作,定能达成优势互补,资源共享,进一步推动种业的飞速发展，可谓是强强联合。

这个多年来一直被自己视为榜样和赶超的对象，现在主动要求合作，李登海心中十分高兴。

但是初谈合作意向，双方就产生了分歧。

以前，杜邦先锋公司业务遍及全球70个国家和地区，和世界上任何一个公司合作，资金方面都是独资或者控股，这次也不例外，他们提出了控股60%的条件。

当得知这个合作条件后，李登海明确回复："如果合资，中方必须控股，这是个基本原则问题，没有商量的余地。"

在中国，玉米占粮食总产量的24%，是仅次于小麦的主要粮食作物，种植面积占总耕地的1/5，玉米不仅在边远地区是重要的食粮，更是重要的工业和能源原料，玉米的用途已经渗透到工业的各个领域。除此之外，玉米还被称为"饲料之王"，以玉米为主要成分的饲料，每2—3公斤就能换回1公斤肉食。

由此可见，玉米种子可以称得上是国家粮食的安全命脉。玉米形势的好坏，将对国民经济产生巨大的影响。

李登海认为，如果外方控股，我国的粮食安全会受到威胁。

双方互不让步，谈判陷入了僵局。

此后，杜邦先锋公司每年都会派人来和李登海谈判，均无功而返。

这样的拉锯战在历经6年之后，杜邦先锋公司终于做出让步——这是美国杜邦先锋公司合作历史上仅有的一次破例。

杜邦先锋海外公司副总裁汀·奥斯雷高兴地说："今后几年，中国的种子行业将面临很大的发展机遇，登海种业是中国最大的种子公司，我们过去几年，一直在商讨有关合作的事宜，现在是最好的时机了。"

2002年11月,李登海和汀·奥斯雷签署了合资协议,注册资金408万美元,中方出资208万美元,占51%股份,与美国先锋公司合资成立山东登海先锋种业有限公司,李登海出任公司董事长。

同年12月,应美国种子贸易协会诚挚邀请,李登海前去访问美国杜邦先锋公司。

这次访问,李登海获得了国宾般的礼遇。

就在下车的一刹那,李登海惊喜地发现,杜邦先锋公司总部升起了鲜艳的五星红旗!火红的旗帜迎风飘扬,在阳光的照耀下是多么鲜艳,多么庄严!

一股暖流顷刻间温暖了李登海的心房。

这一刻,李登海心潮起伏,他觉得这不仅是对他多年来科技创新、奋斗成果的认可,更是一个世界玉米强国对中国种业技术和种业法规的尊重。此时他心中充满了无比的自豪,是为伟大的祖国自豪!

一粒粒金黄色的种子,改变了世界,也使世界彻底改变了对中国的看法。

杜邦先锋公司创立的一心一意为客户服务的理念、严谨的科学管理、良好的运行机制,使李登海看到了应该学习和努力的方向。他们在研发上舍得投入,团队作战的优势明显;种子生产、加工质量牢牢把关;推广服务独到细致让人折服。

事实证明了李登海的选择是正确的。与杜邦先锋公司合作,开启了登海种业乃至中国种业一个全新的发展阶段。

10多年来,合资公司为国家增产粮食45亿公斤,农民收入大幅提高,科技也得到长足的进步。李登海觉得这条创新之路还是走对了，并且决心一定要克服一切困难，倾极毕生精力坚持走下去。

农业的根本出路在于依靠科技进步。我国靠科技发展农业尚有相当大的潜力，而这潜力的充分释放，其根本出路在于科学技术的充分应用。

李登海了解到，农业科学研究是为农业生产提供科技成果，农业科技推广则是将科技成果传递给农民，应用于生产。

在中国，育种和栽培属于两个领域，李登海大胆突破，推进科技体制改革创新，走进种子经营推广的大市场，他一肩挑起了科学家和科技实业家两副重担。

李登海每年都将自己辛苦研究的良种无私地提供给育种专家，无偿地将实验示范种子发送给几百个科研单位。

他自己选育的"478"自交系组配的杂交种，表现出高光效、株型茎叶夹角小、叶片挺直上冲的紧凑型玉米理想特征，其叶向值、消光系数、群体光合势、光合生产率等生理化指标更趋合理，实现了种植密度、叶面积指数、经济系数和较高密度下单株粒重"四个突破"。玉米种植密度平均增加1000株到1500株。全国许多地区利用他的"478"自交系组配成的新的紧凑型玉米杂交种有40多个通过了审定。

为了不断培育出适合我国各地种植的新品种，为了让更多的农民掌握玉米栽培的先进技术，早一天将每一颗优良种子交到农民手中，帮助农民增产增收，李登海不遗余力地奔波着。

他在全国各地不同的生态区选设示范点，在黄淮海夏玉米区、西南山地春玉米区、西北春玉米区、南方丘陵玉米区等不同玉米生态区成立试验站，并抽调专业人员提供讲座、栽培、管理、观摩和种子征订等全程示范服务，全面提高了我国玉米种植水平。

登海种业成为农村党员干部科技知识培训基地，同时被确定为山东省党员干部教育基地。这里采取室内教学、现场观摩教学、远程教育教学等多种方式，向种植户讲授玉米种植技术，每年接受培训的农村党员干部群众达 2 万多人次。

　　国家对于玉米种业的培育和推广也给予了大力的支持，经研究决定，建立国家级工程技术研究创新平台。1996 年，国家科委批准以山东登海种业股份有限公司为依托，组建国家玉米工程技术研究中心（山东）。"中心"下设工程技术研究部、工程技术推广部、种子生产加工部、种子经营部、技术咨询培训部、国际合作交流部、信息与市场研究部、专家咨询委员会等部门。

　　"中心"与登海种业公司并轨运行，现有人员 327 人，试验用地面积 3000 余亩，科研场所 37000 平方米，技术培训中心 2800 平方米，育种温室 12000 平方米，晒场 15000 平方米，恒温库 3200 平方米。拥有价值 3000 余万元的研究实验仪器。

　　"中心"充分发挥自身研发优势，每年承担着国家和黄淮海区域玉米新品种展示、预备试验、生产试验等项目，自成立以来，承担了省部级科研项目 20 余项，荣获包括国家科技进步一等奖 1 项、山东省科技进步一等奖等国家和省部级科技奖励 23 项。同时"中心"积极开展产学研合作，先后与国内外 20 余家科研院校建立了长期合作关系，并于 2010 年 1 月成立缓控释肥产业技术创新战略联盟。2012 年 4 月，李登海牵头组建的玉米产业技术创新战略联盟被列入 2012 年度产业技术创新战略联盟试点名单。

　　"中心"紧紧围绕国家粮食安全，致力于行业发展的共性和关键技术研究开发，带动行业整体发展，真正地成了我国玉米新品种、新技术的集聚地和扩散源，带动了我国玉米生产的快速发展。

全新的科普推广方式受到全国各地农民的热烈欢迎，使紧凑型玉米高产栽培模式在全国玉米主产区得到了广泛的应用，涌现出一大批亩产超1吨的高产典型。

李登海说："我爱土地，更爱农民兄弟。"

再也没有比农民兄弟传来丰收的喜讯更让他高兴的了，再也没有比农民兄弟遇到的困难更让他揪心的了。

那一年，新疆制种基地意外遭到了一场冷空气。眼看着就要收成的20万亩，500万公斤玉米种遭了冻灾。受冻后的种子发芽率达不到国家要求的标准，只能按照每公斤1元作为商品粮出售，而当时的合同价是每公斤3元。

农民们一筹莫展。

李登海毅然决定按照种子合同价格全部收购。

他说，为了树立农民们种玉米的信心，保护他们的积极性。

李登海为这个决定给农民们多支付了1000多万元。

"我不仅要研究出好的种子，而且要指导农民大田种植保证高产稳产，要做好'售后服务'，就像卖冰箱彩电卖服务一样，登海种业也得做好售后服务，这也是现代农业的一个必然发展方向。"李登海说。

李登海拿出一封泛黄的书信，这些年他一直仔细珍藏。这是一封来自云南西双版纳自治州政府的感谢信，信中有这样一句话："自新中国成立以来，我们用你的'掖单2号'，第一次找到了温饱之路。"

这是对李登海殚精竭虑培育良种最好的鼓励和最朴实的褒奖。

李登海说："每次看到它，都会感到肩上的担子更重了。"

底蕴十足，前景大好

20世纪90年代后期，全国种子行业不断放开，各级育种科研单位和各类种子公司纷纷改制走产业化的路子，国外种子公司纷纷进入中国市场，市场竞争日趋激烈。

在地方政府的支持下，1997年，李登海斥资2400万元，买断了当地颇有影响的镇种子公司，组建了莱州市登海种业有限公司。

2000年，集团公司不断发展壮大，连续兼并收购了30多家种子公司，规模迅速扩张。之后，李登海又毅然决策，将莱州市登海种业集团有限公司整体变更设立为山东登海种业股份有限公司，迈出了建立、完善现代企业制度、进入资本市场、加速企业发展的第一步。

李登海越来越意识到要将企业做大，就必须依靠社会的力量，通过上市募集资金。2005年4月18日，在北京中证万融董事长赵炳贤的鼓励与协助下，登海种业（002041.SZ）在深圳证券交易所中小板成功上市，并以16.70元的发行价创出了中小板发行价的第一高。其每股收益和每股净资产在上半年均排在1370家上市公司的前十位。

一个农民带着他的团队，昂首走进了国内资本市场，这引起了不小的轰动。

上市后的登海种业，注册资本已达1.76亿元，总资产也超过了11亿元人民币。登海种业一举成为进入WTO以来，我国最具国际竞争力的种业公司。

在人多地少、自然条件并不优越的中国，李登海用自己培育的一个又一个玉米新品种和高产栽培能力告示世人：中国人不仅完全有能力养活自己，而且中国是强大的。

李登海在几十年前立志赶超美国先锋种子公司创始人华莱士，几十年后，他的愿望实现了。

然而他的愿望并不止于此，他的心情更加凝重，他想得更远，他要通过努力，彻底推动农业工业化革命。

2011年，国务院发布了关于种业发展的8号文件，文件总结和分析了我国农业科技发展及我国种业自主创新的实际情况，指出了存在的问题，为了保证国家粮食安全，提出了我国种业今后发展的前进方向和更高的要求，并提出了具体的政策和措施。

8号文件明确肯定了紧凑型杂交玉米是具有突破性的优良品种，是改革开放以来我国农作物选育水平显著提升的重要标志之一。

随着8号文件的实施和种业注册门槛的提高，以及1号文件的推进，种子企业成为自主创新的主体已经启动，我国种业已经迈步进入一个新的历史性发展的机遇期。

农业特别是粮食生产的稳定增长，是整个国民经济发展的基础。农业的发展，一靠政策，二靠科技，三靠投入，但最终还是要靠科学解决问题。特别是在世界范围内科学技术迅速发展的今天，要从根本上解决关系到国家兴衰的农业问题，科技兴农尤为重要。

1989年11月27日，国务院颁布了《关于依靠科技进步振兴农业加强农业科技成果推广工作的决定》。

决定中指出，各级政府必须把依靠科技进步振兴农业作为一项重大战略措施，坚持不懈地抓下去。科技兴农已正式提到国家重点议事日程。

为了实现我国由"粮食大国"向"粮食强国"的跨越，中国作物学会玉米专业委员会提出了在全国范围内实施超级玉米育种计划的建议。2008年4月19日，由山东省科技厅主办、山东省农业科学院玉米研究所具体承办的"十一五"国家科技支撑计划"超级玉米新品种选育与产业化开发"项目，在山东省济南启动。

该项目由山东省登海种业股份有限公司主持，山东大学、山东农科院、山东农业大学、中国农业大学、中国农科院和河南天民种业股份有限公司共同承担，高产栽培专家李登海任项目首席专家，责无旁贷担地当起"领跑者"角色。

项目总经费8746万元，其中国家拨款3746万元。

项目各课题组围绕"重点开展超级玉米新种质创制和新品种选育、确定与超级玉米相配套的标准化栽培技术体系、安全制种技术体系和精细化加工技术等研究、实现超级玉米新品种的产业化"这一总体目标，具体探讨了课题实施方案、技术路线、经费预算、课题管理等议题，全面部署了项目计划安排及下一步的研究进展。

登海种业参与了该项目下5个课题中的4个。

2009年8月，公司自主研发的玉米新品种"登海662""登海3769"，经第二届国家农作物品种审定委员会第三次会议审定通过。审定编号分别为：国审玉2009010和国审玉2009012。

而据了解，"登海662"正是超级玉米种子系列其中的一个品种，也是此前通过国家级初审的品种。

经国家相关部门审定，"登海662"适宜在山东、河北中南部、山西运城、河南（周口除外）、江苏北部、安徽北部夏播种植；而"登海3769"适宜在福建、浙江、江西、广东以及江苏、安徽两省的淮河以南地区春播种植。新品种国家审定的通过，为公司今后的发展奠定坚实的基础。

经过近两年的努力，工作进展顺利。各课题组针对超级玉米种质创新、高效育种技术、新品种培育、高产栽培配套技术、安全制种和种子精细加工技术等进行了深入研究。

山东省科技厅邀请国内有关专家，在莱州市登海种业股份有限公司对该项目进行了中期检查。专家组对项目的进展和取得的突出成绩给予了高度评价。

检查结果显示：项目实施以来，共创制育种新材料315份，审定品种3个，申请发明专利1项，授权发明专利2项，申请品种权17项，获得品种权3项，示范超级玉米新品种29000余亩，培养硕博士33人，发表学术论文17篇。项目进行了超级玉米新品种高产攻关研究，创建了5块亩产超过1000公斤的夏玉米高产攻关田，占全国7块亩产过1000公斤夏播高产攻关田的71.43%。登海"超试1号"在河北张家口春播亩产达到1231.6公斤。在全国不同生态区建成了超级玉米新品种试验、示范基地。建设了10吨/小时种子加工线2条、5吨/小时种子加工线2条，年加工种子量可达1000万公斤。为保证我国粮食的持续增产和提高现代种子加工企业科技创新能力提供了强有力的保障。

超级玉米具有五项指标：一是超高产，1亩以上小面积高产攻关田亩产要达到1000公斤以上；二是优质，达到国标二级以上；三是广适，适宜不同玉米生态区种植；四是多抗，抗多种病虫害和多种不利生态因子；五是易制种，种子产量达500公斤/亩以上。

从种子性能上看，超级玉米种子比市场现有的主力品种在高产、抗倒伏、抗病等方面具有较强优势。在完成国家审定通过、并被列入国家良种补贴目录后,超级玉米系列种子向全国推广,推进了我国种子产业化大开发的进程。

提起这么多年的种业栽培感受,李登海说:"难。我感觉在中国做种业太难!从科研育种方面、生产基地的建设方面、种子加工方面、销售方面……"李登海一口气说出了十四个难。几十年来,如此多的难,李登海是如何面对的呢?

世上无难事,只要肯登攀。面对重重的难,李登海从未停止过科研育种的脚步,更没有想到过放弃和离开。他喜欢挑战这些难,并且在一次次的克服与战胜中享受快乐。看到自己研发的高产玉米新品种因产量高得到农户的普遍认同,在大面积推广后,农户喜获丰收,李登海觉得值。面对那些个"难"字就平添了战胜的动力和决心了。

李登海说:"自主研发对一个种企的前途至关重要,科技创新是种企生存和发展的核心竞争力。"

2011年4月10,国务院颁布了《关于加快推进现代农作物种业发展的意见》红头文件,文件通过25条意见,针对我国农作物种业发展的形势、总体要求、重点任务、政策措施、保障措施等五个方面做出了指示。

围绕发展现代农作物种业的思路和目标,《意见》确定了今后种业发展的九项重点任务,同时,提出了一系列扶持种业发展的政策措施。

"种业发展真正的春天到了!"看到这个文件后,李登海特别兴奋。

他认为《意见》无疑是为提升我国农业科技创新水平,增强农作物种业竞争力,满足建设现代农业的需要的推动剂。随着文件的颁布，国家还出台了大量的政策及保障性措施，表明我们国家真正认识到了种子企业在中国粮食安全问题上地位的重要性，而且还下大力气扶持种业发展。这对种企来说无疑是个大喜讯。

多种角色，感动中国

在别人看来，李登海身为上市公司董事长，曾上过福布斯中国富豪榜，是名副其实的"亿万富翁"，他一定很有钱吧！

说起这个话题，李登海不以为然："对于我来说，那只是个数字，是纸上的财富，我没什么感觉。"

富翁李登海，走过天南海北，到过美国、非洲、欧洲、新西兰、澳大利亚等世界好多国家和地区，头上还有了很多耀眼的光环——全国人大常委会委员、全国青联副主席、上市公司董事长……所获得的荣誉更是数不胜数。

可是他依然保持着一个农民的本色和生活习惯，与之前没有任何差别，在他身上根本找不到富翁的影子，依然是黝黑的皮肤、粗糙的双手、头戴草帽，一双黄胶鞋上沾满泥土。像往常一样，日出而耕，日落而息，天天拱在玉米地里。

在李登海的身上，见不到那些国际知名的大名牌。妻子张永慧说："登海的衣服都是我给买，一件也就百八十块，买什么穿什么，从来不挑。那年因为要去人民大会堂领奖，他特意在北京给自己买了一套西服，1000多块钱，那是他最贵的衣服了。"

那辆奥迪轿车算是多年跟随他走南闯北的功臣了，黑色的外表已经褪去了光泽，多年来与李登海"形影不离"。

李登海说："我就像一粒种子，离不开大地。我只是上市公司的一名打工者，是个为祖国和股东们打工的地地道道的'长工'。我的快乐都在玉米地里，这一辈子都离不开玉米地。"

了解李登海的人都知道，他对自己有多"小气"，自家的房子多年没有整修，家里连件像样的家具都没有。为了省钱，每次出差他都坐折扣最低的航班。

李登海总是说："生活对我来说，钱多钱少都一样，够用就行，我还是觉得大葱蘸酱最好吃，平常最常吃的是玉米面粥、菜包子、玉米豆子饭。"

李登海深知，要想继续开创玉米高产道路，赶超世界先进水平，作为民营企业，要确保经费储备对自主创新的支撑。

原来，李登海在生活上严格要求节约开支，是为了保证科研经费的足够支出，是为了要把钱花在刀刃上。

李登海在生活上虽如此"小气"，但对科研经费的投入就很大方："十几亿，对于搞科研来讲远远不够。我必须保证登海种业健康持续发展，必须每年拿出至少2000万元投入科研。"

李登海获得过很多荣誉和奖金。从1978年原西由公社奖励的8块钱开始，到国家科技进步一等奖的500万，他把多年来获得的奖金全部存入专款账户，并创立李登海科学基金会，以奖励那些"对开创中国玉米育种高产道路上，赶超世界先进水平做出重大贡献的人"。

李登海作为科技战线上的一名代表，对"科学技术是第一生产力"这一科学论断有着深刻的领悟。为了推动农业科技再上新台阶，鼓励农业战线科技人员多出成果,出好成果,他设立了李登海青年科技奖,用于培养和奖励那些在农业科技战线上做出突出贡献的青年科技工作者。

2000年,李登海开始每年资助开展"登海杯"莱州十大杰出青年评选活动,并延续至今;2007年,李登海捐赠给莱州市慈善总会现金20万元,用于社会公益事业;2008年,汶川大地震发生后,李登海动员职工捐款捐物,累计捐赠现金130万元。当获悉灾区水稻田需要改种玉米时,李登海又通过农业部和科技部农村中心捐赠了适合当地种植的玉米良种17.7万公斤,折合人民币180多万元。

为了支持地方教育事业的发展,李登海投资修建了希望小学,为周围3个村庄的孩子上学提供了一流的学习环境……

不论是种业界专家,还是政府官员、平民老百姓,都一致认为李登海是名副其实的玉米育种和高产栽培专家。在中国育种界,论研究成果和数量,李登海都可以说是首屈一指。

在中国育种界,李登海不同于某种意义上的专家,他的科研良种是大批直接用到生产实践上的。

李登海初中学历,函授大专,不是学院派出身。他是从一个普通农民做起,在实践中摸索、自学成才,成为兼任着几所农业大学的硕士生导师的"农民育种家"。

李登海的主要干将平均学历连高中都不到。然而就是这样一支以农民为主体的队伍,在与学历高、经费足、装备精良的一大批国有科研院所和种子公司的激烈竞争中占了上风,成了享誉种子界的"领军人物"。

李登海说:"人要想干点儿事情,首先要有志气,要有不断拼搏和不怕吃苦的精神。一个农民如果具备现代科学知识和市场意识,照样能够成就震惊世界的伟业。"

1987年，李登海同农业科技人员一起在莱州市成立了全国第一个紧凑型杂交玉米研究会，同时还有来自全国的育种、栽培、推广专家参加，李登海任理事长。研究会重点研究了紧凑型杂交玉米育种理论和技术路线等相关问题，提升了对紧凑型玉米杂交种在理论上的认识，加速了其在全国范围内的推广。

李登海与众多玉米育种专家、高产栽培专家及科技工作者进行了紧凑型玉米杂交种的研究和交流，总结出了紧凑型玉米杂交种较平展型玉米杂交种的五项重大突破：种植密度的突破，由每亩3000—4000株，增加到5000—6000株。经济系数的突破，由40%—45%提高到50%—55%。叶面积指数的突破，由不足4提高到7。较高密度情况下单株生产力的突破，由175克提高到219克。高产能力的突破，由亩产650公斤提高到1100公斤。

根据自己多年的育种实践和研究，李登海提出了"紧凑型＋杂种优势"的育种理论及"以紧凑型玉米杂交种为核心、以播种为基础、以密度为保障、以肥水调控为重点"的技术路线。他与玉米科研专家共同研究，揭示了紧凑型杂交玉米高产的机理。

1990年9月2日，新中国成立以来最重要的一次全国玉米生产会议特意安排在莱州市召开，颇有现场会之意。

这次会议意义重大。在我国玉米紧凑型观点同平展型观点僵持对立不下的时候，农业部依据李登海等科学家的卓越贡献，适时提出将全国玉米种植由平展型向紧凑型转移。

之后2年中，李登海相继发表了《玉米株型在高产育种中的作用》《育种与栽培相结合，紧凑型玉米创高产》《玉米高产育种及超级玉米的选育》《夏玉米亩产吨粮的理论与实践》等25篇论文。

我国玉米育种界和栽培界专家学者经过10年的论证总结，认为李登海提出并育成的紧凑型玉米杂交种取代平展型玉米杂交种，是我国玉米育种与栽培史上具有划时代意义的一次大的提升、大的革命和大的跨越，开启了我国玉米杂交育种进入紧凑型杂交玉米高产育种的新时代。

从莱州市玉米研究所，到莱州市农业科学院，再到莱州市登海种业（集团）有限公司、山东登海种业股份有限公司，企业随着中国经济体制改革的不断深化也不断进行改革创新，从2万元资产、几个人的"科技个体户"，发展壮大成为正式发行上市的全国种业50强的现代化大公司，李登海用了20多年时间亲手培育，将企业在全国做大做强，他是人们心中当之无愧的专家和企业家。

李登海是中共十四大、十七大、十八大、十九大代表，还曾先后担任第八届、第九届全国人大常委会委员，第十届、第十一届全国人大农业与农村委员会委员。他多次就农民、农业科技等方面的问题向全国人大及其常委会提出意见和建议。从城市规划建设到农机管理、海洋渔业等领域，凡是涉及土地、涉及农民利益和农业、农村发展的事情，李登海都会以人民代表的身份积极谏言献策。

他提出了"关于加速制定《中华人民共和国种子法》"的建议，得到采纳。7年后，全国人大常委会通过了我国种业的第一部《种子法》。

登海种业被确定为国家玉米工程技术研究中心的依托单位，被评为国家首批农业创新型企业。李登海创建的"登海"牌商标被评为中国驰名商标。有了强大的育种产业化能力，李登海的科研成果迅速推广到全国各地，企业规模迅速扩大……

至2019年，李登海育种47年，他培育出的玉米，已有150多个通过国家和省级审定。7次创造中国夏玉米高产纪录，2次刷新世界高产纪录，累计推广种植面积达13亿余亩，创造社会经济效益1300多亿元，为我国粮食的高产稳产做出了巨大的贡献。

李登海说："我深深地体会到，人的一生，集中精力干一件大事就足够了，我的理想就是搞科研，为国家和人民多做贡献。理想与追求一定要以祖国和人民的利益为重，才能真正走向成功。人的生命是有限的，而创新事业是无限的。把有限的生命投入到无限的为国家创新的事业中去，是我毕生的追求……"

从1972年成立农科队开始，无情的岁月把李登海从血气方刚的青年，变为两鬓斑白的老人。然而，令人惊叹的是，他开创玉米高产道路、选育高产品种、赶超世界先进水平的理想和信念，依旧饱满和炙热，这是他人生永恒的话题，是李登海毕生追求的目标。

李登海说："我这一生只做一件事，就是增加玉米产量！"

简简单单一句话，却掷地有声。

李登海用一生践行着这个目标，用锲而不舍、无私无畏的种子精神向世人做出了最大声的承诺和最崇高的宣言。

我们需要这样的种子精神

我们在李登海身上看到了一种精神，那是种子的精神。

李登海愿意把自己看作是一粒种子，把种子看作自己生命的全部和人生的乐趣源泉。是什么样的力量让李登海用种子改变了世界，同时也改变了世界对中国的评价？

是李登海的爱国情结。他把自身的命运与国家的命脉紧紧联系在了一起。李登海常说："谁能掌握种子，谁就能掌握世界。"李登海追求梦想的脚步永不停止，并且他的梦想总是随着成功的到来发生着变化。

作为"富翁科学家"，他对自己是小气的，他节约每一分钱，为的是搞科研创新、开创玉米高产道路、赶超世界先进水平。

我们要向李登海学习，学习他的创新意识、无私精神、拼搏精神。李登海曾说过，种子培育被称为农作物种植的核心技术，决定着农作物的产量和质量。通过30多年的科研创新，他掌握了具有自主知识产权的农业核心技术，保障了国家的粮食安全，同时也给农民带来了最大收益。

我们要学习他的荣辱不惊。李登海以自己卓著的业绩赢得了数不清的荣誉称号和头衔，但他不以为然，一如既往地在科研事业上默默耕耘。现代农业需要更多"李登海"式的科学家。

李登海唱着他的歌谣，行走在他的365里路上，他如一粒种子，扎根土地，奉献国家，而且脚步永远不会停止。

我们需要更多的李登海这样的种子精神，如果我们的科技工作者能够顽强拼搏、不断创新、勇于超越，我国的科技现代化发展一定会突飞猛进，全方位高度发达指日可待。

"明星"黎明与万家灯火

◎ 秦岭

引　子

太阳的光和热，肇启了苍茫大地上的黎明。

人类对电能的开发和利用，为工业文明和科技进步背景下大自然的夜与昼，赋予了万家灯火和机器轰鸣的诗情画意。电，使黎明不光属于鸡啼破晓和东方的鱼肚白，它更像黎明的另一种象征，而黎明，恰如电的另一种寓言。

"黎明，是我们老百姓心中的明星。"一位"天津卫"对我感慨。黎明指张黎明，他是国家电网天津市电力公司滨海供电公司配电抢修班班长。

星星点灯，照亮我的家门

"八千里路云和月。"这是热血男儿仗剑天涯的豪情写照。张黎明却用长达 31 年的时间，巡线 8 万多公里。这是一段需要一步一个脚印的路，需要眼观六路、耳听八方的路，需要屏息静气、绷紧神经的路。

绘制线路图 1500 多张，这是只有真正的工匠才能完成的线路

"情报图"。每一页、每一个线条、每一个符号，都折射着共和国普通职工张黎明与滨海新区由盐碱地变成环渤海经济热土的某种关系。尽管这样的关系在滨海新区凤凰涅槃般的华丽转身中，只是一缕流光碎影，可恰恰是这一米阳光，或者一束火花，映衬出了1500万"天津卫"砥砺前行的模样。

"忆往昔峥嵘岁月稠。"在这里，记忆的闸门和电路的闸门几乎是同频共振的。滨海的"老电力"孙云东给我介绍张黎明的时候总要说："当年哪……"回溯当年，仿佛是对张黎明前半生所有秘密的一次求证。20世纪80年代，他骑着二八式自行车匆匆穿行在疾风肆虐的简易木质电杆之间；到了90年代，他推着摩托车奔波在狂雪笼野的高压线之下；进入新千年，他开着"大黄车"在企业和社区里东奔西走；近些年，他常常驾驶着现代化抢险车……

这是时光的苒荏，也是一个人的年轮和阅历。交通工具从老式自行车到现代化的抢险车，电杆从低矮原木到高耸入云的塔式钢筋混凝土，线路从一片一地到整个滨海全覆盖，弹指一挥间，张黎明由弱冠进入知天命。

我见过张黎明不同时期的照片：结实的身子，憨厚的笑脸，眼镜片后面有一双炯炯有神的眼睛。可见到真人时，却发现早已两鬓霜染，额头窜出几道深深的皱纹。

"他是个玩儿命的人。"抢修班的老师傅告诉我。

2012年7月26日深夜，一场60年一遇的特大暴雨席卷津门。

告急！告急！！告急！！！

停电！停电！！停电！！！

80多个报修电话仿佛雷鸣闪电中绝望的呼救。张黎明带领队友们立即投入战斗，时间一分一秒过去，汗水、泥水、雨水，张家、王家、李家……所有报修任务初战告捷，可他们一个个累成了一摊泥。

"大伙儿吃口饭吧。"张黎明这才意识到，连续奋战8个小时，他和队友们滴水未进。疲倦和困乏排山倒海般袭来，他们最大的愿望只是睡个好觉。

"电管家""电保姆""电使者"……这些都是老百姓对张黎明的昵称。他好歹也算个芝麻官儿——班长，可更多的老百姓更愿意直呼"黎明"，就像爷爷喊孙子，父亲喊儿子，大姐喊弟弟……

有黎明在，这里就没有黎明前的黑暗；有黎明在，这里的黎明就不会静悄悄。

抢修的抢，是抢时间；抢修的修，是化腐朽为神奇。而张黎明偏偏就是创造神奇的人，他累计完成故障抢修、倒闸操作等业务2万多次，可在有关他的安全事故记录簿上，始终保持着一个大大的"0"。这不是记录，但也是记录。

社区居民老赵告诉我："有黎明在，我们心里就亮了。"

这是一句颇具诗性的语言。灯亮了，便是人心亮了。

"一分辛苦一分才。"张黎明通过对上万个电路故障进行科学分析和归类梳理，以50个典型案例为基础，研究形成了"黎明急修工作案例库""抢修百宝书"，并制作成录音和视频，供队员们学习参考。为了把独门绝技传授给队友们，他又把38个案例编印成便于携带的口袋书，并很快成为队友们上阵的"锦囊妙计"，关键时刻，一打开口袋书，许多复杂的电路故障立刻迎刃而解。

张黎明因此拥有了一个"全科医生"的美誉。

老百姓信得过，同事们看得起，2008年"滨海张黎明共产党员服务队"的应运而生，就显得毫无悬念。它既是老百姓的呼唤，也是张黎明的愿景。

"众人拾柴火焰高。"10多年来,服务队已经拓展到9个支队、215名队员,服务面积2270平方千米,服务人口297万余,服务供电户数65.5万户,服务142家世界500强企业,服务华北一汽大众、大乙烯、新一代运载火箭、空客A330、国家超级计算机天津中心等一大批国家级重点项目。服务队先后与十几个社区的150余户老弱病残住户确定了帮扶关系,建立了服务档案,队员们每年开展志愿服务1100余次。2012年,张黎明在国家电网举办的"服务之星"竞赛中力挫群雄,捧得国家电网公司"十佳服务之星"荣誉称号,服务队获全国学雷锋活动示范点、天津市优秀志愿者服务团队、国家电网"金牌"共产党员服务队等荣誉。

如果说张黎明是黎明时分最早跃入人们视野的那颗星,那么,如今的服务队早已群星璀璨。他们走村串户,过街入巷,匆匆,太匆匆。

那天,笔者应邀做客滨海希望书店讲文学,听众中有不少青少年朋友。有位中学生说:"秦岭老师,我写了一篇有关张黎明的散文,想请您看看。"作文题目是:《星星点灯,照亮我的家门》。

创新梦,迎接黎明的曙光

"黎明是个好钻牛角尖的人。"队友告诉我。

走进成立于2011年的张黎明创新工作室,首先映入眼帘的是一个牌匾，上书：服务没有最好，创新就能更好。

有多名"创客"给我聊起张黎明钻牛角尖的专心、痴迷和执着，那简直就是不撞南墙不回头的主儿。在别人眼里，线路就是线路，故障就是故障，险情就是险情，不少看似正常的操作业务，全国各地的电力人都是用传统方法去解决，但张黎明不是。在抢修现场，他不光手脚并用，而且目光里也像是布满了千年疑问和万载纠结。他好像在做梦，梦中有黎明迎来的曙光。许多天以后，他总会突然脱口而出："能不能这样？""能不能那样？""能不能……"

所谓"这样""那样"，都是解决问题的新思路、新方法、新发明。

一个新点子，也可能只是一个小点子，可张黎明"小题大做"之后，却能"四两拨千斤"，解决大问题。比如他发明的急修专用工具BOOK箱、孪生卡、绝缘操作杆……有的节时，有的省力，有的可以避免多种风险。

"每当发明一个小物件，咱队长就兴奋得像变成了爱迪生。"队友翟世雄告诉我。

用惯常思维来看，发明创造是科学家们在实验室里的壮举。而张黎明的发明创造，则更像是田野调查的结果。就像一根小草对手指的伤害，人人习以为常，可在木匠大师鲁班那里却诞生了锯子。这样的观察、发现与发明，更像一束束、一朵朵充满异香的花絮，汇成了他科技创新的"大观园"。

"大观园"里，创新的花絮如雪似蝶。

花絮之一：曾几何时，飞鸟被看作线路的死敌。鸟儿们常常不请自到飞临线路设施上"做客"，或者衔来铁丝、铁片等导电物就地筑巢"安家"，由此酿成鸟、线、变电设施"同归于尽"的恶性事故屡见不鲜。张黎明经过长期对鸟类栖息规律的观察，主持发明了"三防凉帽"：防鸟害、防锈蚀、防污闪，既增强了安全性，也降低了维护成本，还促成了鸟类与供电设施的和谐共处。该项目推广使用后，电力系统一片叫好声。

花絮之二：社区用电一旦超负荷，或遇到雷雨天气，变压器最容易发生保险片短路烧毁故障。为了啃下这一块硬骨头，张黎明巧妙利用物理学重力跌落原理，发明了可摘取式低压刀闸，既可减轻登杆操作人员的劳动强度，减少操作时间，又提高了工作效率。这个发明投入使用后，不仅减少了10千伏停电户数，缩小了低电压停电范围，而且故障处理耗时由原来的平均45分钟缩短到8分钟。这项荣获国家专利的发明项目，每年可减少因停电带来的损失300万元。

花絮之三：在绝缘斗臂车上实施带电作业，师傅们必须身穿厚重的绝缘服，戴着笨重的绝缘手套进行导线剥切。烈日之下，时有中暑情况发生。"能不能用智能机器人代替呢？"这个想法一冒出来，张黎明立即带领工作室的"创客"们投入研究。他们遍查资料、反复设计、现场试验，一次、两次、三次……失败，失败，再失败……"宝剑锋从磨砺出。"经过大半年的努力，一项轰动国家电网系统的智能机器人——"创享一号"横空出世。张黎明给这项获得国家专利的成果取了个名字——"钢铁侠"。"钢铁侠"在国家电网第三届青创赛中，一路过关斩将，杀入决赛。

花絮之四……花絮之一百……

"一花引来百花开。"如今，滨海供电公司依托"张黎明创新工作室"，建立形成了创新孵化基地、创新工作室和班组创新工作坊三级联动机制，先后孵化出"金种子""星空""静默""蒲公英"等

8个班组创新工作坊,"创客"队伍发展到157人,其中有9人获得天津市劳动模范称号,210人提高了技能等级。工作室成立7年来,累计开展技术革新400多项,获得国家专利140多个,其中有20多项成果填补了智能电网建设的空白,为国家创造经济效益10亿元。2013年以来,张黎明创新工作室先后被授予天津市十大示范劳模创新工作室、全国示范性劳模和工匠人才创新工作室等称号。

而张黎明自己,也先后荣膺"滨海工匠""天津工匠"和"国网工匠"的桂冠。

有人夸张黎明:"你是蓝领队伍里走出来的大国工匠。"

张黎明说:"我只是用心了。"

用心?我突然想起一位学者从天津青少年第三届科学嘉年华开幕式上给我打来的电话:"有位小朋友告诉我,张黎明叔叔能在那么艰苦的条件下发明创造,我们应该更能。看来,小朋友们是用心了。"

又是一个用心。我再次想到学生作文中的"星星点灯",那不就是"心心点灯"吗?"少年强则国强。"张黎明也曾有过少年时代,这是一颗心点亮另一颗心,这是上一代点亮下一代的梦。

"明星"黎明的生活秘密

"我们心中真正的明星,是黎明。"一位社区大娘给我说。

不止一次听到这样的感慨了,可是,与生俱来的惯性错觉仍然让我第一时间想到了香港影视明星黎明。

我非常清醒"明星"这个词在当下的物质世界意味着什么，比如狂热的崇拜与追逐，再比如，心灵与情感的远与近。

我当然没有影视明星黎明的联系方式，可是，当我和张黎明互加微信的一刹那，我才知道，这位被"时代楷模"、党的十九大代表、全国优秀共产党员、全国劳动模范等几十顶绚丽光环环绕着的大"明星"，他的手机号码居然是面向社会公开的。

公开在哪里？在社区敬老助残服务卡上，在街道市民服务手册上，在便民爱心卡上。万千个手机铃声，像"观众"与"明星"的一个个订单，自然而然地形成他的工作状态。不同的是，他这个"明星"的"走台"不是在霓虹闪烁、呼声震天的演艺场，而是操工具、出门、上街、进厂、入户、登杆、攀梯……2016年5月，张黎明充分利用新媒体，开通了"黎明出发，点亮万家"微信公众号平台，把自己和队友们的信息直接公布在信息网络平台上。

"都说如今的人都好追星，咱追的是'电'星。"一位物业公司的经理告诉我。

大凡"明星"，共同点是你很难采访到他。即便找到他，你又无法绑定时间。他和时间一样，早已不属于他自己。

我和张黎明面对面坐了不到两小时，这期间他的手机响了至少6次，离座出门至少3次。我这才获知，他不光要随时对接来自厂区、社区的报修业务，还要挤出时间宣讲党的十九大报告。一名队友告诉我："作为党的十九大代表，他已前往市直、区县党政机关、企事业单位宣讲党的十九大报告29次。"仅近期宣讲过的大型企业就有天津水务集团、天津水产集团、天津中环电子信息集团有限公司、天一建设集团……"我是一线的职工，我最想去的地方，同样是一线。"张黎明深有感触地说。我了解到,张黎明的身影出现最多的地方,往往是班组、车间、社区、边防站点,和他围在一起的,多是工人、农民、青年员工……

截至我采访的当天,张黎明已接待前来"求经问宝"的团队30批次:北京的、河北的、山西的、江苏的……

凡是"取"上"真经"的,无不大发感慨,而感慨词多是"真没想到""长见识了""我们也和电拼了几十年,这下突然开窍了"。

一位来自山东电力系统的技术员告诉我:"从张黎明这里,我取到了火种。"

星星之火,是可以燎原的。我突然意识到,此刻的张黎明,更像一位播火者。

"勿以善小而不为。"老旧小区的楼道,往往被昏暗笼罩,对于上了年纪的人来说,夜晚进出楼道如履薄冰。2017年5月,张黎明主动捐献滨海"文明个人"奖励金1万元,成立了"黎明·善小"微基金,并动员居委会在社区募捐光明志愿者。也就是说,志愿者只需使用一种能声光控制的LED节能灯泡,每年承担微不足道的1.5元电费,就能从根本上解决问题。目前,已经有600多层老旧楼层的200多户居民告别了黑暗,迎来了光明。

"当一个人长期生活在老百姓中间,人们往往就忽略了他的身份和职业,只把他看作一个好人。"社区工作人员张妍说。

2015年3月的一天,张黎明接到丹东里社区70多岁的大娘陈雨兰打来的电话:"黎明,我心脏病犯了,可孩子们一时联系不上……"

多少年了,这种与"电"毫无关联的电话总是接踵而至,但张黎明非常清醒,所谓"善小",不只姓"电",它还姓"善"。张黎明二话没说，带领队员们赶往大娘家里，把大娘背下楼，5分钟就送进了医院。医护人员看到来者是身穿"红马甲"的服务队员，立即开启了绿色通道……

一位医生心有余悸地感慨："假如再晚到5分钟，就……"

张黎明告诉我："好多人问我，我有什么'高大上'的思想根基，其实，我就是个普通人，我得对得住当年引领我走上'电路'的父亲、师傅，还有我的妻子和孩子。"

"水有源，故其流不穷；木有根，故其生不穷。"张黎明祖籍河北，作为中建六局的职工子弟，幼小的他曾随父亲四海为家，辗转大半个中国。他目睹了父辈们在内蒙古开发海勃湾矿区、在湖北十堰建设第二汽车制造厂、在丹江口修筑水库、在燕赵大地引滦入津、在大港鏖战发电厂的风餐露宿和冲天干劲儿。曾几何时，他连续几个月甚至一年都见不到父亲的踪影。他常常问母亲的一句话，与当下某省卫视开办的亲子户外真人秀节目名称可谓异曲同工："爸爸去哪儿了？"

母亲就不厌其烦地告诉他："爸爸来信了，在甘肃酒泉呢。"

"爸爸来信了，在宁夏银川呢。"

"爸爸来信了……"

只是，同样的亲子，同样的户外，同样的真人，"上演"的却是另一种主题，弥散的却是另一种人生况味。

张黎明的母亲是一位70多岁的普通家庭妇女，可就是这样一位母亲，不仅婉拒子女照顾，而且坚持为邻居理发50年，对于行动不便的老人、婴幼儿，她则登门服务。"她的收费完全是象征性的。"一位大爷向我娓娓道来，"过去她剪一次头发收费5毛钱，现在呢？您猜。"我当然猜不出来，但我知道如今津门普遍的理发行情价位在

20元以上。最终还是大爷揭晓了答案："5元。"

张黎明出生于苍茫的内蒙古大漠，那是1969年8月的一个黎明。父亲后来问他："你知道为什么给你取这个名字吗？"

张黎明回答："我懂。"

"你真懂？"

"嗯，您干什么，我将来就干什么，因为我是黎明。"

1984年，少年张黎明毅然决然地报考了天津电力技校。

"家家有本难念的经。"和许多国有企业转型期的阵痛一样，张黎明的妻子下岗多年，一直在外打工。很多人建议他利用"显赫"的"明星"身份在电力系统为妻子安排一份工作，或者动用人脉在相关业务单位谋一个岗位，但张黎明只吐了一个字："不！"在张黎明这里，小家和大家，都是同一个家。

《朱子家训》云："黎明即起，洒扫庭除。"这是中国传统文化中居家过日子的千年古训，可张黎明却无法做到"忠孝两全"，特别是逢年过节时、父亲病危时、妻子分娩时、儿子高考时……父亲生前这样安慰他："从你身上，我看到了我的影子，这就是最大的孝了。"

一句话，让张黎明的内心顿然"跳闸"，滚烫的泪水像涌泉一样夺眶而出。"男儿有泪不轻弹。"张黎明控制得了万千电闸，却控制不了那一刻的"心闸"。

在老一辈创业者的脚印里，张黎明走出了自己。那些脚印，是历史的唤醒，是时代的回眸，有节奏、有韵律、有张弛、有温度，像首尾呼应的人生乐章。

张黎明服务了半辈子，设计了半辈子，策划了半辈子，梦想了半辈子。如今，他的白发和皱纹里已经悄悄隐现出夕阳的清晖，可他对未来的设计大大出乎我的意料。他说："我最大的愿望，就是退休后开一个饺子馆，我剁馅儿，妻子擀皮儿，不是为的挣钱，只是一家人图个乐呵。"

我无法想象 10 年后的饺子馆将是什么模样，但我似乎闻到了饺子的馨香。那种香，不光来自那馅儿、那皮儿、那乐呵……

结　语

斗转星移，无论时空如何变幻，每天都有一个新的黎明诞生，像初心，也像坚守。

这是属于张黎明的黎明，属于滨海的黎明，也是属于 1.2 万平方千米津沽大地上的黎明。"一枝独秀不是春，百花齐放春满园。"在这片热土上，正在走出一个个杨黎明、赵黎明、孙黎明、郑黎明……

他们不是张黎明，可他们真像张黎明。

有梦的地方，黎明始终在迎接太阳。

（《人民日报》2018 年 8 月 18 日刊载）